O. P. Zier

SCHONZEIT

O. P. Zier

SCHONZEIT

Roman

OTTO MÜLLER VERLAG

www.omvs.at

3. Auflage

ISBN 978-3-7013-0925-2

Umschlagbild: Günther Nussbaumer, Salzburg
Satz: Media Design: Rizner.at
Druck und Bindung: Druckerei Theiss GmbH, A-9431 St. Stefan

Frei nach den authentischen Lebensgeschichten von Eva und Rupert Maier.

Prolog

Schwarzach im Pongau, 3. September 1993.

„Dann muß ich aber noch zum Friseur, wenn ich morgen zum Begräbnis soll…“ Ein rascher Blick zum Fenster: strömender Regen, Eva sucht ihre Geldbörse und die Autoschlüssel. Rupert liegt auf dem Sofa und sieht zum Fernseher; es läuft die Übertragung eines Tennisspiels. Die weiße Langhaarkatze hat es sich wie immer auf dem Aquarium gemütlich gemacht. Der lange, vorgebogene Zahn verleiht ihr den Ausdruck zufriedenen Grinsens. Es ist angenehm warm im Wohnzimmer. Ein Tag wie jeder andere für das Ehepaar. Rupert hat Schmerzen. Sein Akupunkturarzt ist auf Urlaub. Die bevorstehende fünfte Operation – jetzt soll der Herzschrittmacher, der auf der einen nicht mehr hält, doch endlich in die andere Brustseite gesetzt werden. Wie lange hat er vergeblich darum ersucht, auch angeboten, sich diesen Eingriff selbst zu bezahlen – jetzt macht er ihm Angst. Letzte Woche hat er zu seiner Frau gesagt: „Das Leben macht mir keine Freude mehr.“

Sie sei bald wieder zurück, fahre schnell mit dem Auto, ruft Eva aus dem Vorraum.

Rupert hört wenig später den Wagen vorbeifahren. Plötzlich hat er Tränen in den Augen. Fast 54 Jahre verheiratet. Glücklich. Und all die Jahre stets beisammen. Eine Liebe, ohne die er wahrscheinlich nicht mehr am Leben wäre, wie er sich oft gesagt hat. Ein kleines Leben, das jahrzehntelang nahezu nur daraus bestanden hat, es sich überhaupt zu erhalten. Es schien von dieser Liebe seinerseits größer gemacht. Zumindest für Eva und ihn. Denn in der Welt würde nichts bleiben von ihnen. Kinder waren ihnen nicht vergönnt. Und ihren Lebensgeschichten würde es ergehen wie den Lebensgeschichten Millionen anderer: Mit ihnen verschwunden, wie nie gewesen.

Er starrt auf den Bildschirm, ohne etwas wahrzunehmen. Und erneut wird ihm bewußt, daß ihn alles, was ihn vor kurzem noch interessierte, nunmehr so erreicht, als gehe es ihn nichts an. Es ist ihm zutiefst gleichgültig. Der Sport, die Politik, ja selbst die Jagd. – Als sei sein Leben wieder in jene Dunkelheit zurückgestürzt, in der er es als Kind verschwinden gesehen hat.

Er hätte nicht zu sagen gewußt, ob er sich von der Welt oder die Welt sich von ihm verabschiedet habe.

Als er im Anschluß an das Massaker auf dem Tiamnenplatz sein Parteibuch zurückgegeben hat, hat er noch tiefe Enttäuschung verspürt. Ungarn, die Tschechoslowakei, hatte er damals akzeptiert, die Vorfälle in China waren unakzeptabel geworden. Sein alter Freund Peter hat nach seinem Parteiaustritt traurig gemeint: „Jetzt hab' ich gar niemanden mehr zum Reden." Auch die Enttäuschung von Berta, Peters Frau, hat ihn nicht kalt gelassen. Berta, die mitgeholfen hat, daß Rupert und Eva überhaupt noch am Leben waren. Hätte sie damals nicht das Ihre riskiert und wäre nicht nach Landeck gefahren, um einen Brief einzuwerfen … – China! Da könne er einfach nicht mehr mitgehen. Diese jungen Leute umzubringen. Nein! Über ein halbes Jahrhundert hat er der Partei die Treue gehalten, in den schlimmsten Zeiten. All die damit verbundenen Nachteile in Kauf genommen, doch *das* hatte mit seinen Idealen nicht mehr das geringste zu tun, nein, nicht das geringste. Und von überall her erreichten ihn Informationen, welche den Eindruck, den er in letzter Zeit gehabt hat, verstärkten: Er sei betrogen worden. *Seine* Partei, die Kämpferin gegen den Kapitalismus: Ein Milliardenunternehmen. Für das sich die gutgläubigen Mindestrentner die über die

Mitgliedsbeiträge hinausgehenden Solidaritätsspenden vom Mund abgespart haben. Rupert sieht sie vor sich, all die kleinen düsteren Wohnküchen, in denen verhutzelte, ausgemergelte alte Frauen langsam zu den Kredenzen schlurfen, um nach ihren Geldbörsen zu greifen – sie sind jederzeit bereit zu helfen, wenn sie die Partei dazu aufruft, obwohl sie selbst die ersten wären, die der Hilfe bedürften. Rupert fühlt sich angeschmiert, für dumm verkauft. Seine Verbitterung hat unentwegt zugenommen. Mit ihr die Probleme mit dem Herzen. Inzwischen ist der konstante Schmerz in der Brust so sehr zum Mittelpunkt seines Lebens geworden, daß *er* das Leben auszumachen scheint.

In der Zwischenkriegszeit, als die Partei verboten war, hat er pralle Rucksäcke voll mit Propagandamaterial auf stundenlangen Fußmärschen über staubige Pinzgauer Landstraßen geschleppt; bei Regen, Schnee und eisiger Kälte rucksackweise die Nachrichten aus einer besseren Welt, der Sowjetunion, zu all den armen Teufeln gebracht, die wie er selbst nichts hatten als die Hoffnung auf den Kommunismus. Hat dafür Gefängnisstrafe riskiert, im festen Glauben, mitzuhelfen, daß diese Welt endlich besser, endlich gerechter werden würde.

Plötzlich prasseln wieder all diese Enttäuschungen auf ihn ein, und die Schmerzen in der Brust sind so grauenhaft – da steht er langsam auf, jede Bewegung verstärkt den Schmerz, geht mit Tränen in den Augen zum Tisch, zieht seine beiden Ringe von den Fingern, sucht, schwer durch den offenen Mund atmend, ein Stück Papier und schreibt auf die Rückseite einer alten KFZ-Stempelkarte, Eva solle ihm verzeihen, er halte die Schmerzen nicht mehr aus. Und er meint nicht nur die körperlichen Schmerzen. Danach geht er zur Schublade, in der er seine Pistole aufbewahrt und lädt die Waffe. Er braucht nicht hinzusehen – Schießen: Die größte Leidenschaft seines Lebens! Er nimmt im Vorraum den Schirm und tritt vors Haus, um die wenigen Meter im strömenden Regen bis zur Garage zu gehen.

Ein glatter Durchschuß. Das Projektil dringt auf der linken Seite in den Kopf ein, um ihn rechts wieder zu verlassen.

Dieses kleine Leben. Was hatte er nicht alles getan, um es sich zu erhalten, nachdem der erste Versuch, es zu beenden – mit neun Jahren –, fehlgeschlagen war. Was am 2. Dezember 1915 in einer armseligen Keusche in Uttendorf begonnen hat, endet an diesem verregneten 3. September 1993 in einer Garage. Als Todeszeitraum wird die Zeit zwischen fünfzehn und sechzehn Uhr angegeben. Länger ist auch seine Frau nicht fort gewesen.

ERSTER TEIL

Die Glätte der Kastanie

1

Es war ein schöner früher Nachmittag im Oktober 1939, als Eva, von einem Besuch bei ihrer Schwester aus Salzburg kommend, in Schwarzach auf den Anschlußzug nach Hofgastein wartete.

Sie fühlte die angenehme Glätte der Kastanie, die ihre Hand in der Manteltasche umschloß; sie hatte sie in Salzburg auf dem Weg zum Bahnhof aufgehoben. Die stachelige grüne Frucht war ein paar Meter vor ihr auf den Boden geplatscht. Eva war plötzlich übermütig auf das grüne Ding zugerannt – wie es die Kinder tun – und hatte sich für einen Augenblick so herrlich unbeschwert gefühlt; einer der seltenen Momente, wo ihr bewußt war, daß das Leben doch noch vor ihr lag. Mit vierundzwanzig! Einmal keine Gedanken zurück, an ihre Kindheit und Jugend, diese quälenden Jahre der Lieblosigkeit, des Sich-Duckens, Nicht-sie-selbst-sein-Dürfens...

Sie hatte immer nach etwas Unbestimmtem gesucht, gleichzeitig bedrückt von einer leichten Furcht davor, es tatsächlich zu finden. Als könnte sich alles Erfreuliche, was sie entdeckte oder ihr widerfuhr, im letzten Moment als das Gegenteil dessen herausstellen, als das es zuvor geschienen hatte. So waren auch ihre Schritte eine merkwürdige Mischung aus kräftig und verzagt, wie sie so gedankenverloren auf dem Bahnsteig auf und ab ging. Ein großer, schlanker, dunkelhaariger Mann war aus dem Verwaltungsgebäude gekommen. Offenbar der Vorstand. ‚Ein fescher Kerl', dachte Eva und errötete leicht, als ihr der Mann wohlwollend zunickte. Sie tat, als würde sie ihn gar nicht bemerken. ‚Der könnte mir gefallen', dachte sie. Sie beobachtete, wie ein Eisenbahnarbeiter den Mann anrief: „Herr Sieder... Herr Vorstand..." Der Angesprochene hatte übertrieben militärische Haltung angenommen, zeigte keine Reaktion. Da sagte der Eisenbahner halblaut und widerwillig: „Herr Ortsgruppenleiter." Sofort wandte sich der Angesprochene um und erwiderte schneidend: „Ja?" In diesem Moment kam eine Frau angelaufen. Wichtigtuerisch schrie sie schon von weitem: „Heil Hitler! Herr Ortsgruppenleiter, stellen Sie sich vor, was ich heute wieder gehört habe..." „Frau Urban, beruhigen Sie sich, kommen Sie in mein Büro." Ohne sich um das Anliegen des Arbeiters zu kümmern, der noch immer dabeistand, verschwanden die beiden im Bahnhofsgebäude.

Eva setzte gedankenverloren ihr Auf- und Abgehen fort, als sie gerade noch hörte, wie ein Zug – ihr Zug! – ausgerufen wurde. Sie rannte mit ihrer Tasche auf den Waggon zu, vor dem der Schaffner stand und ihr heftig gestikulierend zurief, sie solle sich beeilen.

Außer Atem setzte sie sich ans Fenster und ordnete in seinem Spiegelbild die Frisur. Als sie wieder hinaussah, bemerkte sie, daß der Zug nicht ins Gasteinertal fuhr, sondern Richtung Zell am See!

Es war schattig kühl in Lend – die Sonne von einer Schönwetterwolke verdeckt – und roch scharf nach Rauch.

Eva beschloß, ein wenig spazieren zu gehen, bis der Zug kam, mit dem sie nach Schwarzach zurückfahren würde.

Es waren nicht viele Menschen unterwegs. Aus einer der Fabrikshallen drangen helle metallene Geräusche. Eva schlenderte ziellos durch den Ort, in ihrem Staubmantel und mit der großen, jedoch fast leeren Tasche – sie hatte bei ihrer Schwester übernachtet, die jetzt im selben Gasthof arbeitete wie sie vor einem Jahr –, als sie plötzlich – vor Franz stand!

Ein erfreutes, vielleicht ein klein wenig spöttisches Lächeln huschte über das Gesicht des jungen Mannes. „Eva!"

Bist du also doch gekommen, schien dieses Gesicht zu sagen, und: Hätte mich auch gewundert, wenn es nicht so gewesen wäre. – Sein Blick fiel jetzt erstaunt auf ihre große Tasche. Er sah sie mit dieser Mischung aus Freude, Unsicherheit und Überheblichkeit an, als wolle er sagen: Aber daß du gleich bei mir einziehen willst! Er hatte die Absage, die sie ihm auf seinen letzten Heiratsantrag gegeben hatte, noch nicht vergessen. Er wirkte auch etwas verwirrt, unsicher, was er von dem unerwarteten Besuch nun tatsächlich halten sollte. Daß sie ihr Kommen nicht wenigstens mit einer Postkarte angekündigt hatte!

Eva stockte der Atem. Sie fühlte ihren Puls wild in den Schläfen hämmern.

Franz trat nun selbstsicher auf sie zu und wollte sie in die Arme schließen.

Sie wich einen Schritt zurück und stammelte verwirrt: „Ich… den Zug… stell' dir vor, ich bin in den falschen Zug gestiegen, wollte heimfahren, nach Hofgastein."

Augenblicklich verschwand das Lächeln aus seinem Gesicht. Die Überlegenheit, auch die Ungewißheit – mit einem Schlag war alles fort. Er ließ die Arme sinken. Kalt und enttäuscht wirkte er: „Ach so…"

„Ja, Franz…"

„Nun, dann will ich dich nicht länger aufhalten", sagte er beleidigt und vielleicht schneidender, als er es vorgehabt hatte, drehte sich um und ging ohne ein weiteres

Wort schnell davon. Nach etwa zwanzig Metern blieb er abrupt stehen und kam zu ihr zurück. Er schien nicht glauben zu können, daß dieses Treffen so ganz und gar unabsichtlich war. Und wenn es wirklich Zufall war, dann wäre es doch ein Fingerzeig. Und was für einer!

„Eva", begann er eindringlich und faßte sie an den Schultern, „in einer guten halben Stunde habe ich frei. Warte doch auf mich. Bitte! – Ich begleite dich später nach Klammstein. Von dort kannst du heimfahren." Er nahm sie in die Arme. Sie stand steif da, als er sie an sich drückte. Wußte zuerst nicht, was sie erwidern sollte. Auf einmal hatte sie eine Idee: „Nein, Franz, ich will in Schwarzach die Rosa besuchen, die hab' ich schon so lange nicht mehr gesehen. Und ich habe es ihr fest versprochen."

„*Mir* hast du ja nichts versprochen." Es klang verletzt und traurig. Eine Zeitlang bedrängte er sie noch, doch auf seinen Dienstschluß zu warten. Sie könnten in die Bruderau spazieren und er würde ihr das Haus zeigen, in dem sie eine Wohnung bekämen, wenn sie heirateten. Aber sie blieb stur. Ohne eigentlich wirklich zu wissen, warum.

Tief gekränkt wirkte er, als er nach einer kurzen Verabschiedung die Hände in seine Sakkotaschen steckte und ging. Eva blieb noch eine ganze Weile unschlüssig stehen, ehe sie sich wieder in Richtung Bahnhof auf den Weg machte. Fast wäre sie in ein voll mit Aluminium beladenes Fahrzeug gerannt, obwohl es unüberhörbar laut knatternd aus einer Werkseinfahrt gebogen war. Franz tat ihr leid. Sie verstand sich selbst nicht recht. Sie war völlig durcheinander. Denn auf einmal hatte sie das Gefühl, es wäre doch richtiger gewesen, dem Franz nachzugeben. *Jetzt* also schon zu bereuen, es nicht getan zu haben, mein Gott! Dieser fesche Bursch. Ingenieur! Mit sicherer, gutbezahlter Stelle in der Fabrik. Mit Anrecht auf eine schöne Werkswohnung. Ein Mann, der sich schon seit Jahren so sehr um sie bemühte. Alle zehne könne sie sich nach ihm abschlecken, hatte eine Freundin zu ihr gesagt und den Kopf geschüttelt, *den* nicht zu nehmen. Wie konnte man nur *so* dumm sein! Sofort würde sie zugreifen, wenn der sich in *sie* verschaut hätte, keine Minute würde sie zögern! Noch dazu, wo Eva sich schon von allen schief angeschaut vorkam, in Hofgastein, wo es doch längst *an der Zeit* wäre für sie! Mit vierundzwanzig noch nicht unter der Haube, fast alle ihrer Schulfreundinnen hatten schon Kinder.

Nein, sagte sie sich plötzlich entschlossen und ein bißchen trotzig, er war ein netter Kerl. Sympathisch. Aber sie wollte ihn eigentlich nicht heiraten. Sie hatte doch beim Aussteigen in Lend keine Sekunde an Franz gedacht. Oder daran, wie er sie bei ihrem letzten Treffen, als er nach dem Bundesheer in Innsbruck wieder in Lend zu arbeiten angefangen, erneut gedrängt hatte, zu ihm zu kommen. Er warte jetzt schon so lange darauf, daß sie sich endlich für ihn entscheide.

Sie erinnerte sich daran, wie er vor Jahren als Student bei ihr auf der Alm aufgetaucht war. Es waren schöne Stunden gewesen – aber *heiraten?*

Sie war noch immer verwirrt, als sie bereits im Zug saß. Denn ganz konnte sie sich ihr Verhalten selbst nicht erklären – was wäre schon dabei gewesen, ein paar Stunden mit ihm zu verbringen und danach von Klammstein aus heimzufahren? Die Rosa zu besuchen, das war ihr spontan eingefallen, das hatte sie genausowenig vorgehabt, wie ihn in Lend zu treffen.

Sie spürte ihr Herz vor Aufregung wieder schlagen, als sie durch das Zugfenster, kurz bevor die Lokomotive anzog – Franz auf den Bahnhof zukommen, schneller werden und schließlich in Laufschritt verfallen sah. Ihr Oberkörper zuckte, als wolle sie aufstehen, sie erhob sich auch ein wenig, doch das Anrucken des Zuges drückte sie auf die Holzbank zurück.

2

Ihre Freundin hatte in Schwarzach mit ihrem Mann den unweit vom Bahnhof gelegenen Gemeindegasthof gepachtet.

„Ja Eva, so eine Überraschung", wurde sie von Rosa, die zwei Tabletts balancierte und sich nach einem Platz für sie umsah, erfreut empfangen. Nachdem sie serviert hatte, kehrte sie mit einem Himbeerwasser zu Evas Tisch zurück. Sie tratschten eine Weile über Hofgastein, und Eva erzählte ihr von dem sonderbar zufälligen Treffen mit Franz. Rosa verstand ebenfalls nicht, warum sie so eine gute Partie ausschlug. Gerade in dieser Zeit! Ein Mann mit einer festen Anstellung, noch dazu einer so guten!

Rosa mußte wieder in die Küche und servieren. Als ein junger Mann in Arbeitskleidung das Gastzimmer betrat und sich nach einem Platz umsah, rief ihm Rosa zu: „Geh Rupert, setz' dich doch ein bißl zu meiner Freundin und leiste ihr Gesellschaft, bis bei mir der ärgste Rummel vorbei ist. – Er ist einer unserer Bettburschen von der Eisenbahn", fügte sie zu Eva gewandt noch hinzu.

„Wenn deine Freundin nichts dagegen hat", sagte der Mann mit einer auffallend und Eva eigenartig berührenden sanften Stimme und stellte sich vor.

„Ich bring' dir gleich dein Essen", sagte Rosa zu ihm und zu Eva: „Du hast sicher jetzt auch Hunger. Nein, nein, keine Widerrede, wär' doch gelacht! Wenn du mich endlich einmal besuchen kommst, sollst du vielleicht auch noch hungern?! – Beuschl gibt's heute, ich hole es euch gleich."

Als Rosa weg war, saßen sich die beiden verlegen gegenüber. Eva faßte an ihre Frisur und versuchte unbestimmt zu lächeln, ohne den Mann dabei direkt anzusehen.

Zum Glück dauerte es nicht lange, bis Rosa mit dem Essen kam. Eva rührte viel länger als nötig in ihrer Suppe um. Ohne daß er es merken sollte, sah sie immer wieder zu dem Mann. Auf Anhieb hatte er ihr gefallen. Auf Anhieb. Nach dem ersten Wort, das er gesagt hatte. Trotz seiner Arbeitskleidung wirkte er irgendwie vornehm auf sie. Vielleicht, weil er so zurückhaltend war.

Rupert war nervös. Wie sehr gefiel ihm dieses Mädchen doch! Und wie wenig, hatte er das Gefühl, könne er es beeindrucken. Etwas Ungläubiges schien in ihrem dunklen Blick zu liegen, auch eine gewisse Traurigkeit. Und Unsicherheit. Seine Hand, von der er ihr gleich sagen wollte, wie sicher und ruhig sie war, wenn sie am Schießstand ein Gewehr hielt – denn hätte er ihr vielleicht erzählen sollen, daß er mit dieser Hand am Bahnhof Mistkübel ausleerte, zusammenkehrte und alle Drecksarbeit erledigen mußte, die so anfiel für eine vom Bauern kommende, ungelernte Hilfskraft! –, diese Hand zitterte vor Aufregung, als er nach dem Salzstreuer griff und danach der Suppenlöffel im Teller peinlich klapperte. Er fand sie so schön. Aber sie sah nicht auf. Rührte nur in ihrer Suppe um.

Rupert dachte an seine abgerissene Arbeitskleidung. – Mein Gott, wenn er das gewußt hätte! Umgezogen, sein bestes Sonntagsgewand – er hatte ohnehin nur eines – hätte er... Aber wer konnte denn ahnen, daß...

Er komme direkt aus der Schicht, habe leider noch keine Zeit gehabt, sich umzuziehen, entschuldigte er sich. Er hoffe, der Ölgestank der Montur störe das Fräulein nicht allzusehr.

Aber nein, schüttelte sie ganz schnell den Kopf und wagte kaum, ihn dabei über ihren Suppenteller hinweg anzusehen.

Rupert erschrak, als sie leise hinzufügte, sie müsse sich bald zusammenrichten, um den Zug nicht zu versäumen. Denn heute hätte sie ohnehin schon ein Mißgeschick gehabt. Sie erzählt ihm davon, daß sie in den falschen Zug gestiegen sei. Den Franz erwähnte sie nicht.

Er kannte den Fahrplan – es war noch genügend Zeit! Er wurde rot bei dem Gedanken, daß sie also nicht mehr hier bei ihm sitzen bleiben wollte. – Wenn er doch so wäre wie Walter, sein früherer Freund, der jedes Mädchen sofort an sich gezogen und kurzerhand abgebusselt hatte. So, als wäre das die selbstverständlichste Sache der Welt. Aber der Walter war auch der Sohn eines reichen Bauern. – Hätte er ihn doch wenigstens einmal beim Fensterln begleitet, es fiele ihm nun wahrscheinlich nicht so schwer, sich in ein besseres Licht zu rücken. Denn er war überzeugt, daß ihm gerade das überhaupt nicht gelang.

Nach dem Essen mußte er sich unendlich anstrengen, um sie zu fragen: „Aber auf einen Tee darf ich Sie schon noch einladen?“ Verlegen schaute er in ihre Richtung, aber getraute sich nicht, ihr direkt in die Augen zu sehen.

Eva errötete und hob kurz den Kopf. „Aber...“ Gleichzeitig nickte sie.

Dann begann er aus seinem Leben zu erzählen. Von seiner Kindheit. Der fehlenden Schulbildung, die er jetzt bei der Eisenbahn unbedingt nachholen wollte. Und Eva hätte ewig zuhören können und empfand ein ganz intensives Mitgefühl mit ihm. Auch war ihr diese Bauernwelt, von der er berichtete, so vertraut.

Rosa kam zwischendurch immer kurz an ihren Tisch. „Ihr habt euch ja schnell angefreundet", zwinkerte sie den beiden zu. „Diese Lausbuben auch noch", stöhnte sie, als in diesem Moment drei betrunkene junge Burschen, die in SA-Uniformen steckten, lärmend ins Lokal kamen. Sie ließ sich von ihnen überhaupt nicht beeindrucken, schließlich kannte sie sie noch als unsichere, schüchterne junge Leute, die sich kaum ihre Bestellung aufzugeben getraut hatten. Ruperts Mundwinkel zuckten angewidert, als die drei *Deutschland, Deutschland über alles* zu gröhlen anfingen. Er beugte sich etwas näher zu ihr hin und sagte, daß er Leute wie diese für ein ganz, ganz großes Unglück halte. Deretwegen sei er nach dem *Anschluß* sofort vom Bundesheer abgerüstet, da er nicht in die Deutsche Wehrmacht übernommen werden, nicht von diesem *Führer heimgeholt* werden wollte ins *Reich.* Und der Krieg, den seine Freunde und er vorausgesagt hätten, sei schneller gekommen als befürchtet. Obwohl er leise sprach, wirkte er auf einmal sehr erregt. Plötzlich sah er Eva erschrocken direkt und fest in die Augen: Sie sei doch hoffentlich nicht beim BDM?

In seinem Kopf dröhnte es, und er hatte das Gefühl, sein Schädel würde jeden Moment zerplatzen; die wenigen Sekunden des Wartens auf ihre Antwort kamen ihm unendlich lang vor. Und sein Kopf glühte.

Er atmete auf, als sie verneinte. Und wurde noch offener. Er gehöre nämlich zur Gegenseite. Wie es für einen armen Schlucker und Arbeiter wie ihn einzig möglich sei. Seine Augen glänzten, als er von der *Inter-*

nationale schwärmte; er habe wunderbare Dinge darüber gelesen. Er sei so lange ausgenützt worden, nur ausgenützt, sagte er.

Die Zeit verstrich viel zu schnell. Eva hätte ihm einfach ewig zuhören können. Und wieviel *sie* ihm erst zu erzählen hätte aus *ihrem* Leben! Sie empfand so ungeheuer großes Vertrauen, eine ganz unerklärliche Nähe zu diesem wildfremden Mann, von dessen Existenz sie doch vor wenigen Stunden noch nicht das geringste geahnt hatte!

Bevor er sie zum Zug begleitete, bat er sie, ihr schreiben zu dürfen. Sie gab ihm die Adresse.

Der Weg zum Bahnhof erschien beiden viel zu kurz. Sie gingen nebeneinander – jeder für sich so glücklich und ein wenig in Angst, es womöglich alleine zu sein.

Rupert wünschte sich mehr Mut – wie gerne hätte er seinen Arm um sie gelegt; aber ein Draufgänger war er nie gewesen.

Eva dachte, wie angenehm zurückhaltend er doch war – nicht wie diese Tölpel, die immer sofort über die Mädchen herzufallen gewohnt waren.

Er winkte ihr nach. Und sie wußte, mit einer Gänsehaut am Zugfenster stehend, daß es *jetzt* passiert war.

3

Noch am selben Abend saß er bei der Funsel von Lampe am abgestoßenen, wackligen Tisch in seinem Zimmer, um unentwegt von neuem mit seinem Brief an Eva anzufangen. Sein Zimmerkollege war längst eingeschlafen und schnarchte, als er immer noch über dem Brief brütete. Daß er in der Schule so gar nichts gelernt hatte – einmal mehr ärgerte er sich darüber. Obwohl er doch während seiner Zeit beim Bundesheer abends erfolgreich Kurse besucht hatte. Wahrscheinlich war er auch nur so durcheinander. Er konnte sich ja überhaupt nicht konzentrieren.

Wissen ist Macht, hatte ihm Fritz so oft gesagt. *Nur wenn die Arbeiter sich bilden, haben sie eine Aussicht, ihre Lage zu verändern*. Er kam mit seinem Brief nicht weiter. Dachte daran, wie Fritz und er zu Fuß von Fusch nach Zell am See gegangen waren, in den Rucksäcken die verbotenen Propagandaschriften. In der Dollfuß-Zeit. Obwohl das doch nichts mit dem zu tun hatte, wovon er ihr schreiben wollte. *Liebes Fräulein Eva*, begann er wieder.

Jetzt, in dieser bedrückenden Zeit – Krieg, seine Partei verboten, alle ständig von Verhaftung bedroht, kaum daß ein offenes Wort möglich war, wo sich Verleumdung so sehr lohnte, und das abscheuliche Nazi-Pack überall das Sagen hatte –, gerade jetzt sollte er sich so unbeschreiblich glücklich fühlen? – Er konnte es nicht fassen.

Bei allem, was er in den nächsten Tagen tat, stellte er fest, daß er nur an sie gedacht hatte. Eva! Er versuchte sich auf etwas zu konzentrieren, und sogleich merkte er, daß das einzige, worauf er sich in Wirklichkeit konzentriert hatte, sie gewesen war.

Auch Eva erging es nicht anders. Plötzlich hatte sie das Gefühl, erstmals sie selbst zu sein. Und das, obwohl sich in ihr alles ausschließlich um ihn drehte. Sie empfand eine Leichtigkeit, die sie in dieser Intensität bislang noch nicht erlebt hatte. Sie hatte damit gerechnet, doch ihr Herz pochte im Hals, als sein Brief tatsächlich eintraf.

Einmal wachte sie nachts auf, da sie Rupert in den Armen zu halten vermeinte – aber es war die Tuchent, die sie fest an sich gepreßt hatte.

So lange hatte sie es nicht gewußt – bei Franz, bei Michl –, jetzt war sie vollkommen sicher. *Das* war es, was sie immer gesucht hatte, die *Liebe.*

Nach zwei Briefen hin und her, in denen er gebeten hatte, sie besuchen zu dürfen, kam er. Aus dem nahegelegenen Gasthaus schickte er ein Schulmädchen zu ihr. Er wagte es nicht, gleich selber ins Haus zu kommen. Sie dachte, vielleicht deshalb, weil sie ihm geschrieben hatte, daß die Mutter nur mit einem Bauernsohn einverstanden wäre. Einem möglichst reichen. Doch sie hatte sofort hinzugefügt, daß ihr das vollkommen gleichgültig sei. Sie antwortete nicht, als ihr die Mutter nun nachrief, wo sie denn auf einmal so schnell hin wolle. Sie ließ ihre Handarbeit liegen und lief sofort mit dem Mädchen hinüber ins Gasthaus.

Und sie redeten! Ganz so war es ihnen, als hätten sie im anderen zum ersten Mal im Leben einen Menschen, der wirklich zuhörte, aus ehrlichem Interesse, mit aufrichtiger Anteilnahme zuhörte…

ZWEITER TEIL

Das kleine Leben

1

Bad Hofgastein, Stubnerhof. Anfang Mai 1919. Ein strahlend schöner Vormittag.

Eva, im März vier Jahre alt geworden, spielte schon seit dem Aufstehen vor dem Haus.

Als sie gerade dem eisernen, von einem kaputten Krautfaß stammenden, verrosteten Reifen nachlaufen wollte, den sie mit einem Stock so vor sich herzutreiben bemüht war, wie es ihr einer ihrer älteren Brüder gezeigt hatte, hörte sie plötzlich aus dem Haus lautes Geschrei. Und das, obwohl man ihr doch unter groben Drohungen eingebleut hatte, sich im Haus ganz ruhig zu verhalten, da die Großmutter schwer krank und zu ihrer Pflege eine Krankenschwester auf dem Hof war!

Sie stand eine Zeitlang reglos da und hörte mit offenem Mund zu, ohne etwas zu verstehen. Dann lief sie wieder zu ihrem Reifen und trieb ihn über den staubigen, unebenen und mit Hühnerdreck übersäten Boden. Sie schaffte es fast bis zu der Stelle mit dem Sägemehl, wo am Vortag Holz geschnitten worden war, ohne daß der Reifen wie sonst immer ins Trudeln gekommen wäre.

Eva erschrak, als sie ihren Namen rufen hörte. Sie drehte sich um und sah, wie ihr Vater mit eiligen Schritten aus der Waschküche trat und ihr bedeutete, schnell zu ihm zu kommen.

Nichtsahnend lief sie hin. Der wütende Gesichtsausdruck des Vaters veranlaßte sie instinktiv, wieder davonzurennen, doch packte sie sein kräftiger linker Arm. Der rechte, den er zuvor hinter seinem Rücken versteckt gehalten hatte, kam mit einer großen Rute zum Vorschein, die er zunächst drohend vor das Gesicht seiner Tochter hielt.

Ohne ein einziges Wort der Erklärung, schob ihr der Vater das Kleid hoch, zog die Unterhose hinunter und begann das Kind, außer sich vor Wut, ganz fürchterlich mit der Rute zu schlagen.

Eva schrie. So laut, wie sie noch nie in ihrem Leben geschrien hatte. Und glaubte, er würde überhaupt nicht mehr aufhören. Die Schmerzen wurden bei jedem Schlag größer. Sie schrie so laut sie konnte nach ihrer Mutter. Die Tränen liefen ihr übers Gesicht und salzig in den Mund. Auch ihre Nase troff. Tränen, Rotz und Speichel verschmierten ihr vor Entsetzen und Schmerzen verzerrtes Gesicht, aber der Vater schlug unbeirrt weiter. Drosch blindwütig mit der Rute auf den blutigen nackten Hintern seines Kindes ein. Sein kräftiger linker Arm hielt das Mädchen fest wie eine Klammer. Vergeblich versuchte es sich zu befreien. Er hielt es nur noch fester, und es konnte kaum noch atmen. Die Tränen flossen Eva in Bächen übers Gesicht, und sie brüllte aus Leibeskräften. Schrie immer wieder nach ihrer Mutter.

Nach einer Eva unendlich lang scheinenden Zeit, drang wie aus ganz weiter Entfernung die Stimme der Krankenschwester vom Balkon herab an ihre von den Schlägen und dem eigenen Geschrei fast tauben Ohren: „Aufhören! Hör' sofort auf, das Kind zu schlagen! Aufhören! Sonst geh' ich zur Gendarmerie! – Du bringst sie ja um!"

Eva trafen noch eine Reihe schmerzender Schläge, bevor der Vater von ihr abließ und wortlos mit der Rute auf die Waschküche zuging.

Sie kauerte schluchzend auf dem staubigen und nach Hühnerdreck stinkenden Hofboden, über den sie kurze Zeit zuvor noch vergnügt dem Reifen nachgelaufen war.

Als sie ihre Unterhose hochzog, waren ihre Hände blutverschmiert.

Erst nachdem ihr Vater von der Waschküche zum Stall gegangen und darin verschwunden war, kamen die Krankenschwester und Evas Mutter aus dem Haus.

Weinend preßte das Mädchen sein Gesicht an die Brust der sich zu ihr beugenden Mutter und schrie vor Schmerz auf, als diese sie hochhob.

Im Schlafzimmer legte sie ihre Mutter vorsichtig bäuchlings in das Bett. Kopfschüttelnd versorgte die Krankenschwester die Wunden. Evas Mutter sah starr geradeaus.

„Warum hast denn das nur getan?" fragte sie vorwurfsvoll das Kind.

„Was denn?" wollte Eva wissen, die noch immer auf dem Bauch lag und mit tränenerstickter, heiser geschrieener Stimme in den Kopfpolster sprach, bis sie endlich erfuhr, warum der Vater sie so entsetzlich geschlagen hatte.

„Aber ich hab' das nicht getan", schluchzte sie. Immer wieder beteuerte das Kind: „Ich war es nicht!"

Ihre Mutter sah sie ernst an und strich ihr dann wortlos über den Kopf.

Die Krankenschwester empfahl, Eva solle vorerst im Bett bleiben. Auf dem Bauch liegend.

Weinend lag das Kind dann allein im Schlafzimmer der Eltern, das ihm jetzt, bei Tageslicht, so groß, still und fremd vorkam. So oft Eva später auch beteuerte, sie habe nicht gemacht, was man ihr vorwarf, so wenig glaubte man ihr. Niemand fand sich bereit, noch einmal auf die Angelegenheit einzugehen.

Für alle war Eva die Täterin. Die Prügelstrafe, die sie bezogen hatte, schien als Beweis dafür auszureichen.

Ab diesem strahlend schönen Vormittag war für das Kind nichts mehr wirklich in Ordnung auf dieser Welt.

Seit Eva so nichtsahnend zu ihrem Vater gelaufen war, beherrschte sie ein quälendes Mißtrauen allen und allem gegenüber, neigte sie dazu, nirgends mehr hin-, vielmehr von allem weglaufen, sich zuallererst in Sicherheit bringen zu wollen.

Die letzten Wochen über waren die Störschneider auf dem Hof gewesen und hatten den Knechten Anzüge angemessen. Diese eben fertig gewordenen neuen Kleidungsstücke sowie die schönen dunklen Einzopfhaare der Mutter, die Eva doch so sehr bewunderte und nur ganz vorsichtig in die Hand zu nehmen wagte, wenn sie sie vor dem Spiegel an ihren Kopf hielt, soll sie ebenso mit der Schere zerschnitten haben wie den Blasbalg der Ziehharmonika ihres Bruders Toni!

Von diesem Tag an, der ihr der monströsen, sie tief verletzenden Ungerechtigkeit wegen ihr Leben lang gegenwärtig bleiben sollte, fürchtete und haßte Eva ihren Vater. Sie lief vor ihm davon, wich ihm aus, wo immer es ging, machte einen Bogen um ihn und suchte Schutz vor dem Mann, von dem sie ohne für sie ersichtlichen Grund und ohne vorher – oder wenigstens nachher – angehört zu werden, beinahe erschlagen worden wäre.

Ihre Mutter tröstete sie nur andeutungsweise auf diese hilflose, Liebe höchstens erahnen lassende, herb-kühle Art eines vom Leben restlos enttäuschten, von Arbeit und Sorgen überforderten Menschen, sagte aber auch nie, daß sie ihr glaube. Zu unerklärlich war der Vorfall, zu dessen Aufklärung trotz Evas beständiger und immer wiederkehrender Beteuerungen, unschuldig zu sein, auf dem Hof nicht das geringste unternommen wurde.

Es kam nie heraus, wer die Anzüge, die Einzopfhaare und den Blasbalg der Ziehharmonika tatsächlich zerschnitten hatte.

2

Die Hand, welche die seine nahm, fühlte sich weich und warm an. Kurz lächelte ihm die fremde Frau zu, ehe sie zur Eile mahnte. Rupert fröstelte. Seine Zwillingsbrüder, mit sieben Jahren gut ein Jahr älter als er, liefen ein Stück voraus.

Der Himmel war bedeckt, und es war ein früher Morgen im Mai 1922, als sie Mühlbach verließen. Seinen Vater, der 1916 in russischer Kriegsgefangenenschaft an Lungenentzündung gestorben war, hatte Rupert nie zu Gesicht bekommen. Als er jetzt an der Hand der fremden Frau schnell durch das Dorf ging, wußte er noch nicht, daß er von nun an auch die Mutter und seine um zwei Jahre ältere Schwester nicht mehr sehen würde. Zwölf lange Jahre hindurch.

Der Stiefvater war der dritte Mann, den die Kinder als Freund der Mutter kennengelernt hatten. Waren sie vom ersten ständig geschlagen worden, wäre der zweite so nett zu ihnen gewesen. Doch dann war Fritz schwer krank mit Malaria aus der Kriegsgefangenschaft heimgekommen und von der Mutter gesund gepflegt worden. Und jetzt waren sie weg. Um den Fritz war ihm nicht leid, aber um die Mutti und die Loisi.

Auf dem Pferdefuhrwerk, mit dem sie nach Bischofshofen zum Bahnhof gebracht wurden, saßen noch zwei ältere Frauen. Während die eine von ihnen ein Kopftuch um die geschwollene Backe gewunden hatte und über starke Zahnschmerzen klagte, schüttelte die andere immer wieder den Kopf und streichelte Rupert einmal übers Haar.

„Einfach dagelassen, die Buben?“ Sie sah die fremde Frau an.

Diese nickte stumm und drückte die dünne Aktentasche, die sie mit sich führte, fester an ihre Seite.

„Mit dem um fünfzehn Jahre Jüngeren und der Loisi nach Frankreich“, murmelte die Frau aus dem Dorf. „Nach Frankreich“, wiederholte sie mehrmals ungläubig.

„Er bekommt dort Arbeit. In einem Kohlebergwerk“, sagte die fremde Frau.

„Wo sollen die Buben denn jetzt bleiben?“

„In Uttendorf, wo sie geboren sind.“

Rupert und seine Brüder starrten die Erwachsenen an.

Laut und langsam rumpelte das Fuhrwerk über die Landstraße. Der Schotter knirschte unter den Metallbändern der Holzräder. Immer wieder quietschte die Deichsel des Gefährts, knarrte das trockene Holz. Rupert, sein Kleiderbündel auf dem Schoß, wurde auf der niedrigen, harten Holzbank des Fuhrwerks immer wieder gegen die fremde Frau gepreßt.

Der Mann auf dem Kutschbock drückte sich den Hut fester auf den Kopf und trieb jetzt das Pferd an. „Der Zug wartet nicht!“ rief er, als verstünde ihn das Tier.

Die Buben waren das erstemal in ihrem Leben auf einem Bahnhof. Rupert kam alles riesengroß, laut und beängstigend fremd vor. Wo ist die Mutter? wollte er die fremde Frau fragen. Was ist mit der Mutter? Wo ist die Loisi? Aber er brachte kein Wort heraus. Er starrte nur immer wieder die unbekannte Begleiterin an, ehe ihm der Blick verschwamm. Seine Brüder beobachteten neugierig das Treiben auf dem Bahnhof. Rupert fürchtete sich. Gestern noch hatte er den ganzen Tag mit dem Sigi, seinem Freund aus der Werkssiedlung, gespielt. Und heute hatte ihn diese fremde Frau geweckt. Er war erschrocken, als sich das unbekannte Gesicht statt jenem seiner Mutter über ihn gebeugt hatte. Auch seine Brüder, die doch immer so angaben, hatten Tränen in den Augen, als sie vor Aufregung zappelnd und zitternd in ihre Hosen geschlüpft waren, nachdem es geheißen hatte, die Mutter, die Loisi und der Stiefvater seien weggefahren. Nach *Frankreich*. Und sie würden nach *Uttendorf* gebracht werden.

Als sie im Zug saßen und auf die vorbeifliegenden Bäume und Häuser sahen, wiederholte die Frau, daß die Mutter nach Frankreich gereist sei. Mit der Schwester Loisi und Fritz, dem Stiefvater. Dort gehe es ihnen besser als in Mühlbach, wo die Mutter tagaus tagein am Förderband Erz klauben habe müssen.

Rupert wußte nicht, was *Frankreich* war. Er begann zu weinen. Die fremde Frau streichelte ihm einmal über den Kopf und sah dann aus dem Zugfenster wie seine Brüder.

Ein vis à vis sitzender älterer Bub, der in St. Johann zugestiegen war, öffnete das Zugfenster und hielt die Hand in den Fahrtwind. Als er sie ansah, war sie voller Rußpartikel. Der Baldi wollte es ihm gleichtun, wurde aber von der fremden Frau ermahnt, sitzen zu bleiben. Rupert bemerkte, daß die Augen seines Bruders wieder naß wurden, und schon flossen auch bei ihm erneut die Tränen. Der Sepp saß reglos und verdattert da.

Rupert wußte nicht, wie ihm geschah. Viel später erst erkannte er, daß mit dieser ersten Eisenbahnfahrt die Kindheit ein für allemal zu Ende war. Als könne man aus seiner Kindheit hinausfahren, war ihm das dann, als er längst kein Kind mehr war, vorgekommen. Als sei er aus seiner Kindheit verschleppt worden. Regelrecht verschleppt.

Jahre später, als es darum gegangen war, Geld von der angesparten Waisenrente zu beheben, um dringend notwendige Unterwäsche zu kaufen, stellte der Vormund der drei Buben fest, daß die Mutter und der Stiefvater das bis zu diesem Tag angesparte Geld der Kinder abgehoben hatten, um damit die Fahrt nach Frankreich zu bezahlen.

Rupert konnte sich unter *Uttendorf* ebensowenig vorstellen wie unter *Frankreich*. Aber *Uttendorf* sollte er noch kennenlernen.

3

Eva war das siebte Kind. Von ihren sechs Brüdern starb einer an Diphterie. Der Vater, den sie zeitlebens hassen sollte, war die ganze Dauer des Ersten Weltkrieges hindurch in Italien eingerückt gewesen. Während dieser Zeit wurde der große Hof von Evas Mutter, ihren älteren Brüdern, einem Knecht, der eines kürzeren Beines wegen nicht ins Feld mußte, drei Dienstmädchen, einer Sennerin, einer Dirn, einer weiteren Magd sowie zwei dienstverpflichteten russischen Kriegsgefangenen bewirtschaftet. Oft wurde später von den Russen erzählt. Fleißig seien sie gewesen, berichtete Evas Mutter häufig. Vor allem dann, wenn sie sich über die Faulheit ihres Mannes beklagte, der immer nur mit seiner Pfeife herumsaß oder hinter den Weibsbildern her war. (Der Sennerinnen wegen war er oft auf der Alm.)

Auch Evas Brüder erzählten viel von den Russen, von denen sie sogar ein wenig Russisch gelernt hatten.

An Sonntagnachmittagen trafen sie sich, ohne daß jemand etwas davon erfahren durfte, auf dem Hof mit anderen im Gasteinertal arbeitenden russischen Kriegsgefangenen, spielten Mundharmonika, sangen und tanzten. Auch die Dienstboten vom Hof tanzten mit. Sie und Evas Brüder trauerten ihnen lange nach, als sie nach

Kriegsende nach Hause fuhren. Auch Evas Mutter, damals knapp dreißig Jahre alt, genoß die Anwesenheit der lebenslustigen Männer, die als unrasierte, abgemagerte, in zerlumpten Kleidern steckende, furchteinflößende Gestalten angekommen und ihr zu Beginn sehr unheimlich gewesen waren. Verunsichert und stumm, waren sie sich gegenübergestanden. Hatten sich nach und nach mit Zeichen zu verständigen und zueinander Zutrauen zu fassen begonnen.

Vor allem aber lebte die Frau auf, weil *sie* nun bestimmte, was auf dem Hof zu geschehen hatte. Ihr Leben war immer Unterordnung gewesen, und plötzlich erfuhr sie, wie es war, wenn man wirklich lebte. Und das in jenen Jahren, in denen in Europa der Tod im Mittelpunkt stand.

Mit der Rückkehr des Vaters kam für Eva und ihre Mutter eine Zeit voller Kummer, Zerwürfnisse und Gewalt auf den Hof. Er schrie und kommandierte herum, schlug meist gleich zu, ohne lange hinzuhören und stellte allen Frauen nach. Ungeachtet seines Lebensstils, ging er jeden Sonntag in die Kirche und zwang die Familie ständig zum Rosenkranzbeten. So als führe er das frommste Leben, das sich denken ließe.

Eva bekam noch zwei Schwestern und einen Bruder. Obwohl das große Bauernhaus allein im ersten Stock über sechs Zimmer verfügte, mußten die drei Mädchen gemeinsam in einer Kammer schlafen – Eva sogar mit ihrer Schwester Anna in einem einzigen Bett. Dies wurde für sie über Jahre hinweg zu einem Martyrium, da Anna einnäßte. Jahrelang näßte Anna ins Bett, und Eva fürchtete sich jeden Abend vor dem Einschlafen und betete inbrünstig, daß Anna doch einmal nicht ins Bett machen sollte. Doch jede Nacht passierte es. Es war immer das gleiche: Eva wurde wach, da sie etwas Heißes spürte. Und da war sie am Rücken oder am Bauch schon wieder naß. Es ekelte sie entsetzlich vor dem stinkenden Urin. Sie konnte kaum wieder einschlafen. Auch ihr Bruder Lois war Bettnässer, sie und die übrigen Geschwister jedoch nicht.

Mit Leni befand sich eine gutmütige, kinderliebende Dirn auf dem Hof, bei der Eva im Winter schlafen durfte. Eines Nachts, Eva war etwa fünf Jahre alt, rannte plötzlich ihre Mutter in die Kammer und kroch unter Lenis Bett. Diese verriegelte schnell die Tür. Bald darauf hämmerte der Vater dagegen und fragte, ob seine Frau drinnen sei. Er hole jetzt aus der Küche ein Messer und bringe sie um, sobald er sie finde. „Ich bring es um, das Luder!" schrie er. „Wahrscheinlich hat sie einen anderen, das Miststück, das verfluchte, weil's vor mir davonrennt! Ich stech' sie ab, die Sau!"

Leni schrie hinaus: „Sie ist nicht da! Gib Ruh' und lass mich endlich schlafen!"

Eva lag zitternd und voller Angst im Bett und preßte sich fest an den auch vor Aufregung bebenden weichen Körper von Leni. Unter dem Bett atmete heftig die Mutter. Irgendwann mitten in der Nacht schlich sich ihre Mutter dann aus der Kammer, um sich im Haus ein leeres Bett zu suchen.

Als die Mutter mit Evas Schwester Resi im Kindsbett lag, bezog Leni die angrenzende Kammer, um der Bäuerin nachts behilflich sein zu können. Auch Eva war mit Leni in diesen Raum gezogen, der durchquert werden mußte, wenn man vom elterlichen Schlafzimmer kam oder in dieses gelangen wollte.

Eines Nachts ging der Vater auf den Abort und als er

zurückkam, schnurstracks auf Lenis Bett zu. Er packte Eva wie einen Gegenstand, drückte sie gegen die Wand, um Platz zu bekommen und legte sich kurzerhand zu Leni ins Bett. Die schrie, er solle schleunigst schauen, daß er weiterkomme und sie in Ruhe lassen. Doch er warf sich auf die Frau, hielt ihre Hände fest und keuchte: „Stell' dich nicht so an. Es hat noch jeder gefallen!"

„Verschwind, Saubär, dreckiger!" schrie Leni und versuchte verzweifelt, ihm ihre Arme zu entringen. Dabei bekam die leise wimmernde Eva an der Wand mehrmals harte Schläge ab. Der Vater nahm sein Kind gar nicht mehr wahr. Er versuchte, nun mit einer Hand Lenis Arme auf das Bett drückend, mit der anderen ihre Beine auseinanderzureißen. Dabei geriet er ein wenig aus dem Gleichgewicht und der Frau gelang es, den Mann von sich hinunterzustoßen und aufzuspringen. Mit kreischender Stimme schrie sie ihn an: „Schau, daß du endlich weiterkommst, du dreckiger Saubär, du ganz dreckiger!"

Evas Vater schien kurz zu überlegen, ob er es noch einmal probieren sollte, entschloß sich dann jedoch, auf das *bockige Luder* fluchend, in das Schlafzimmer zurückzugehen.

Mit jedem dieser schrecklichen Erlebnisse – und es waren unerträglich viele – wuchs Evas Haß auf den Vater. Sie klammerte sich dafür an die Mutter, die sie immer öfter weinend antraf. Nicht selten mit blauen Flecken im Gesicht.

Eines Nachts wollte die Mutter, das Kleinkind auf dem Arm, in ein anderes Zimmer flüchten, doch der Vater holte sie schnell ein, nahm ihr den Säugling ab, warf ihn ins Bett und schlug auf seine Frau ein. Immer öfter rannte Eva auch im Winter barfuß in den Stall, um dort, wo aus dem Haus nichts zu hören war, weiterzuschlafen.

4

Der Bürgermeister war dick und rauchte eine riesige, stinkende Zigarre. Baldi wich erschrocken zurück, als ihm der große Mann ungestüm die Hand entgegenstreckte, da er fürchtete, eine Ohrfeige zu bekommen wie von dem früheren Freund der Mutter, der ihn und seine Brüder täglich geschlagen hatte. Ob mit oder ohne Grund.

„Kostplätze sind rar, da heißt es fleißig sein", sagte der dicke Mann mit lauter, tiefer Stimme. „Als ob wir bei uns nicht schon genug Kinder hätten, die wir unterbringen müssen. Schickt man sie uns auch noch von auswärts. – Weil halt euer Vater hierher gehört hat. Aber eines sag' ich euch: Wenn ihr nicht pariert, dann..." Den Buben blieb fast das Herz stehen, so streng sah sie der große dicke Mann mit der drohend erhobenen Zigarre an. Sie senkten ihre Blicke und bemerkten nicht, daß der Bürgermeister nun ein bißchen schmunzelte.

Der Baldi kam zum Hoferbauern nach Niedernsill, der Sepp nach Maria Alm. Rupert wurde vom Steinerbauern in Uttendorf abgeholt. Der hatte im Gegensatz zu den beiden anderen kein Fuhrwerk mit, und so gingen sie eine halbe Stunde den steilen, staubigen Weg bergan. Der hagere Mann war wortkarg und ernst, aber nicht unfreundlich; trotzdem war Rupert zum Weinen zumute. Auch wagte er nicht zu sagen, daß er *austreten* müsse. Nachdem sie zuerst eine Zeitlang schweigend den in der Sonnseite gelegenen Berg hinaufgestapft waren, an vielen blühenden, von Bienen umschwärmten Obstbäumen vorbei, erzählte der Steinerbauer dem Buben, daß er seinen Vater gekannt und sich deshalb bereiterklärt habe, ihn zu sich zu nehmen.

Ruperts Vater stammte aus Uttendorf. Er war ein lediger Sohn des Pichlwirts und auch dort aufgewachsen. Er hatte die Bergführerprüfung gemacht und daraufhin die Rudolfshütte in Stubach geführt.

„Von dort mußte er in den Krieg. Und ist nicht mehr heimgekommen“, sagte der Bauer mehr zu sich selbst als zu Rupert. „Ein so junger, gesunder Mensch. Das ganze Leben vor sich. Eine Frau und drei Kinder daheim.“

Auf dem Hof wurde er allen vorgestellt: Der Mutter des Bauern, die kochte und die Hausarbeit machte, Steffi, der Tochter, die fast gleich alt war wie er und bei deren Geburt die Bäuerin gestorben war. Und dem Knecht, der ihn von allem Anfang an nicht zu mögen schien. Mürrisch und grob gab er dem Buben die Hand.

Steffi versteckte sich scheu hinter ihrem Vater; das Mädchen war barfuß und trug ein völlig verdrecktes Kleid. Ihr strähniges, ungewaschenes Haar hing in die Stirn. Sie spähte immer wieder zugleich neugierig und ängstlich zu dem Buben, den der Vater da mitgebracht hatte.

Der Bauer trug Rupert auf, fleißig und brav zu sein. Dem Knecht zu folgen, der ihm von nun an sagen würde, was er zu tun habe und in dessen Kammer er schlafen könne.

„Die Zeiten sind schlecht. Aber zu essen gibt es genug bei uns.“

„Arbeit auch“, fügte der Knecht hinzu und wurde rot.

In Mühlbach hatten sie zu ebener Erde in der Baracke gewohnt; hier auf dem Hof gab es viele unglaublich steile Holztreppen in Haus und Stall. Die kleine Kammer, in der er mit dem Knecht schlafen sollte, bot kaum Platz für dessen Strohsack und den großen Nachttopf.

Als Rupert, das Bündel mit seinen Kleidern und Habseligkeiten haltend, unschlüssig in dem kleinen Raum stand, bekam der Knecht unversehens einen hochroten Kopf, lüftete kurz den Hut und fuhr sich mit seiner knochigen Hand durch die an eine Drahtbürste erinnernden schwarzen Haare. Dann stürmte er wortlos aus der Kammer, und der Bub hörte, wie er vor dem Haus zum Bauern sagte, der Balg könne doch leicht die Dirnenkammer nehmen. „Bei mir ist es so schon eng genug!"

„Von mir aus", meinte der Bauer und spuckte auf den Boden.

Rupert mußte sein Kleiderbündel in eine winzige Mansarde tragen, in der außer dem Strohsack vor allem viele Spinnweben hingen. Anstatt eines richtigen Fensters gab es nur eine kleine Luke im Holz, dessen Fugen an vielen Stellen nicht mehr mit Moos abgedichtet waren und zum Teil breite Klüfte aufwiesen. Es war fast finster in dieser Kammer, die schwer zu erreichen war, da die steile Stiege daran vorbeiführte und man über die Schwelle klettern mußte. Aber das machte Rupert, der gerne turnte, nichts aus. Doch als er in dem dunklen, nach Mausdreck stinkenden kleinen Loch stand, rannen ihm sofort die Tränen übers Gesicht. Mutter, wollte er schreien, Mutter, Loisi… Er wollte schreien und schluchzte doch nur lautlos vor sich hin.

In Mühlbach, in der Baracke, war es eng gewesen, aber sauber. Hier kam ihm alles so furchtbar dreckig vor. Auch stank es ganz entsetzlich nach Stall und Misthaufen. Und im Haus stank es ebenfalls. Nach Kuhmist und Geselchtem. Dann diese finstere Kammer mit den vielen Spinnweben. Dick lagen Staub und Strohreste auf den groben, unebenen Bodenbrettern.

An die Wand über dem Strohsack war ein verblaßtes Heiligenbild ohne Rahmen genagelt, das sich an den Rändern und Ecken einrollte.

Rupert stand jetzt mit hängenden Armen da und weinte. Er getraute sich nicht zu rühren, nachdem er im fahlen Licht, das durch die kleine Luke fiel, diese große fette Spinne entdeckt hatte, die direkt über dem Kopfteil des Strohsackes ihr Netz gespannt hatte und bei jedem Luftzug darin schaukelte.

Über seinem Kopf summte es. Wespen! Er hatte noch nie ein Wespennest so nahe gesehen. Dort oben hing eines. Direkt an den Holzschindeln des Daches.

Nein, er wollte weg von hier. So schnell als möglich heim. Zurück zur Mutter, zur Schwester, zu seinen Brüdern, zum Sigi, mit dem er gestern noch so schön gespielt hatte in der Werkssiedlung. Er fühlte sich allein, fürchterlich allein. Erst jetzt fiel ihm wieder das Tauschgeschäft ein, das sie sich für heute vorgenommen hatten: Den Sack Kugeln, den Rupert vom Christkind bekommen hatte, gegen das aus Holz geschnitzte Gewehr, das Sigis Großvater gemacht hatte. Dieses Gewehr, das er so lange nicht hergeben hatte wollen, der Sigi. Und das Rupert schon so lange besitzen wollte. Unbedingt wollte er es haben. Der Sigi lieh es ihm immer nur für ein halbes Butterbrot. Und wann hatte Rupert schon ein halbes Butterbrot übrig!

Wenn er jetzt wenigstens dieses Gewehr schon mitgehabt hätte. Mit dem man zwar nicht richtig schießen konnte, aber so tun als ob. Man bräuchte bestimmt keine so große Angst mehr zu haben, wenn man ein solches Gewehr hätte...

5

Beim letzten Kind stellte Evas Mutter eine *Lock*, ein Kindermädchen, ein. Auch auf sie glaubte der Vater, wie auf alle anderen Frauen, die in seine Nähe kamen, ein Recht zu haben. Das junge Mädchen wurde von Evas Vater schwanger.

Eines Nachts wurde Eva durch lautes Geschrei aus dem Schlaf gerissen. Zitternd schlich sie sich in das Vorhaus und beobachtete, wie ihre älteren Brüder und die Mutter auf das Kindermädchen einschrien und dabei waren, es aus dem Haus zu jagen. Der Vater brüllte noch und drohte seinen Buben, sie zu erschlagen. Er war außer sich vor Wut, wagte es aber dann doch nicht, sich mit seinen achtzehn und sechzehn Jahre alten, kräftigen Söhnen einzulassen, die ihm mit hochgekrempelten Ärmeln und blutunterlaufenen Augen haßerfüllt gegenüberstanden, sondern verließ mit dem weinenden, hochschwangeren jungen Mädchen schimpfend das Haus.

Tagelang kam er nicht zurück.

Eva betete darum, daß der verhaßte und von ihr so gefürchtete Vater bloß nie wieder heimkommen möge. Aber nach einer guten Woche war er wieder da. Alleine. Und alles ging von vorne los.

Eva war mittlerweile in der Schule. Viele Nächte hindurch konnte sie nicht schlafen, erlebte wie der rohe Vater ihre Mutter schlug und vergewaltigte. Sie litt während des Unterrichts unter sehr starken Kopfschmerzen und mußte sich immer wieder übergeben. Dabei ging sie gerne zur Schule, schon um außer Sicht- und Reichweite des Vaters zu sein. Auch lernte sie leicht und gut. Doch wurde ihr regelmäßig schlecht, und Fräulein Pölzl, die Lehrerin, die sehr freundlich zu ihr war, mußte sie wieder und wieder früher nach Hause schicken. Eva machte sich dann auf den Heimweg. Und auf der Promenade, nach dem Kurhaus *Germania*, bei der ersten Bank, übergab sie sich. Regelmäßig brach sie. Immer war ihr speiübel. Bleich, mit Schweiß auf der Stirn, kam sie nach Hause. Niemand konnte sich erklären, warum ihr ständig schlecht wurde. Dem Fräulein Pölzl wagte sie nicht zu erzählen, was sie fast Nacht für Nacht zu Hause erlebte. Wie sehr sie ihren derben, gefühllosen Vater haßte. Und wie wenig ihre zunehmend verbitterte Mutter imstande war, ihr zu geben, wonach sie sich so sehr sehnte. Eva wußte nicht, daß man längst im ganzen Tal über die Weibergeschichten des Vaters redete. Fräulein Pölzl streichelte ihr immer mit einem eigenartigen Ausdruck im Gesicht übers Haar, wenn es sie vor Schulschluß heimschickte.

Die Mutter, nach zehn Geburten und dem ewigen Leid mit dem Mann inzwischen eine abgehärmte Frau, resignierte. Eva wechselte nach der Volksschule in die Bürgerschule über und absolvierte auch diese mit gutem Erfolg. Mittags durfte sie zum Bräumoser essen gehen, der dafür einmal im Jahr ein Schaf und hin und wieder Eier bekam. Mit den Eiern war die Mutter sehr sparsam – das Eiergeld war jenes, von dem sie den Kindern gelegentlich ein Kleidungsstück kaufen konnte.

Wie sahen Eva und ihre Schwestern sich leid, wenn die Kinder aus dem Ort im Frühjahr und im Sommer Sandalen trugen, Sandalen mit schönen Socken – sie hingegen mußten Jahr und Tag in diesen schweren, hohen Schuhen gehen, welche die Störschuster aus dem hofeigenen Leder anfertigten und die immer nach Stallmist stanken, so verzweifelt die Mädchen auch versuchten, sie auf dem Schulweg im Gras abzuputzen.

1929 beendete Eva die Schule und bekam dafür von ihrer Mutter ein Fahrrad geschenkt, mit dem sie einkaufen fahren konnte, da der Stubnerhof gut dreißig Minuten vom Ort entfernt lag.

So sehr Eva auch bettelte, doch einen Beruf erlernen zu dürfen – Schneiderin wäre sie so gerne geworden! –, die Mutter blieb hart: „Wir haben nicht das Geld dafür. Und von der Bauernarbeit ist noch niemand verhungert!"

So mußte sie also anpacken – den ganzen Tag wußte die Mutter Arbeit für sie. Aber niemals die Frage, ob das Kind die schwere Arbeit auch schaffen würde.

Evas Mutter, Tochter eines Bergbauern, kannte selber nur Arbeit; dann der ständige Kummer mit dem Mann, der mit seinen Frauengeschichten unentwegt für neue Aufregung sorgte.

Einmal fuhr er mit zwei Mägden vom Hof nach Salzburg, wo sie den gesamten Monatserlös aus dem Milchverkauf durchbrachten und er ihnen zum Abschluß im Rausch noch neue Kleider kaufte. Evas Mutter nahm den beiden Frauen wütend die Kleider weg und ließ sie für ihre Töchter umändern.

An diesem Abend konnte Eva lange nicht einschlafen. Sie mußte immer daran denken, wie sie am Vortag vom Bergerbauernhof das Ferkel geholt hatte. Jedes Jahr bekamen sie eines als Gegenleistung dafür, daß ihr Bär zur Sau gelassen wurde. Im weiten Umkreis besaßen sie den einzigen Saubären. Gestern hatte sie das rosige kleine Tier wie im Vorjahr im Korb abgeholt. Und dabei den Knecht in der Küche mit dem Wiegemesser am Tisch arbeitend stehen sehen. Unentwegt mußte sie jetzt an den Knecht denken. Denn heute war er Ortsgespräch. Die Bäuerin hatte ihm nach dem Tod ihres Mannes die Ehe versprochen. Wenn er nur fleißig arbeite. Das hatte er gemacht. Von früh bis spät sich um alles gekümmert. Gerackert bis zum Umfallen. Vor kurzem war er ihr dahintergekommen, daß sie noch einen anderen Mann hatte. Und gar nicht daran dachte, das ihm gemachte Versprechen einzulösen. Es stets nur erneuerte, wenn er sie daran erinnerte. Heute war der Knecht mit einem blutigen großen Küchenmesser zur Gendarmerie gegangen, um Anzeige zu erstatten: „Ich hab' sie umgebracht."

Eva sah den Knecht vor sich, wie er gestern noch am Küchentisch gestanden war und sie einander freundlich gegrüßt hatten. Mußte sich vorstellen, wie das gewesen war, worüber die Menschen heute in einem fort redeten. Daß er der Bäuerin mit dem Messer auf den Hof gefolgt war und sie einfach niedergestochen hatte. So oft zugestochen, bis sie in ihrem Blut tot auf dem staubigen Erdboden gelegen war.

Am Vorabend sei er der Bäuerin nachgeschlichen und habe mitangehört, wie sie sich mit ihrem Liebhaber über ihn lustig gemacht habe. Über den Dummkopf, der im Glauben, von ihr geheiratet zu werden, arbeite wie fünf Ochsen auf einmal. Mit dem einzigen Unterschied, daß er viel dümmer sei als die Ochsen...

Eva strengte sich ganz besonders an, wenn sie schwere Arbeit in Sichtweite ihrer Mutter verrichtete, um sie endlich einmal zu einem Lob herauszufordern oder wenigstens zur Frage, ob sie sich denn auch nicht übernähme, ob ihr das wirklich nicht zu schwer sei – doch es nützte alles nichts. Es war einfach selbstverständlich, von früh bis spät zu schuften. Die Mutter zeigte keine Gefühle für ihre Tochter.

Bis zu jenem Tag, als Eva schwer erkrankte – ihr Urin war braun wie Kaffee und der Doktor sagte, es sei sehr ernst. „Sehr ernst", wiederholte er, als er sich nach der Untersuchung in der bereitgestellten Waschschüssel die Hände gewaschen und nach dem Handtuch gegriffen hatte. Da traten Evas Mutter Tränen in die Augen, hatte Eva sie das einzige Mal in ihrem Leben ihretwegen weinen gesehen.

Auch für die Mutter selbst gab es tagaus tagein nichts als Arbeit; sie hielt über hundert Hühner, hatte einen großen Gemüsegarten angelegt und belieferte die Hotels in Badgastein mit Eiern und Gemüse. Doch alles Geld wurde immer nur in den Hof gesteckt, nach und nach Maschinen angeschafft und unentwegt versucht, weitere Grundstücke zu erwerben.

Mit fünfzehn mußte Eva bereits für alle Leute auf dem Stubnerhof kochen – wie gerne tat sie das, weil sie dafür gelobt wurde, und wie sehr war sie auf dieses Lob aus!

Im folgenden Frühjahr war sie das erstemal Sennerin auf der Alm. Auch dort: Arbeit – ohne einen einzigen Groschen Bezahlung. Oder ein Wort des Dankes.

Doch sie genoß es, mit einem Hüterbuben allein wirtschaften zu können, ohne ständig herumkommandiert zu werden. Das Vieh versorgen, Butter rühren, Käse machen, Kochen – all das auf Anhieb zur Zufriedenheit zu bewältigen, wurde offenbar vorausgesetzt. Und so gut sie es auch schaffte: Wiederum wartete sie vergeblich auf Lob von der Mutter, die sie auch kein einziges Mal auf der Alm besuchte oder zumindest nachfragen ließ, wie sie denn zurechtkäme.

Evas Bruder, der einmal in der Woche kam, um die Butterstriezeln abzuholen, welche sie im Keller – in riesige, vorher am Brunntrog sauber gewaschene Blätter gepackt – aufbewahrte, brachte neben den Lebensmitteln auch Schnaps mit, den Eva ausschenkte, wenn am Wochenende junge Leute auf die Alm kamen, Mundharmonika spielten und tanzten. Auf diese Weise verdiente sie bis Herbst so viel Geld, daß sie sich die schon seit Jahren ersehnten Spangenschuhe kaufen konnte. Endlich heraus aus diesen groben, steifen, unförmigen schweren Lederschuhen, in denen sie weithin nach Stall stank, so gründlich sie sie vor dem Kirchengehen auch abputzte, und in denen sie sich einfach nur wie ein Bauerntrampel vorkommen konnte, wie sie sich sagte – immer wieder besah sie sich die feinen, eleganten, wohlriechenden Schuhe und war ungemein stolz, sie sonntags zum Kirchgang anzuziehen.

Sie ging gerne zur Kirche, weil dies die einzige Gelegenheit war, mit Leuten ihres Alters zusammenzutreffen. Es gefiel ihr auch, von den jungen Bauernsöhnen umschwärmt zu werden, die bald darauf drängten, bei ihr schlafen zu dürfen, wovor sie jedoch viel zu große Angst hatte.

Dennoch kam sie eines Tages ins Gerede: Karl, ein über vierzigjähriger Melker, dessen Alm kaum fünf Minuten von der Evas entfernt lag, war des Nachts öfter fort. Er hatte einen dreijährigen Buben bei sich und seinen Neffen Franz, einen neunzehnjährigen Studenten, der ihm die Ferien über bei der Arbeit half.

Eines Morgens fragte das Kind, das nach einem Angsttraum aufgewacht war und vergeblich nach ihm gerufen hatte: „Wo warst denn, in der Nacht?"

„Bei der Eva."

Franz, der schon längst keine Gelegenheit mehr ausließ, um mit Eva zusammenzutreffen, erschrak, als er das hörte. Karl begann auch im Gasthaus damit zu prahlen, daß ihm die Eva immer ihre Tür offenlasse und ihm das einmal einer nachmachen sollte, in seinem Alter noch der Liebhaber eines so jungen Mädchens zu sein.

Franz ließ die Angelegenheit keine Ruhe – und er begann seinem Onkel nachts nachzuschleichen, wenn dieser die Hütte verließ. Dabei stellte er fest, daß Karl keineswegs, wie er immer behauptete, zu Eva ging, sondern in eine ganz andere Richtung.

Erleichtert kam der junge Student zu Eva, um ihr von seiner Beobachtung zu berichten. Sie war inzwischen dieser Geschichte wegen schon Ortsgespräch und wußte nicht, wie sie sich gegen diese Verleumdung wehren sollte. Die Wirtshaussitzer wie die Betfrauen sagten übereinstimmend: „Kein Wunder, bei so einem Bock von Vater! – Er ist hinter jedem Weiberkittel her, das Dirndl halt umgekehrt!"

Evas Firmpatin kam eines Sonntags eigens auf die Alm, um ihr eine Strafpredigt zu halten: „Was fällt dir denn ein, in deinem Alter!"

Die Frau beruhigte sich erst wieder, als Eva den Franz holte und dieser auch der Firmpatin gegenüber seine Beobachtung wiederholte und damit Evas Unschuldsbeteuerungen untermauerte.

Dabei hätte Eva von dem Schnapsverkäufer erzählen

können – es aber natürlich niemals gewagt! –, der schon bei ihrem ersten Almaufenthalt im Juni gekommen war und gebeten hatte, übernachten zu dürfen. „Im Heu", hatte Eva gesagt. Und abends ihre Kammer gut verriegelt. Zum Glück. Denn kaum war der Wastl, Evas Hüterbub, eingeschlafen, hatte der etwa Fünfundvierzigjährige an ihre Kammertür geklopft und geflüstert: „Laß mich hinein, Eva." Er hatte immer heftiger geklopft und dann ohne Erfolg versucht, die Tür einzudrücken, wovon der Wastl wach geworden war und den Mann angeschrien hatte, er sei ein verfluchter *Saubär* und er solle gefälligst die Eva in Ruhe lassen. Noch in der gleichen Nacht hatte der Mann die Alm verlassen. Und Jahre später, Eva war frisch verheiratet, hatte sie ihn in Schwarzach wiedergesehen und sofort erkannt. Er lebte dort in einem schönen Häuschen mit Frau und Tochter.

Hätte die Verriegelung der Kammertür nicht gehalten und wäre der Wastl nicht wach geworden, dann ...

Der Vater war zu dem Zeitpunkt schon von zuhause ausgezogen und lebte mit einem Mädchen, das seine Tochter hätte sein können, auf einem Zulehen.

Eines Tages war er zu Eva gekommen, um ihr ein Geschenk zu machen. Der Mann, dessen Gewalttätigkeit ihr seit frühester Kindheit verhaßt war, mit dem sie kaum jemals mehr als ein paar widerwillig gesprochene Worte gewechselt hatte, war unerwartet scheu auf sie zugekommen und hatte ihr verlegen ein kleines Päckchen in die Hand gedrückt. Verwundert hatte Eva es genommen und unentschlossen so lange in der Hand gehalten, bis ihr der Vater bedeutet hatte, es doch aufzumachen. Es enthielt ein modernes Armband, eines, wie es sich das Mädchen schon lange gewünscht hatte. Verwirrt stammelte sie: „Aber ... warum denn ..."

Der Vater entgegnete, daß ihm vorkomme, daß sie daran mehr Freude habe als an etwas Bäurischem.

Eva dachte lange darüber nach, was der Vater mit diesem überraschenden Geschenk wohl bezweckt haben mochte und wie er nur darauf gekommen war, wo sie doch überhaupt nie wirklich miteinander geredet hatten, und sie kam auf keinen grünen Zweig, so angestrengt sie auch hin und her überlegte. – Sollte gerade *er* sie womöglich um so vieles besser verstehen als die Mutter?

6

Die Tage waren lang auf dem Steinerhof. Und dennoch fast immer zu kurz für all die Arbeit, die Rupert vom Knecht angeschafft bekam.

Er hätte wenigstens mit der Steffi öfter spielen wollen. Aber auch das Mädchen mußte arbeiten. Es besaß zwei eigene Hasen, die Rupert aus dem Stall nehmen, streicheln und füttern durfte. Das erinnerte ihn wieder an den Sigi. Der hatte auch zwei Hasen gehabt. Die jedesmal von seinem Großvater abgestochen wurden, sobald die Jungen etwas größer waren. In Mühlbach waren sie jeden Tag gemeinsam Hasenfutter suchen gewesen. Immer, wenn Rupert an Mühlbach dachte, traten ihm die Tränen in die Augen.

Die Tage waren mit Arbeiten in Stall und Feld ausgefüllt, die Rupert zuvor noch nie gemacht hatte. Anfangs hatte er beim Stallausmisten geglaubt, den Gestank nicht auszuhalten. Inzwischen roch er ihn gar nicht mehr. Der Bauer war wortkarg, aber nicht unfreundlich zu ihm.

Er sah immer sehr traurig und besorgt aus. Doch der Knecht – aufbrausend, jähzornig und ungerecht –, begann bald, Rupert zu schlagen. Anfangs nur, wenn ihm bei der Arbeit kleine Fehler unterliefen, später auch ohne Grund.

Mehrmals war ihm die schwer mit Mist beladene Schubkarre umgekippt, noch bevor er sie, Anlauf nehmend, auf dem Misthaufen abgeladen hatte. Rupert mußte Schwung holen, um die Scheibtruhe das Brett hinaufschieben zu können. Er rutschte ab und stürzte in die Jauche. Der Brustkorb, mit dem er auf das Brett geprallt war, schmerzte. Der Knecht ohrfeigte, die Mutter des Bauern schalt ihn, doch besser auf sein Gewand aufzupassen. Ganz so, als habe ihm dieser Sturz großes Vergnügen bereitet. Verzweifelt besah er sich abends die schmerzende Hautabschürfung, die er sich gar nicht herzuzeigen getraut hatte, und sehnte sich nach seiner Mutter. Wieso waren er und seine Brüder bloß zurückgelassen worden? Warum nur?

Einmal kam Rupert in der Früh in den Stall zur Arbeit, als ihn eine schallende Ohrfeige des Knechts empfing. Er weinte und bekam noch eine. „Halt's Maul!" schrie ihn der zornige Mann an. „Halt endlich das Maul!" Und er drosch so lange auf Rupert ein, bis dieser aus der Nase blutete. Dann ging der Knecht schnell mit ganz großen Schritten aus dem Stall. Rupert drückte sein Gesicht gegen den Bauch seiner Lieblingskuh. Warm flossen die Tränen auf das Fell des Tieres und vermischten sich mit dem Blut, das aus der Nase kam. Sein Schluchzen war kaum zu hören. Er dachte nur ans Davonlaufen. Endlich von hier weg. Nach Frankreich. Ja, nach Frankreich wollte er, zur Mutter, zur Loisi. Auch wenn der böse Fritz dort war. Der ihm und seinen Brüdern die Mutter und die Schwester gestohlen hatte. Das wäre ihm egal. Nach Frankreich wollte er. Oder wenigstens zum Baldi nach Niedernsill.

Später kam der Knecht in den Stall zurück, als sei überhaupt nichts geschehen.

Obwohl er sich nicht ungeschickt anstellte und immer seltener etwas falsch machte, zudem beim Arbeiten von Tag zu Tag schneller wurde, schlug ihn der Knecht. Verhaute ihn oder verhaute ihn nicht. Ganz wie er aufgelegt war. Völlig unerwartet konnte er explodieren und auf ihn einschlagen. Ein andermal sah er den Buben so an, als habe er Mitleid mit dem Kind. Rupert kannte sich überhaupt nicht aus mit dem Mann. Er fürchtete sich vor ihm. Er haßte ihn. Aber dann war er auch wieder nett zu ihm. Und der einzige Mensch auf dem Hof, zu dem er Nähe verspürte.

Eines Nachmittags, als Rupert in einer Ecke des Stalles hockte und weinte, weil ihn der Knecht wieder ohne jeden Grund geschlagen hatte, kam Steffi zu ihm und sagte, indem sie sich auf die Stirn deutete: „Sein Vater."

Rupert verstand nicht.

„In Lehen", sagte sie. „Der ist in Lehen gestorben. – Im Narrenhaus!"

Als der Sommer kam, mußte Rupert mit aufs Feld.

In sengender Hitze galt es mit dem großen Rechen das Heu zu wenden. Es später auf den Heuschlitten zu laden.

Wenn ein Gewitter drohte, schrie auch der sonst so schweigsame Bauer, der das Pferd mit dem Schlitten über die steilen Wiesen zu den Heustadeln führte, sie sollten nicht einschlafen bei der Arbeit. Der Knecht trieb Rupert an. Aber er schlug ihn nur, wenn sie allein waren und drohte ihm, ihn noch viel mehr zu schlagen, wenn er jemandem davon erzähle. So unberechenbar, wie er war, konnte seine Stimmung ohne erkennbare Ursache von einer Minute auf die andere in ihr Gegenteil umschlagen.

Einmal im Herbst setzte er sich nach dem Essen zu dem Buben in der Mittagssonne auf die Hausbank, nahm den Hut ab – Rupert starrte auf den milchig-weißen Ring unterhalb des Haaransatzes, bevor die Haut ledrig-braun wurde – legte ihm unverhofft vertraulich den Arm um die Schulter und sagte, daß morgen im Dorf Kirchtag sei. „Jahrmarkt." Danach zog er umständlich mit seinen grindig-verdreckten Fingern eine Münze aus der Uhrtasche seines abgewetzten, löchrigen alten Gilets und drückte sie dem völlig überraschten Kind wortlos in die Hand.

Rupert wußte nicht, wie ihm geschah. Der Knecht sah ihn plötzlich mit feuchten Augen an. „Ich hab' nie Geld gehabt. Nie. Hätte mir so gern auch einmal auf dem Kirchtag etwas gekauft. Nichts Großes. Ein bißchen Türkischen Honig. – Aber wir hatten kein Geld. Kein Geld. Nur Arbeit, aber kein Geld. Nur Arbeit."

Abrupt stand er auf und ging weg. Stapfte mit schweren Schritten den Anger hinaus. Groß, hager und sehnig, wie er war. Sein speckiger Hut lag noch neben Rupert auf der Hausbank. Die Drahtbürstenhaare des Mannes schimmerten in der Sonne metallisch. Rupert starrte ungläubig auf die Münze, die er in der Hand hielt.

Rupert, der den Bauern und die Steffi zum Kirchtag begleiten durfte, war überwältigt von den Buden mit den bunten Waren; den mit lauten Zurufen lockenden Verkäufern – so etwas hatte er noch nie erlebt.

Am stärksten zog ihn die Schießbude an. Immer wieder strich er um sie herum. Er sah die jungen Burschen davorstehen. Beobachtete, wie sie sich durch Anrempeln aufforderten, es doch zu versuchen. Sah einen von ihnen herantreten, sich ausgelassen und verlegen zugleich mit dem Handrücken den Hut aus der Stirn schiebend, ehe er zum Gewehr griff. Die kichernden Dorfmädchen hinter ihm, die einander untergehakt hatten und sich gegenseitig übermütig anschubsten. Und die schließlich denjenigen umringten, dem es gelungen war, eine Rose aus Papier oder ein an einem bunten Band baumelndes Lebkuchenherz herauszuschießen.

Rupert, seine Münze fest umschlossen in der Hand haltend, stand mit offenem Mund daneben und konnte sich nicht sattsehen an dem ausgelassenen Treiben. Er dachte: „Das will ich einmal können! So schießen." Als das Gewehr wieder auf der Budel lag, faßte er schnell hin, um es zu berühren. Das Holz war ganz glatt. Das Metall des Laufes eiskalt. Er schreckte zurück, als ihn der Mann hinter der Schießbude ansprach: „Da mußt noch ein paar Jahre warten, Kleiner", lachte er. „Dann kommst wieder und darfst auch schießen!" Rupert stockte der Atem. Das Blut schoß ihm ins Gesicht, er spürte gleichzeitig die ungeheure Hitze. Ohne ein Wort herauszubringen, lief er weg und suchte unter den vielen Menschen, die sich durch die enge Gasse der links und rechts stehenden Marktstände drängten, den Bauern und die Steffi. Der Bauer handelte gerade den Preis für eine Hose herunter und packte sie danach mit hochroten Ohren und einem eigentümlichen Ausdruck von verschmitzter Befriedigung im Gesicht in seinen Rucksack. Dabei vermied er es, den Vekäufer noch einmal direkt anzusehen. Rupert umklammerte mit seiner Faust immer noch ganz fest die längst warm gewordene Münze. Als sie an dem Stand mit den Zuckerwaren vorbeikamen, hielt er sie einfach schweigend über die Budel. Die dicke Frau mit der weißen Schürze deutete auf die verschiedenen Süßigkeiten; Rupert kannte keine einzige. „Aber du willst sicher einen Türkischen Honig?“ fragte sie. Schnell nickte er heftig, und sie gab ihm ein ansehnliches Stück. Er griff rasch zu, obwohl er sich unter Honig etwas anderes vorgestellt hatte.

Fast jeden Abend rollten Rupert die Tränen übers Gesicht, sobald er allein in seiner Kammer auf dem Strohsack lag. Er wagte es nicht, nach seiner Mutter zu fragen. Nach seiner Schwester. Nach den Zwillingsbrüdern. Er konnte immer noch nicht begreifen, warum die Mutter und der Stiefvater nur die Schwester mitgenommen hatten, nach Frankreich. Warum er und seine Brüder dableiben mußten. Er war inzwischen von *einem* Gedanken überzeugt. *Einer* trug ganz allein Schuld an allem. *Er* hatte ihnen alles weggenommen und die Buben dagelassen, weil er sie nicht mochte: Der Stiefvater Fritz! Rupert begann ihn von nun an immer mehr zu hassen. Obwohl gleichzeitig die Erinnerung an die Person Fritz von Tag zu Tag undeutlicher wurde. Er dachte bloß an den Namen und wurde zornig und verzweifelt zugleich.

Wie schon so oft in Mühlbach: So gerne hätte er auch einen Vater gehabt! Einen *richtigen* Vater! Immer wieder stellte er sich vor, daß der Vater doch noch heimkommen würde, aus Rußland. In Mühlbach hatte er seinen Vater, den er nur vom Hochzeitsfoto kannte, immer mitten auf einem Feld liegen gesehen, wenn es geheißen hatte, Ruperts Vater sei auch *im Feld geblieben.* Nein, vielleicht würde er doch noch heimkommen. Heimkommen und es dem Knecht zeigen. Dort hinten würde er um die letzte Kurve biegen. Groß. Riesengroß. Und stark. Unermeßlich stark. Und der Knecht würde jammern, er solle ihm nichts tun. Da Rupert jedoch immer so müde war, schlief er über diesen Fantasien stets bald ein.

An einem Sonntagnachmittag, als Steffi mit ihrem Vater zu ihrer Taufpatin aufgebrochen war, die auf einem Hof in der Schattseite lebte, lief Rupert erstmals allein in den Wald. Er roch mit Genuß den Boden, die Nadeln der Bäume, legte sich auf den Rücken, sah die hohen Stämme empor, deren Wipfel sich im Wind wiegten, suchte das Blau des Himmels – und beobachtete das Wild. Sah, wenn er so reglos auf der Lauer lag, die Rehe gar nicht weit entfernt auf einer Lichtung äsen. Entdeckte Eichkätzchen. Vögel. Käfer. Nicht einmal die Ameisen störten ihn wirklich, wenn er sich versehentlich in einen Ameisenhaufen legte.

Von nun an nützte er jede freie Stunde, um in den Wald zu laufen, um dieses angenehme Gefühl des Für-sich-sein-Könnens auszukosten. Die Stille, in der ihn niemand herumkommandierte. Ihm niemand Arbeit anschaffte. Vor allem: Kein Knecht ihn schlug.

7

Franz war längst Hals über Kopf in sie verliebt und schmiedete eifrig Pläne für eine gemeinsame Zukunft. Eva war nicht sicher, ob sie ihn liebe – sie konnte ihn gut leiden, war auch beeindruckt von seiner Schulbildung, ein Student, der *Ingenieur* werden würde, allein wie das klang!, und war vielleicht auch ein wenig in ihn verliebt. Sie suchte ja unablässig nach dem, was sie in ihrer Kindheit am schmerzlichsten vermißt hatte: Liebe. Kein einziges Mal hatte ihre Mutter sie gestreichelt, nie ein gutes oder zumindest anerkennendes Wort für sie gehabt. Franz drängte ständig darauf, sie küssen und streicheln zu dürfen. Mit rotem Kopf umwarb er sie: „Noch hab' ich kein Geld, aber wenn ich erst fertig bin mit dem Studieren, dann schau' ich mir um einen guten Posten und dann heiraten wir. Du wirst alles bekommen, was du dir wünscht. Vergiß nicht, ein Ingenieur kann sich schon was leisten, so ist das nicht! Wir ziehen in eine saubere, helle Dienstwohnung. – Und nie dreckige Wäsche, nur weiße Hemden und Anzüge, Eva."

Nach dem Sommer mußte er wieder in die Stadt. Sie sahen sich nur an manchen Sonntagen nach dem Kirchgang, wenn er zuhause war, und während der Weihnachtsferien. Bei jedem Brief von ihm, machte Evas Mutter abschätzige Bemerkungen. Es sollte nur ja kein Zweifel daran entstehen, daß für sie nur der Sohn eines Bauern in Frage kam für ihre Tochter, der Sohn eines möglichst großen Bauern. Alles andere wäre ausgeschlossen.

Trotz der vielen Arbeit, die sie auch dort erwartete, freute Eva sich jedes Jahr auf die Alm. Auch ein bißchen auf Franz. Sie hörte es gerne, wenn er ihr Komplimente machte, sie mochte seine Gesellschaft.

Nachdem ein von der Mutter ausgesuchter Knecht für sie keine Hilfe gewesen war, sie sich mit ihm, der geglaubt hatte, *sie* herumkommandieren zu können, auch überworfen hatte, schickte man ihr ihren neunjährigen Bruder als Hüterbuben. Und als der wieder in die Schule mußte, kam erneut der Wastl als Gehilfe. Er hatte verkrüppelte Füße, konnte nur ganz kleine Schritte machen und natürlich nicht laufen. Aber er strengte sich ungemein an und war Eva für jedes lobende Wort dankbar.

Immer wieder erlebte sie Überraschungen.

Eines Morgens stand eine Geiß am Brunntrog und meckerte. Sie hörte nicht mehr auf zu meckern. Eva redete ihr gut zu: „Hast deine Geschwister verloren. Wirst sie schon wieder finden." Als sie in die Hütte ging, folgte ihr das Tier auf dem Fuß und meckerte drinnen aufgeregt weiter. Jetzt erst fiel ihr auf, daß die Geiß keinen dicken Bauch mehr hatte. Sie mußte geworfen haben. Nun machte sich Eva mit ihr auf die Suche nach den Jungen. Sie hielt überall Ausschau nach Blut, legte sich auf den Boden, um vielleicht ein Wimmern zu vernehmen – alles vergeblich. Erst nach langem Herumirren kamen sie zu einem fast heustadelgroßen Findlingsstein, bei dem der Boden steil zu einer tiefen Grube abfiel – dort entdeckte sie Blutstropfen und fand schließlich die drei Kitzlein, die ganz unter den großen Blättern verschwunden waren, in die Eva die Butterstriezel einzuwickeln pflegte. Während die Ziege am Fundort zurückblieb, um dort auf sie zu warten, lief Eva schnell zur Hütte zurück, holte Haue und Rechen und danach mit deren Hilfe alle drei Jungen aus dem Loch. Immer wenn Eva die Ziege ansprach, wedelte sie mit dem kurzen Schwanz wie ein Hund. Die Jungen waren so geschwächt, daß Eva ihre Mäuler an die Zitzen des Muttertiers pressen mußte, damit sie trinken konnten.

Ein andermal entdeckte sie zwei Mäuse in einem Bottich – und ließ sie frei. Von da ab spazierten die Tiere jeden Vormittag der Wand entlang in die Hütte, als wollten sie ihr bei der Arbeit zusehen. Im Keller nagten sie zwar die Blätter an, in welche die Butterstriezel gewickelt waren, nie jedoch diese selbst. Eva war fest davon überzeugt, daß sie sich damit dafür bedanken wollten, daß sie ihnen das Leben geschenkt hatte.

Eines Tages nahm sich Evas Mutter endlich Zeit, zu ihr auf die Alm zu kommen. Eva freute sich ungemein und nahm an, daß ihr die Mutter, die schließlich auch ihre schönsten Jahre auf der Alm verbracht hatte, darüber erzählen würde. Und daß sie bisher noch nie gekommen war oder sich nur nach ihr erkundigt hatte, lag doch einzig daran, daß auch die Mutter vor Arbeit weder aus noch ein wußte. Unmittelbar nachdem der Bruder beim Butterstriezelabholen den Besuch der Mutter angekündigt hatte, malte sie sich aus, wie es sein würde, mit ihr auf der Bank vor der Hütte zu sitzen und endlich in ein richtiges Gespräch zu kommen. Nicht nur Befehle zu empfangen, Arbeit aufgetragen zu bekommen, mit Vorwürfen überhäuft zu werden oder überhaupt vergeblich darauf zu warten, von ihr auch nur beachtet zu werden. Wieviel sie ihr doch zu erzählen hatte! Von den Kitzlein oder den Mäusen. Von der Panik, in die sie geraten war, als eine Kuh gekalbt hatte.

Am Tag des Besuchs deckte sie vor der Hütte einen schönen Jausentisch und war in Gedanken seit dem Aufstehen im freundschaftlichen Gespräch mit ihrer Mutter. Doch keine Rede von all dem, als diese dann tatsächlich neben ihr saß! Die Mutter, längst eine vom Leben nachhaltig enttäuschte Frau mit verhärteten Gesichtszügen, illusionslos, kam unverzüglich zur Sache: Von einem jungen Bauern sei sie angesprochen worden, sagte sie. „Er will dich besuchen kommen." Natürlich hatte sie sofort zugesagt, ohne Eva vorher zu fragen, ob ihr das recht wäre. „Die haben den großen Hof dort hinten, du weißt schon…" Eva kannte den Burschen nur ganz flüchtig vom Sehen. Und als ihre Mutter aufzuzählen begann, wieviel Stück Vieh bei dem Bauern im Stall stünde und wieviel Grund und wieviel Waldbesitz diesen Hoferben erwarten würden, hörte sie nicht mehr hin. Es war ihr verhaßt, daß es immer nur darum ging, wieviel jemand *hat.* In einem fort hätte sie heulen können, so sehr enttäuschte sie dieser erste und einzige Besuch ihrer Mutter auf der Alm.

Eva, die trotzig ihre Lippen zusammenpreßte und in eine andere Richtung sah, wünschte nur noch, daß sie bald wieder gehen würde, ihre Mutter, deren Besuch sie so sehr ersehnt hatte!

Am darauffolgenden Sonntagvormittag sah sie ihn am Fenster vorbeigehen, in seiner feschen Joppe und einer kurzen Lederhose; frisch gewaschen und gekämmt. In die Vorhütte, in der bei offenem Feuer gekocht oder gekäst wurde, gelangte man bei ihnen erst, wenn man durch den *Scherm*, den Stall ging. Von dort kam man in die Stube, in der Eva sich gerade frisierte.

Michl, mit dem sie bisher doch kaum fünf Worte gewechselt hatte, begrüßte sie ganz überschwenglich. Eva, den Kamm in der Hand, sagte verlegen, es sei ihr peinlich, noch nicht fertig zu sein. Doch Michl, ganz Bauer, zeigte Verständnis: Schließlich habe man auf einer Alm allerhand zu tun und komme selber erst am Schluß. Sie solle sich nur Zeit lassen, er schaue sich inzwischen draußen ein bißchen um. Eva machte sich fertig – so hübsch es ging, sie wollte jedem gefallen, keine Frage. Als er zurückkam, glänzten seine Augen: „Sapperlot, hast dich aber sauber hergerichtet!“ Eva wurde rot und sah zu Boden. „Ist eine gute Alm“, meinte er anerkennend. Sie nickte eifrig und zeigte ihm gleich stolz die gelben Butterstriezel im Keller. Jetzt erst fiel ihm ein, sich überhaupt vorzustellen. Eva bot ihm Schnaps an. Sie mußte mittrinken, auf der Bank vor der Hütte, obwohl sie das scharfe Zeug überhaupt nicht mochte.

Michl lehnte sich zurück und sah zufrieden in die Landschaft. Sie prosteten einander zu. Er hätte ja fast nicht heraufgefunden, erzählte er. Dort, wo sich im Wald mehrere Wege verzweigten, habe er auf gut Glück einen genommen. „Und den richtigen erwischt!“ lachte er sie an. „Im Winter“, sagte er dann nach einem weiteren Stamperl Schnaps, ohne sie dabei anzusehen, „bist mir beim Kirchgang schon aufgefallen. Da hab’ ich mir schon g’sagt, die mußt unbedingt einmal auf der Alm besuchen. So ein fesches Dirndl.“ Plötzlich wandte er sich zu ihr und sah ihr tief in die Augen: „Ich kann dir gar nicht sagen, *wie* gut du mir gefällst!“ Eva schoß das Blut ins Gesicht. Sie senkte verlegen den Blick und lenkte ganz schnell von diesem Thema ab, indem sie ihm die Geschichte von den Kitzlein erzählte. Sie war froh, als der Wastl mit den Kühen zurückkam. Michl half sogleich mit, sie im Stall anzuhängen. „Bei der Hitze“, sagte er, „sind sie gerne drinnen. Das kenn’ ich.“ Mit unüberhörbarem Stolz fügte er hinzu: „Wir haben schließlich zwei Almen.“

Eva gefiel einerseits dieser Blick, mit dem er sie ansah, andererseits machte er sie auch unsicher.

Sie werde jetzt kochen, sagte sie. „Ißt eh mit uns“, sah sie in Michls Richtung. „Wenn ich darf“, lachte der Bursch. „Was gibt es denn Gutes?“ „Povesen, die Mutter hat mir Dörrzwetschken heraufgebracht.“ Aber er brauche keine Angst zu haben, die hätte sie schon in der Früh zugestellt, „die sind schon fertig gerührt.“ Sie wurde wieder rot und ging schnell in die Hütte durch, als er anerkennend sagte: „Nicht nur ein bildsauberes Dirndl, auch noch ein so tüchtiges. *Was* für eine Bäuerin sie einmal abgeben wird“, wandte er sich an den Wastl.

Nach dem Essen, das er überschwenglich lobte, fragte er sie, ob sie sich nicht mit ihm auf ein nettes Platzerl hinaussetzen wolle, draußen sei es an so einem herrlichen Tag doch viel schöner.

Sie gingen ein Stück bergauf und suchten einen ebenen und trockenen Platz, auf den er seine Joppe breitete und sie einlud, sich darauf und neben ihn zu setzen.

Es war so still hier heroben, die Luft ganz klar. Laut hörten sie das Summen der von Blüte zu Blüte fliegenden Bienen und einmal das dumpfe Brummen einer dicken Hummel. Eva wagte nicht, Michl anzusehen, höchstens ganz verstohlen von der Seite, als er plötzlich nach einer ihrer Hände griff und sie zu streicheln begann. „Magst mich nicht ein bißerl gernhaben", flüsterte er so dicht an ihrem Ohr, daß sie sein Atem kitzelte.

Eva brachte kein Wort heraus. Er legte seinen Arm um ihre Schulter und preßte sie an sich. Als sie stumm blieb, sagte er: „Ist dir jetzt zu schnell gegangen, hab' ich dich überrumpelt."

Sie nickte.

„Magst du mich überhaupt? Oder bin ich dir unsympathisch? Oder lästig?"

„Nein, das nicht. Aber... ich... ich bin doch noch so jung."

Er sagte, er wolle ihr Zeit lassen und warten. „Aber einem anderen darfst du kein Versprechen geben", fügte er bittend und fordernd zugleich hinzu, zog sie an sich und küßte sie mehrmals stürmisch. Sie erwiderte diese Küsse kaum und wurde ganz steif. Er war ein wenig enttäuscht und sah eine Zeitlang schweigend ins Tal hinunter. Zwei Bussarde zogen ihre Kreise. Etwas trotzig meinte er dann, daß er sie zur Frau nehmen würde, wenn sie brav bliebe. Schließlich könne ihr ein Hof wie seiner einiges bieten. Dort Bäuerin zu sein, das sei schon was.

Nach einer Weile standen sie auf, und er zog sie nochmals heftig an sich und küßte sie.

Bei der Hütte angekommen, lud sie ihn zu einer Jause ein, und er bot ihr dafür an, danach beim Melken zu helfen. Eva war sofort gerührt. Sie mochte ihn ja. Aber – war das Liebe? Tagelang war sie noch verwirrt, ging ihr die Sache durch den Kopf. Sie suchte doch ständig danach – und jetzt war sie womöglich verliebt und wußte es nur nicht, konnte es so sein? Daß ihr der Michl sympathisch war, daran zweifelte sie nicht. Auch war sie für jede Hilfe dankbar. – Aber war das wirklich schon – Liebe? Was war denn eigentlich *Liebe*?

Er bat sie, ihn auf seinem Heimweg ein Stück zu begleiten. Wieder setzten sie sich. Wieder zog er sie stürmisch küssend an sich. Und wieder war sie steif und spürte nur die Hitze im Gesicht und daß Michl am ganzen Körper bebte.

Als sie sich verabschiedeten, sagte er leise, daß er diesen schönen Tag nie vergessen werde und wiederkommen wolle, wenn sie nichts dagegen habe. Sie schüttelte verneinend den Kopf.

Als sie dann in entgegengesetzte Richtungen davongingen, drehten sie sich beide noch oft um und winkten sich zu. Eva konnte lange nicht einschlafen an diesem Abend.

Der Alltag ging für Eva weiter, und sie hatte einiges Pech: Nachdem sie mit dem Wastl Preiselbeerpflücken war, mußte sie am Nachmittag, als sie füttern wollte, feststellen, daß die beiden Schweine ausgerissen waren. Das Futter vom Morgen befand sich noch im Trog. Obwohl sie vom Beerenpflücken sehr müde war, machte sie sich sofort auf die Suche. Sie wußte, worum es ging. Daß die beiden Tiere einen *Saubär* wollten. Beim ersten Bauern waren sie nicht. Beim zweiten hatte man sie eingefangen und eingesperrt. Mühsam trieb Eva die

Ausreißer zurück auf die Alm. Über zwei Stunden dauerte es, bis sie die Tiere, die immer wieder umkehren wollten, endlich heimgebracht hatte. Bei jedem der vielen kleinen Bäche, die sie durchqueren mußten, wiederholte sich das ärgerliche Spiel: Kaum hatte sie das eine Schwein hinübergetrieben, war das andere wieder umgekehrt.

Auch die Hirschbrunft war voll in Gang. Auf dem Anger an der Waldgrenze brüllten die Tiere. Oft saßen Eva und Wastl auf dem Hüttendach und sahen den kämpfenden Hirschen zu.

Fast fünfzig Liter Preiselbeeren hatten sie bereits beisammen. Evas Bruder nahm sie mit, als er die Butter holte. Ohne ein Wort der Anerkennung – auch keines von der Mutter, als er das nächstemal kam. Wie gehabt: Es wurde auch diese zusätzliche Anstrengung als ganz selbstverständlich genommen. Obwohl sie sich doch inzwischen daran gewöhnt haben müßte, fühlte Eva sich jedesmal gekränkt, wenn das Lob wiederum ausblieb. Sie stumpfte nicht ab, sondern wurde immer empfindlicher.

Die Tage waren kurz, die Hirsche ruhig geworden. Nur ab und zu röhrte ganz jämmerlich ein *Spätzünder.* Der Sommer war vorbei. Abends und an Regentagen mußte Eva einheizen. Bei Regenwetter waren sie und Wastl froh, wenn es nicht zu schneien anfing, denn das bedeutete zusätzliche Arbeit: Das Vieh mußte dann umständlich und mühsam mit dem dafür in den Stadeln eingelagerten Heu gefüttert werden. Oft prasselte stundenlang der Regen auf das Schindeldach, und vom Tal stiegen die Nebel auf, sobald er aufhörte. Wenig, aber ganz weißes Licht fiel dann durch die winzigen Fenster. Bei solchem Wetter mußte Eva für zuhause stricken.

Für jeden nur denkbaren Fall hatte die Mutter passende Arbeit für sie vorgesehen.

Um sechs Uhr war es schon fast finster. In etwa vierzehn Tagen würden sie Almabtrieb haben. Eva und Wastl saßen im Licht der Petroleumlampe beim Abendessen und erschraken, als es plötzlich an der Stubentür klopfte. Wastl wurde bleich. Evas Atem stockte. Um diese Zeit, wer um Himmelswillen kam denn um *diese* Zeit auf eine entlegene Alm!

8

Rupert besaß keine Schuhe. Die, welche er aus Mühlbach mitgehabt hatte, paßten ihm längst nicht mehr. Wenn er frühmorgens die Kühe austreiben mußte, fror er entsetzlich und genoß es, barfuß in die dampfenden warmen Kuhfladen zu steigen und sich darin die Füße zu wärmen.

Im Herbst mußten Steffi und er in die Schule. Das Mädchen kannte eine Cousine, die ebenfalls Schulanfängerin war und neben der es sitzen durfte. Rupert kannte niemanden. Alles war ihm fremd in dem sauber geputzten Klassenzimmer, das so komisch roch. Immer wieder mußte er zu dem glänzenden, blank geputzten Fußboden hinuntersehen, in dem das Tageslicht ganz eigentümlich schimmerte. Der Lehrer setzte ihn in die letzte Bank, nachdem sich die anderen Kinder ihre Sitznachbarn ausgesucht hatten und er alleine übriggeblieben war. Einer müsse halt dort hinten sitzen, sagte er freundlich-aufmunternd zu Rupert. Der sah mit hochrotem Kopf auf die Bank, deren flaschengrüner Lack ganz zerkratzt war. „Die Eselsbank“, spottete ein Bub aus dem Dorf, der neben seinem Freund in der ersten Reihe saß, zu ihm zurück. Rupert fühlte sich von der ersten Stunde an unwohl in der Klasse. Es fiel ihm auch schwer, dem zu folgen, was der Lehrer, der ihn von Tag zu Tag vorwurfsvoller anzusehen begann, vortrug.

Zuhause auf dem Hof durfte er die Aufgaben nicht neben der Steffi in der Stube machen, sondern mußte in seine düstere Kammer gehen. Ein paarmal versuchte er es, dann ließ er es bleiben. Der Lehrer schimpfte ihn, zog ihn an den Ohren oder schlug ihm mit dem Stock auf die Handflächen, die er flach ausstrecken mußte, aber das machte ihm bald nichts mehr aus. Er war vom Knecht ganz andere Schläge gewohnt. Auch das Knien auf dem Holzscheit in einer Ecke des Klassenzimmers empfand er in erster Linie als Demütigung, weniger als schmerzhaft. Irgendwann gab es der Lehrer auf. Streifte ihn in seiner Eselsbank nur noch mit verächtlichem Blick, der an manchen Tagen aber auch Mitleid mit dem so augenscheinlich mit dem Schlaf kämpfenden Kind verriet.

Als er an einem Samstag im Oktober des folgenden Jahres von der Schule heimkam und nach dem Mittagessen in den Stall ging, um zu arbeiten, stürmte der Knecht mit blutunterlaufenen Augen herein und begann auf ihn einzuschlagen. Heftiger als je zuvor. Rupert biß die Zähne zusammen und versuchte nicht zu weinen. Die Tränen rollten ihm trotzdem übers Gesicht, aber er schrie nicht. Schließlich entkam er dem blindlings zuschlagenden Mann, der bei der Verfolgung des Buben über einen dabei laut scheppernden Blecheimer stolperte, und lief so schnell als möglich vom Hof fort. Rannte über den Anger hinaus zu einem Heustadel, bei dem er rastete und, noch ganz außer Atem, beschloß, jetzt das zu tun, was er sich schon lange vorgenommen hatte: Zum Baldi nach Niedernsill zu gehen! Jawohl, zum Hofbauern, wo er seinen Bruder wußte, den er seit der Abreise aus Mühlbach nicht mehr gesehen hatte. Zu ihm wollte er gehen und nie wieder hierher zurückkommen!

Rupert wußte die Richtung, in die er aufbrechen mußte. Im Dorf hatte er sich nach der Schule schon öfter danach erkundigt. Alle Leute, denen er begegnete, fragte er, ob er eh richtig sei, er müsse nämlich nach Niedernsill; zum Hofbauern, fügte er mit einigem Stolz hinzu. Er hatte das Gefühl, schon so weit gegangen zu sein, aber die Menschen schüttelten nur den Kopf, wenn er sich danach erkundigte, ob er denn nicht bald da sei. Er ging und ging. Und spürte noch immer keine Müdigkeit. Nur wachsende Ungeduld, endlich ans Ziel zu kommen.

Der Baldi staunte nicht schlecht, als plötzlich sein jüngerer Bruder vor ihm stand. Die Hofbäuerin bewirtete ihn mit einer Schale Milch und einem Butterbrot, wovon Rupert längst nicht satt wurde, aber er getraute sich nicht, um mehr zu bitten.

Rupert half seinem Bruder bei der Stallarbeit und klagte ihm dabei sein Leid. „Immer schlägt er mich. Fast jeden Tag. Ohne daß ich etwas getan habe", erzählte er vom Knecht. „Ich will nie wieder zurück. Ich will bei dir bleiben."

„Das wird nicht gehen. Diese Nacht halt. Aber dann mußt du wohl wieder zurück. Hier können sie nicht noch einen füttern."

Der Baldi erzählte ihm, daß auch er geschlagen werde, aber nur, wenn er etwas angestellt habe. Dafür müsse er jeden Sonntag in die Kirche gehen. Und gut aufpassen, was der Pfarrer von der Kanzel predige, denn das müsse er der Bäuerin haarklein erzählen. Wenn ihm das nicht gelinge, sperre man ihn ein. „Ins Tenzkammerl im Stall.“ In diesem finsteren, nach Maus- und Rattendreck stinkenden Loch müsse er dann ohne Mittagessen bis zum Bettgehen bleiben.

Aber am schlimmsten für ihn sei, daß er Sommer wie Winter ohne Unterhose in der kurzen Lederhose mit nackten Knien in die Schule gehen müsse. Vor allem im Winter, wenn er so durchfroren dort ankäme, schlafe er im geheizten Klassenzimmer jedesmal sofort ein. Der Lehrer sei aber nett. Er lasse ihn schlafen. Doch gelernt habe er nicht viel. Zwei anderen Buben ergehe es gleich wie ihm.

Nachdem er all das gehört hatte, fiel es Rupert erheblich leichter, sich damit abzufinden, sich am nächsten Tag wohl wieder auf den Rückweg machen zu müssen.

Er begleitete seinen Bruder bis zur Kirche und ging dann mit dem Stück Brot, das der Baldi von der Bäuerin für ihn erbeten hatte, wieder in Richtung Uttendorf. Doch kaum war der Baldi in der Kirche verschwunden, bekam Rupert Angst vor dem Heimgehen. Immerhin war er davongelaufen. Er kehrte um, ging nach Niedernsill zurück und spazierte im Dorf umher. Er wußte nicht, wo er hingehen sollte – nur, wo er nicht hingehen *wollte.* Und so schlenderte er dann einfach irgendeinen Weg entlang, legte sich außerhalb des Dorfes auf eine Bank, verspeiste langsam sein Brot, trank bei einem Brunnen Wasser, sah den Wolken zu, den Vögeln, und vertrödelte so den ganzen Tag. Immer wieder dachte er daran, ob er nicht doch versuchen sollte, sich nach Frankreich auf den Weg zu machen. Nach Niedernsill hatte er sich doch auch durchgefragt. Er hatte überhaupt keine Vorstellung von Frankreich. Nur, daß dort irgendwo seine Mutter und seine Schwester sein müßten. Und der Ziehvater Fritz, auf den sich täglich sein Haß konzentrierte.

Gegen Abend entdeckte er eine leerstehende Hundehütte. In sie kroch er hinein, fühlte sich anfangs ganz wohl darin, wunderbar geschützt; doch wurde es sehr kalt in der Nacht, und er fror entsetzlich und die Glieder schmerzten ihn, so zusammengekrümmt, wie er liegen mußte, um Platz zu finden. Bei jedem Geräusch schreckte er aus dem leichten Schlaf und zuckte zusammen. Ständig glaubte er irgendwo das Hecheln eines Hundes zu hören. Oft so erschreckend nahe, als striche das Tier bereits um die Hütte. Er wagte nicht, die Augen zu öffnen, rechnete jeden Moment mit einem schmerzhaften Biß. Er erschauerte, als ein trockenes Blatt auf das Dach fiel, so laut hörte sich das an. Womöglich kam ein Hund oder ein Räuber oder... Er glaubte, gerade erst eingeschlafen zu sein, als tatsächlich jemand auf das Hüttendach klopfte und ihn weckte. Es war ein Gendarm, der ihn fragte, ob er der Bertl vom Steinerhof in Uttendorf sei. Rupert war so verdattert, daß er sofort ja sagte. Zitternd vor Kälte und Angst stand er vor dem Beamten, der ihm mit strengem Blick vorwurfsvoll mitteilte, daß schon überall nach ihm gesucht werde und er ihn jetzt heimbringen müsse.

Was ihm denn da nur eingefallen sei, einfach davonzulaufen, sagte der Gendarm während des Gehens und klang jetzt schon ein bißchen freundlicher.

In Uttendorf fragte er ihn, wohin sie nun gehen müßten, er kenne den Steinerbauern nicht. Rupert wies ihm stumm den Weg. Sie gingen bergan. Immer weiter. Und weiter. Am Steinerbauernhof vorbei. Als er nämlich das Anwesen sah, wagte es Rupert nicht mehr, dem Gendarmen zu sagen, daß sie am Ziel seien. Sie gingen den Weg hinauf bis zum Wald. Dort sah sich der Mann um, nahm Rupert an den Schultern, sah ihm in die Augen und sagte: „Da heroben ist doch kein Hof mehr!"

Rupert zitterte, schüttelte den Kopf und begann heftig zu weinen.

Daraufhin forderte ihn der Gendarm, sich auf einen Baumstrunk setzend, auf, ihm jetzt alles genau zu erzählen. Warum er weggelaufen sei und solche Angst vor dem Heimkommen habe. Rupert schilderte dem Mann seine Lage, erzählte ihm vom Knecht, daß der ihn schlage, immer wieder, ohne Grund, und daß er ihm noch mehr Schläge angedroht habe, wenn er irgend jemandem auch nur ein Wort davon verrate. Darum sei er zu seinem Bruder gegangen. Und wolle nicht mehr zurück auf den Steinerhof. „Nie, nie mehr!"

Der Gendarm versprach Rupert, mit dem Bauern zu reden. So könne das nicht weitergehen, wenn das alles stimme. Auf dem Hof drohte der Bauer dem Knecht, daß er sofort seine Sachen packen müsse, wenn das noch einmal vorkomme. Nun ließ der Knecht Rupert in Ruhe. Fast ein halbes Jahr lang tat er so, als wäre der Bub Luft für ihn. Dann schlug er ihn wieder.

Diesen Winter mußte Rupert erstmals jeden Morgen vor der Schule mit dem großen Ziehschlitten ein Meter langes Scheiterholz ins Dorf bringen. Diese Fahrt war sehr anstrengend und gefährlich. Rupert empfand Stolz, als die Leute anerkennend den Kopf schüttelten, wenn sie ihn sahen. „Ein Mordskerl, der Bub. In *seinem* Alter!" Jedesmal hoffte er, daß ihn möglichst viele Menschen dabei beobachten würden, wie er die schwere Fuhre ins Tal brachte und anschließend durchs Dorf zog. Nach der Schule mußte er jeden Tag den Schlitten wieder zum Hof hinaufschleppen. Dabei half ihm ab und zu ein Nachbarsbub, mit dem er sich inzwischen angefreundet hatte. Mittags mußte er heimlaufen zum Essen, wenn am Nachmittag Unterricht war. Steffi brauchte das nicht zu tun. Man hatte ihr im Dorf einen Kostplatz gesucht. Immer deutlicher wurde Rupert gezeigt, daß er nicht zur Familie gehörte. Am schmerzlichsten empfand er es, wenn der Bauer im Winter für Steffi und sich Äpfel und Birnen aus der Apfelkammer holte und Rupert danebensitzen und zusehen mußte, wie die beiden sie verzehrten.

Als Vergeltung dafür schlang er im nächsten Herbst so viel Obst in sich hinein, daß ihm schlecht wurde.

Rupert, der die Schulaufgaben nach wie vor in seiner eiskalten, finsteren Kammer hätte machen müssen, machte schon längst keine mehr.

Meistens kam er auch nicht mehr dazu, wenigstens einen Teil der Aufgabe vor Unterrichtsbeginn vom Nachbarbuben abzuschreiben.

Sein Arbeitstag im Winter begann mittlerweile nämlich nicht mit der Schlittenfuhre Holz, sondern viel früher: Gut eine Viertelstunde Fußmarsches vom Hof entfernt, unterhalb der Waldgrenze, besaß der Bauer einen kleineren Stall, in dem fünf Kälber, zwanzig Schafe und zehn Ziegen den Winter über gefüttert wurden. Das hatte von nun an Rupert vor der Schule zu erledigen. Der Bauer war einmal mit ihm hinaufgegangen und hatte ihm gezeigt, welches Heu die Kälber, welches die Schafe und die Ziegen bekämen. Der Stall mußte natürlich auch ausgemistet werden – es war noch stockfinster, wenn Rupert, vor Kälte und Müdigkeit bibbernd, mit dem *Radlbock* den Mist auf den Haufen fuhr und die Kälber zum Brunnen führte. So sehr er sich auch beeilte, eine Dreiviertelstunde beanspruchte diese Arbeit mindestens, ehe er wieder zum Hof laufen und mit dem Holzschlitten ins Dorf fahren konnte. Es tat ihm ungemein wohl, daß ihn der Bauer lobte, ihm für seine Tüchtigkeit große

Anerkennung zollte und mehrmals extra darauf hinwies, wie sehr er mit ihm zufrieden sei. Trotzdem war deutlich, daß er ein Fremder war, keineswegs zur Familie gehörte. Denn gerade danach hätte Rupert sich gesehnt, je kleiner die Hoffnung wurde, Mutter und Schwester jemals wiederzusehen, von denen noch immer kein Brief gekommen war.

Mit neun Jahren, er war gerade den Schlägen des Knechts entkommen und in die Stube gelaufen, wo die Steffi beim Schein der Petroleumlampe vor der Schulaufgabe saß, rief ihn der eben aus dem Dorf heimkehrende Bauer nach draußen, um ihm einmal mehr zu sagen, wie sehr er mit seiner Arbeit zufrieden sei. Die Familien, denen er das Holz zu liefern hatte, hätten ihn und seinen Fleiß gelobt. Der Bauer legte Rupert kurz anerkennend seine Hand auf die Schulter und sagte: „Bist schon ein ganz tüchtiger Bub. Ich bin sehr zufrieden mit dir, Bertl. Sehr zufrieden!“

Rupert wurde ganz heiß vor Erregung. Er brachte kein Wort heraus, sah den Bauern nur überglücklich an. Der klopfte ihm noch einmal auf die Schulter und nickte ihm freundlich zu. Der Bub, außer sich vor Freude, lief in seine Kammer, holte kurzentschlossen seinen Schulranzen und setzte sich neben Steffi in die warme Stube. Das Licht der Petroleumlampe lag hell auf seinen fleckigen, vernachlässigten Schulsachen, die er jetzt eifrig auspackte. Die schönste Aufgabe würde er morgen dem Lehrer bringen, die allerschönste, die der je gesehen hatte! Und bevor er noch angefangen hatte, hörte er schon das Lob des Lehrers, dieses große Lob vor der ganzen Klasse!

Kaum daß er dieses wunderbare Gefühl der Zugehörigkeit auszukosten begann, so dicht neben Steffi sitzend, als wäre sie seine Schwester, kaum daß er sie glücklich angelächelt hatte und sich soeben daran machen wollte, mit der Hausaufgabe anzufangen, kam der Bauer herein.

Steffi, die ihn doch eben noch unsicher, aber freundlich angeschaut hatte, senkte sofort den Blick und bemühte sich, so zu tun, als habe sie gar nicht bemerkt, daß Rupert sich neben sie gesetzt hatte.

Rupert strahlte den Bauern, der ihn vorhin so sehr gelobt hatte, erfreut an. *Machst auch brav deine Aufgabe, Bub, so ist's recht*, hörte er ihn geradezu schon sagen, als er sich eifrig ein wenig zu Steffi hinüberbeugte, um zu sehen, wie weit sie wäre.

Doch der Bauer verzog keine Miene, als er sich vor den Tisch stellte und das Kind verständnislos ansah. Rupert wurde rot. Seine Hände begannen zu zittern, als er verlegen versuchte, seine Schulsachen zu ordnen und noch näher an den Stubentisch rückte. Dem Bauern quoll plötzlich vor Zorn die Halsschlagader an. Aber er begann nicht zu schreien. Er sagte nur ganz kalt: „*Dein* Platz ist aber nicht da. Hast leicht vergessen, wo du hingehörst?!" Und schneidend setzte er hinzu, als verjage er einen Hund: „Jetzt schaust aber ganz schnell, daß du dorthin kommst, wo du hingehörst. Aber schnell!" Drohend beugte er sich zu dem Buben, dem sofort die Tränen über die Wangen schossen, als er aufsprang und, seine Schulsachen zurücklassend, hinausrannte aus der Stube, hinaus aus dem Haus in den kalten späten Winternachmittag.

Rupert lief in den Stall. Die Tränen strömten ihm nur so übers Gesicht. Und in den Schläfen hämmerte wie verrückt das Blut. Der Kopf dröhnte.

Er erschrak, als er beinahe mit dem Knecht zusammengeprallt wäre, den er gar nicht gesehen hatte. Der Mann hatte einen roten, verschwitzten Kopf und den

Hosenschlitz offen. Er starrte den Buben kurz zornig an und ging auf ihn los. Rupert war noch immer so überrascht, daß er mit dem Kopf gegen die Kante des Schweinekobels fiel. Und er spürte, wie das Blut aus einer Platzwunde floß. Weinend schrie er: „Das sag' ich jetzt dem Bauern. Dem Bauern zeig' ich's!"

Der Knecht starrte ihn einen Moment lang mit offenem Mund fassungslos an, dann brüllte er: „Wenn du das tust, bring ich dich um!"

Nach einer Weile des Überlegens, sagte der Knecht: „Ein Holzscheit hat dich getroffen, das sagst, wenn dich jemand fragt, das, und sonst nichts! – Ein Holzscheit, hast mich verstanden!"

Rupert floß das warme Blut übers Gesicht. Er hockte auf dem Stallboden und wußte weder aus noch ein. Der Bauer hatte ihn verjagt wie einen Hund. Wie einen Hund hatte er ihn verjagt. Immer wieder hatte er diesen Gedanken im Kopf. Auch zweifelte er nicht daran, daß ihn der Knecht wirklich umbringen würde, wenn er etwas von den Schlägen verraten würde. Nun mußte er also auch noch lügen, um den Knecht vor der gerechten Strafe zu schützen! Nachdem der Knecht wortlos hinausgegangen war, begann Rupert, sich wie automatisch zu bewegen. Ohne lange nachzudenken, suchte er den Strick, mit dem noch vor kurzem ein Kalb in die Welt gezogen worden war. Er nahm das blut- und dreckverschmierte Hanfseil, an dem Strohreste klebten, vom Nagel und rannte über den festgefrorenen Schnee hinaus zu dem kleinen Wäldchen, das er so sehr mochte, wo er im Sommer unter den Bäumen gelegen war und in den Himmel geschaut, den Wolken zugesehen hatte.

Davongelaufen war er schließlich schon einmal – erfolglos; jetzt würde er ganz weggehen. Für immer. Von dieser ungerechten Welt.

Er wußte, was er tat. Er hatte nämlich schon nachgefragt, was das bedeute, wenn die Erwachsenen einander erzählten: Der hat auch den Strick genommen. Hast schon gehört, daß der Karl den Strick genommen hat?

Er wußte, was es hieß, ‚den Strick nehmen'.

Während weit weg die restliche Wintersonne dabei war, unterzugehen, hinter den sich dabei stahlblau verfärbenden und wie drohend dunkel aufrichtenden Berg irgendwohin zu rutschen, der Schnee hier kalt und bläulich leuchtete und bei jedem Tritt ganz laut knirschte, kletterte Rupert mit verschwommenem Blick, vor Kälte und Aufregung am ganzen Körper zitternd, laut weinend auf seinen Lieblingsbaum und knotete den Strick, der kalt und steif war, um einen Ast...

9

Es klopfte noch einmal. Endlich preßte Eva ein unsicheres und ängstliches „Herein!" hervor.

Michl! Er sah auf die verdutzten Gesichter und blieb erst einmal unter der Tür stehen. Er sei nicht früher von der Arbeit weggekommen, entschuldigte er sich, noch ganz außer Atem. „Aber", deutete er auf seine Taschenlampe, „damit finde ich schon wieder hinunter. Und Vollmond ist auch."

Nach dem Essen schaute Wastl Eva lange ganz komisch an, bevor er zu Bett ging.

Als der Michl vom Abort wieder in die Stube kam, setzte er sich ganz nahe zu ihr und sagte: „Eva! Sei mir nicht böse, aber seit ich bei dir heroben war, habe ich nichts anderes mehr im Kopf gehabt als dich!"

„Du schwitzt ja", entgegnete sie rot werdend. Ihr war

erst jetzt aufgefallen, daß sein Hemd schweißnaß an seinem Körper klebte. „Zieh' das Hemd aus zum Trocknen. Ich mach' dir eine heiße Milch." Sie stellte die Milch zu, brachte ihm auch Butter, Käse und Brot. Er zog sein Hemd aus und als sie es auf die Ofenstange hängte, umarmte er sie von hinten stürmisch, drehte sie herum und küßte sie immer wieder voller Leidenschaft. Sie bekam Angst und stand steif und reglos da.

„Du freust dich ja gar nicht, daß ich gekommen bin", sagte er plötzlich enttäuscht.

„Doch, aber schlafen kannst du nicht hier", erwiderte sie schnell.

Er setzte sich und aß ein wenig. „Sei doch nicht so hart, Eva. Ich habe die Tage gezählt und die Arbeit so eingeteilt, daß ich wenigstens ein paar Stunden bei dir sein kann. Jetzt schickst du mich gleich wieder weg. Ich bin brav, ich verspreche es dir, aber laß mich zumindest ein paar Stunden bei dir schlafen", bettelte er.

Immer wieder fing er damit an. Schließlich gab sie nach:

„Aber dein Versprechen mußt du halten!"

Sie ging in ihre Kammer, zog sich schnell aus und das Nachthemd an und schlüpfte ins Bett. Auf dem Rücken liegend, starrte sie gegen die niedrige Kammerdecke. Damit der Vollmond nicht hereinscheinen konnte, hatte sie den Fetzen von Vorhang vor das winzige Fenster gezogen. Bald darauf kam er, zog sich ebenfalls im Dunkeln aus und legte sich zu ihr. Ihr Herz pochte. Das erstemal, daß ein Mann in ihrem Bett lag. Es dauerte nicht lange, und er drückte und küßte und streichelte sie. Ihr Herz schlug rasend. Sie spürte die Hitze in ihrem Gesicht. Wie gefiel es ihr doch, von jemandem geliebt zu werden! Und wieviel Angst hatte sie gleichzeitig davor!

Er bedrängte sie immer heftiger und bettelte so lange, bis sie ja sagte. Aber kaum daß er auf ihr lag, sie ihn so laut atmen hörte, verkrampfte sie sich und konnte an nichts anderes mehr denken als an das, was sie als kleines Mädchen miterlebt hatte. Sie sah sofort den Vater vor sich, wie er sich keuchend auf die Leni geworfen hatte, während sie an die Wand gedrückt im gleichen Bett gelegen war. Wie die Leni den Vater angeschrien hatte mit *Saubär*, der verschwinden solle. Wie sie ihn schließlich von sich hinunter- und aus dem Bett gestoßen hatte. Eva verspürte jetzt eine leichte Übelkeit und begann zu weinen. Michl legte sich neben sie. Er streichelte ihr die Tränen von den Wangen und küßte sie.

„Magst du mich denn gar nicht?" fragte er enttäuscht. Sie brachte kein Wort heraus. Nie hätte sie zu erzählen gewagt, was sie als Kind fast Nacht für Nacht erlebt hatte. Wie schämte sie sich all dessen! Sie weinte nur still vor sich hin.

Michl drehte sich auf den Rücken und lag reglos neben ihr. Nach ein paar Stunden stand er auf und zog sich im Licht seiner Taschenlampe an. Sie sah ihm zu und er tat ihr leid. „Sei mir nicht böse", sagte sie leise.

„Ich kann dir gar nicht böse sein, dafür hab' ich dich viel zu gerne", antwortete er, aber es klang enttäuscht.

Sie verabschiedeten sich mit vielen Küssen.

„Du brauchst Zeit", sagte er, bevor er ging. „Ich lasse dir Zeit. Aber du mußt mir versprechen, daß du keinem anderen..."

Es war Ende September, und in den folgenden Tagen fiel Schnee. „Über fünfundzwanzig Zentimeter", trat Wastl, der eifrig messen ging, sich den Schnee abklopfend, in die Stube. Einer von Evas Brüdern kam herauf und half ihr und Wastl, das Vieh zu versorgen. Sie mußten das Heu von den Stadeln in den Stall tragen. Sie hofften, der Schnee würde bald wieder schmelzen. Doch es wurde kälter und er blieb liegen. Das Vieh mußte abgetrieben werden. Eva blieb mit den beiden Schweinen allein zurück. Sobald der Schnee geschmolzen wäre, würde das Vieh nochmals aufgetrieben werden. Doch der Schnee blieb weiterhin liegen und Sepp kam mit dem Pferdefuhrwerk, um die Sachen heimzuliefern. Eva hatte die Schweine hinunter zu treiben. Sie war jetzt achtzehn Jahre alt und mußte auf dem Hof mit ihren beiden Schwestern, die vierzehn und zwölf waren, in einer Kammer schlafen.

An einem Samstagnachmittag, Eva saß in der dämmrigen Stube am Fenster und hatte einen Korb voll zerrissener Socken zu stopfen, klopfte es und ein Cousin vom Franz sagte, sie solle doch hinauskommen, es sei Besuch für sie da. Sie wußte natürlich, daß es nur Franz sein konnte.

Er trug sein bestes Gewand, schloß sie erfreut in die Arme und entschuldigte sich, daß er so lange nichts von sich habe hören lassen, aber, berichtete er stolz, er hätte jetzt seinen Abschluß gemacht, sei Ingenieur, habe in Lend in der Aluminiumfabrik schon eine gute Stelle gefunden und sei mit seinen beiden Cousins gekommen, um bei Evas Mutter um die Hand ihrer Tochter anzuhalten. Auch eine passende Werkswohnung habe er bereits im Auge. Es werde ihr in Lend gefallen. Eva erschrak ein wenig. Fest entschlossen ging Franz nämlich die Stufen zum Haus hinauf, als sie wieder einmal zu bedenken gab, daß ihre Mutter nie und nimmer einverstanden sein würde. „Du weißt doch, die will nur einen Bauern für mich. Einen möglichst großen noch dazu. Ein anderer kommt für sie nicht in Frage, wirst schon sehen!"

Er wollte sich trotzdem nicht aufhalten lassen und blieb erst stehen, als sie hinzufügte: „Franz, sei mir nicht böse. Aber ich ... ich bin jetzt achtzehn Jahre alt ... ich ... fühle mich noch zu jung zum Heiraten. Hab' doch noch ein bißchen Geduld."

Sie hatte Mitleid mit ihm, so niedergeschlagen sah er sie an. Er war bleich geworden. „Ich hab' mich so bemüht, meinen Abschluß zu machen, eine gute Stelle zu finden, alles doch nur, damit ich dich endlich heiraten kann. Und jetzt ..."

Eva wußte nicht, wo sie hinsehen sollte. Sie spürte, daß sie rot wurde. Verlegen starrte sie zu Boden. Es war ihr so peinlich! Aber sie konnte einfach nicht anders.

Seine Cousins beteuerten jetzt, daß er unentwegt von ihr geschwärmt, immer nur von seiner Eva geredet habe. Sie solle doch nicht so hart zu ihm sein.

Tief gekränkt sagte er zum Abschied, ohne sie dabei anzusehen: „Aber lange warte ich nicht mehr."

Sie sollten sich erst um die Weihnachtszeit kurz wiedersehen. Franz versuchte förmlich zu bleiben, um seine Verletztheit nicht zu zeigen.

Und Eva hatte mit Michl noch einen zweiten Freier. Es schmeichelte ihr zwar, die Wahl zu haben, belastete sie aber ungemein. Vor allem deshalb, weil sie sich bei keinem der beiden wirklich sicher war, ihn zu lieben. Langsam begann sie daran zu zweifeln, ob sie überhaupt eine Vorstellung von dem hätte, was man gemeinhin unter Liebe verstand. Wenn sie darüber nachdachte, kam sie nie zu einem Ergebnis. Sie fand die beiden Burschen sympathisch, konnte sie gut leiden, glaubte aber nicht, sie zu lieben. – Oder war *Liebe* etwas, das es in Wirklichkeit gar nicht gab? Hätten ohnehin jene Gefühle, die sie für ihre beiden Verehrer empfand, für die Heirat des einen oder anderen ausgereicht? War sie hinter etwas her, von dem sie nicht nur keine rechte Vorstellung hatte, sondern das es schlichtweg gar nicht gab?

Im nächsten Herbst fanden viele Hochzeiten statt; einer von Evas Brüdern spielte mit seiner Ziehharmonika oft zum Tanz auf, und sie begleitete ihn immer. Und hoffte jedesmal, bei einer dieser Gelegenheiten endlich Michl wiederzusehen. Um herauszufinden, ob sie ihn nicht doch wirklich liebe. Aber er war nie da. Es waren fremde Burschen, verschwitzte, rotgesichtige, meist schon betrunkene, die sie auf den Tanzboden zerrten und herumwirbelten, für die sie aber nicht das geringste empfand. Höchstens ein bißchen Abscheu vor ihrer derben Ungestümheit.

Sie war jedesmal ein wenig traurig, wenn sie die vielen jungen Paare sah, die ausgelassen herumtobten und schmusten, während sie mit roten Wangen dabeisaß und sich nicht hinzusehen getraute, wenn sich neben ihr zwei küßten, sondern nur den Blick senkte und wieder einmal vergeblich auf Michl wartete. Auf einen Michl, von dem sie nicht einmal wußte, ob sie ihn liebte!

Immer öfter dachte sie nun über ihr Leben nach. Denn alles, was ihr bislang als ganz selbstverständlich erschienen war, etwa daß sie unentwegt arbeiten, die Drecksarbeit im Stall verrichten mußte, und auch nachmittags, an Sonn- und Feiertagen, immer nur Arbeit aufgehalst bekam und keinen Groschen Lohn dafür erhielt, das begann sie zunehmend als kränkend und entwürdigend zu empfinden. Sie gewann nämlich den Eindruck, daß sie eigentlich weniger wert sei als eine Magd, die zumindest ein geringes Entgelt empfing. Immer öfter dachte sie mit Bitterkeit daran, daß ihr die Mutter nicht erlaubt hatte, einen Beruf zu erlernen. Wie gerne wäre sie Schneiderin geworden. Wie schön könnte sie es doch haben als gelernte Schneiderin! Und was war sie: Eine nach Kuhmist stinkende Stalldirn, eine Sennerin. – Immer häufiger fühlte sie sich als minderwertig. Sie hatten Sommerfrischler aus Wien im Haus; freundliche, vornehm wirkende Menschen. Wie schämte sie sich, wenn sie aus dem Stall kam, während die Gäste in frisch gewaschenen Kleidern das Haus verließen, um auszugehen! Ein bißchen zu *flanieren*, wie sie es nannten. Und wie beneidete sie diese Menschen um ihr schönes, unbeschwertes Leben! Eva achtete darauf, von den Gästen nicht dabei gesehen zu werden, wenn sie aus dem Stall kam.

Schulfreundinnen aus dem Ort, die viel schlechtere Zeugnisse heimgebracht hatten als sie, waren jetzt Verkäuferinnen oder Friseurinnen und erzählten stolz, was sie sich schon alles leisten konnten und was sie nach Dienstschluß und an den freien Sonntagen vorhatten. Eva hätte heulen können, wenn sie auf einer Hochzeit mit einer ehemaligen Schulfreundin zusammentraf und daran dachte, daß sie nach dem Tanzen ihre schönen, zierlichen Schnallenschuhe sofort wieder ausziehen mußte, um in diese dreckigen, stinkenden groben Stallgaloschen zu schlüpfen. Sie wäre am liebsten davongelaufen. Zu Franz. Als Frau eines Ingenieurs hätte sie ein anderes Leben vor sich als das, was ihre Mutter für sie vorgesehen hatte. Denn darauf konnte sie verzichten, davon war sie inzwischen überzeugt, ein Leben, wie es ihre Mutter führte, voller Arbeit von früh bis spät, mit einem Schübel Kinder, den Sorgen mit dem Mann, nein, soviel war sicher, das wollte sie nicht. Absolut nicht! Auch wenn sie die Tiere gern hatte, die Natur liebte. – Franz wäre ein Ausweg gewesen, warum konnte sie sich nicht entschließen, ihn endlich zu heiraten? – Wer sagte ihr, daß es jene *Liebe*, die sie offenbar suchte, überhaupt gab, daß irgend eines der unzähligen Paare auf dieser Welt sie kennengelernt hatte? – Ihr ganzes Denken kreiste inzwischen immer wieder um die Befürchtung, daß sie vielleicht unfähig wäre zu lieben.

Eines Nachts im Spätherbst kam Michl an Evas Kammerfenster. Sie ließ ihn herein und bemerkte sogleich, daß er verändert war. Er küßte sie nur flüchtig und blieb an ihrem Bett sitzen. Anfangs dachte sie, es sei wegen ihrer Schwestern, die doch beide in der gleichen Kammer lagen und keineswegs schliefen, sondern durch die zum Schein geschlossenen Augen blinzelten und angestrengt lauschten. Aber dann erzählte er flüsternd, daß seine Mutter schwer krank sei und ihn das ganz fertig mache. Eva hatte jedoch irgendwie das Gefühl, als bedrücke ihn auch noch etwas anderes.

Nach einer knappen Stunde sagte er: „Sei mir nicht böse, Eva, wenn ich schon gehe, aber die Mutter. Ich bin so unruhig." Niedergeschlagen fügte er hinzu: „Wann ich wieder komme, kann ich nicht sagen. Ist aber eh gleich, wann ich komme. Ist sowieso alles gleich."

Er war schon am Fenster, als er abrupt stehenblieb und zu Evas Bett zurückkehrte. „Es ist noch etwas. Ich weiß nicht, wie … ich … Eva … bei einer anderen hab' ich halt das bekommen, was du nicht …"

Eva sah ihn traurig an.

„Ja, sie kriegt ein Kind. Wir werden heiraten. Ein lediges ist für meine Mutter nicht denkbar." Aber er sagte es so, als hätte er sich viel lieber für Eva entschieden. Vielleicht, deutete er dann an, könne er die Mutter doch noch umstimmen. Er werde sich auf alle Fälle wieder melden.

Um die Weihnachtszeit herum wurde Eva nach dem Kirchgang von einer Frau angesprochen, die mit ihrem Mann ein Kaffeehaus und ein Jausengeschäft führte und ihr sagte, daß sie so ein fleißiges junges Mädchen wie sie suche. „Willst nicht zu uns kommen?"

War es ihr also schon von weitem anzusehen, daß sie die Bauernarbeit satt hatte, nicht mehr nach Stallmist stinken, von früh bis spät ohne Lohn rackern wollte?

Eva blickte kurz zu ihrer jüngeren Schwester, die sie begleitete, bevor sie entschlossen sagte: „Ja, ich komme."

Es müsse aber schon Anfang Jänner sein, entgegnete die Frau.

Eva nickte.

Auf dem Heimweg verbot sie der Schwester, jemandem etwas davon zu erzählen. Auch sie selbst sagte keinem Menschen auf dem Hof auch nur ein einziges Wort von ihrem Vorhaben. Es war ihr klar, daß sie die Mutter nie gehen lassen würde. Nur Toni, ihrem ältesten Bruder, der auch im Streit vom Hof fortgegangen und jetzt Wagnermeister in Hofgastein war, vertraute sie sich an. Sie hielt es nicht mehr aus, mit niemandem über einen so weitreichenden Entschluß reden zu dürfen. Aufgeregt saß sie bei ihm in der Stube, und Toni riet ihr, die Stelle anzunehmen. „Hast sowieso keinen Dank daheim. Nur Arbeit, ohne einen Groschen Lohn." Er selbst sei heilfroh, gegangen zu sein.

Anfang Jänner, abends nach der Stallarbeit, hatte sie alle ihre Habseligkeiten in einen geflochteten Korb gepackt – die wenigen Kleidungsstücke fanden leicht darin Platz. Als es im Haus ruhig geworden war, die Leute nacheinander zu Bett gegangen waren, machte sie sich mit ihrer Schwester auf den knapp einstündigen Marsch zu ihrem ersten Dienstposten. Der zweite Knecht, der sie bei ihrem Aufbruch überrascht und ihr sogleich angeboten hatte, den Korb zu tragen, ohne später jemandem etwas davon zu verraten, begleitete die beiden.

Ein eigenartiges Gefühl, so über den knirschenden Schnee durch die Nacht zu gehen. Ohne Verabschiedung fortzugehen von zuhause. Mit der festen Absicht, nicht mehr heimzukommen. Sie drehte sich noch einmal zu dem großen, in völliger Dunkelheit und Stille im Schnee liegenden Haus um. Auch aus dem Stall war kein Geräusch zu vernehmen. Wie ausgestorben wirkte der Stubnerhof. Zum erstenmal in ihrem Leben hatte sie etwas *selbst* entschieden, nicht die Mutter um Erlaubnis gefragt. Eva hatte ein mulmiges Gefühl. Und doch war sie stolz darauf, jetzt zu ihrer ersten Dienststelle unterwegs zu sein. Dort angekommen, erschrak sie, als ihr die Frau das Loch von Kammer zeigte, wo sie nun schlafen sollte – da hatte sie es ja daheim mit ihren Schwestern noch schöner! Doch sie blieb. Nein, jetzt wollte sie auf keinen Fall wieder zurückgehen. Denn der Umstand, auf dem Hof alles ohne Bezahlung tun zu müssen, entwürdigte sie. Lieber in diesem gräßlichen Loch hausen, sagte sie sich. Und dafür bezahlt zu werden für das, was sie tat. Und über ihr Geld selbst verfügen dürfen. Daheim dachte die Mutter an nichts anderes als an den Besitz. An das Zukaufen. Das Größerwerden. Sie hatte in Eva weniger die Tochter als die Arbeitskraft verloren. *Deren* Fehlen bemerkte sie, als am nächsten Morgen die Stallarbeit ungetan blieb. Ihre Schwester erzählte ihr später, daß die Mutter fuchsteufelswild geworden sei und sie mit der Vorhangstange so lange geschlagen habe, bis sie nicht mehr sitzen konnte. „Sag endlich, wo sie ist!" Aber die Schwester hatte das Geheimnis trotz der Schläge nicht preisgegeben. Die Mutter erfuhr es natürlich von anderen, kam ihre Tochter jedoch kein einziges Mal besuchen.

10

Rupert probierte gerade, eine Schlinge zu machen, die ihm nicht gelingen wollte, als er lautes Knirschen des Schnees hörte.

„Was tust denn, Bub!“ schrie der Knecht mit entsetztem Ausdruck im Gesicht und rannte auf den Baum zu.

Er riß ungestüm das steifgefrorene Seil vom Ast, Rupert rutschte am Baumstamm zu Boden und lief zum Hof zurück. Versteckte sich zuerst hinter dem Stall. Sein ganzer Körper bebte. Ihm war schlecht. Ganz entsetzlich schlecht. Er erbrach sich, während ihm der Schweiß auf die weiß gewordene Stirn trat. Ohne jemandem zu begegnen schlich er in seine Kammer. Er schämte sich. Schämte sich dieser Niederlage. Sein Magen tat ihm weh und der Kopf. Die Tränen rannen ihm übers Gesicht. Das Blut der Wunde war gestockt und bildete eine harte Kruste, die er nach und nach von der Haut kratzte. Er dachte an seine Mutter. An die Loisi. Seine Zwillingsbrüder. Und je mehr er an sie alle dachte, desto einsamer fühlte er sich in dieser Kammer. Es war still. Nur das Stroh war zu hören, wenn er sich auf dem Strohsack bewegte. Er wußte nicht mehr weiter. Lag nur so da. Trotzig sagte er sich, daß er eines Tages nach Frankreich gehen werde. Ganz bestimmt. So wie er zum Baldi gegangen war. Genauso. Und den Fritz, den würde er verjagen, jawohl! Irgendwann schlief er ein, ohne es zu merken. Und am nächsten Morgen, Sonntag, weckte man ihn nicht. Als er von selbst wach wurde, strahlte der von der Sonne beschienene Schnee weiß in seine Kammer. Es war kalt, aber er fühlte sich gesund. Und endlich einmal ausgeschlafen. Im ersten Moment dachte er gar nicht daran, was am Vortag passiert war. Als hätte er es vergessen. Aber plötzlich war alles wieder da, und er fühlte sich augenblicklich elend. Am liebsten wäre er gar nicht in die Stube hinuntergegangen. Doch er verspürte starken Hunger.

Jede Jahreszeit kam mit ihren eigenen Arbeiten, und diese kamen ebenso regelmäßig wie jene: Wäre es im Winter nicht oft so beißend kalt und im Sommer so brütend heiß gewesen, Rupert hätte wohl weniger den Wechsel der Jahreszeiten, als jenen der Arbeiten bemerkt.

Mit seinen Jahren nahm auch die Arbeit zu, die er aufgetragen bekam. Sie wurde immer schwerer. Aber er war ein kräftiger Bub geworden. Mit knapp 13 mußte er *ins Holz gehen*. Eines Tages holte ihn der Schwager des Bauern ab. Rupert empfand große Zuneigung zu dem Mann, der ihm beim Weggehen freundschaftlich den Arm um die Schultern legte und sagte: „So, Bub, packen wir's!"

Es tat Rupert ungemein gut, als ihn der Mann häufig lobte, weil er so fleißig war. Und da er aus Freude darüber noch mehr und noch schneller arbeiten wollte, zerriß er sich im Eifer die dünne Hose, die er trug. Der Schwager des Bauern sah, daß er darunter nackt war. „Ja hast denn du keine Unterhose an, Bertl?"

„Ich hab' überhaupt keine. Auch keine Fäustlinge. Keinen Pullover."

„Komm mit", sagte der Schwager des Bauern daraufhin kopfschüttelnd und Rupert erschrak, da der Mann so wütend war.

„Sepp", stellte er den Bauern zur Rede, „hast du eine Unterhose?"

„Ja, warum?"

„Du hast also eine."

„Natürlich."

„Und warum hat dann der Bub keine?"

Der Schwager schimpfte, wie roh und unmenschlich der Bauer doch sei. Wo der Bertl arbeite wie ein Vieh.

Daraufhin schickte der Bauer Rupert am nächsten Tag mit einem Zettel zu seinem Vormund, damit dieser von der Waisenrente Geld behebe, um Unterwäsche, einen Pullover, Fäustlinge und eine wärmere Hose zu kaufen. Der Herr Prensteiner, Ruperts Vormund wiederum, hieß ihn mit einem Brief zum Krämer zu gehen, wo er sich die Sachen aussuchen durfte.

Bei dieser Gelegenheit stellte der Vormund fest, daß Ruperts Mutter und der Stiefvater bei ihrer Abreise nach Frankreich die bis dahin angesparte Waisenrente der Kinder abgehoben hatten. Ohne Einverständnis der Vormundschaft hätte dies jedoch nicht geschehen dürfen – der Vormund strengte schließlich erfolgreich die Rückzahlung des gesamten Betrages durch das Geldinstitut an.

Während der Zeit seit der Abreise aus Mühlbach, all die Jahre hindurch, wurde Ruperts Sehnsucht nach einer Nachricht von seiner Mutter nicht kleiner, sondern ständig größer.

Vor allem seit er lesen und schreiben konnte, fragte er fast täglich, ob der Briefträger einen Brief von der Mutter gebracht habe. Oder wenigstens eine Karte. Jedoch immer vergeblich. Vor allem in der Weihnachtszeit hoffte er sehnsüchtig auf Post. Doch nur die Bauersleute bekamen die eine oder andere Glückwunschkarte von Verwandten. Auch wenn sein Geburtstag bevorstand, rannte er jedesmal erwartungsvoll von der Schule heim und stellte sich dabei vor, wie er einen Brief oder eine Karte jeden Abend vor dem Einschlafen lesen und unter den Strohsack legen würde. Denn es war ihm quälend bewußt geworden, daß er von seiner Mutter nichts besaß außer der immer blasser werdenden Erinnerung an ihre Person in Mühlbach. Einmal war er nachts aufgewacht, da er einen Brief von seiner Mutter zu lesen vermeinte. Er hielt jedoch nichts als jenes Stück Zeitungspapier in der Hand, das ihm ein Schulfreund mitgebracht hatte, da darauf etwas über *Frankreich* zu lesen stand...

Jedesmal, wenn er vom Knecht Schläge bezog, diese inzwischen vor allem der Ungerechtigkeit wegen schmerzenden Schläge, schmiedete er Pläne, wieder fortzulaufen. Diesmal nicht nur nach Niedernsill zum Baldi, sondern wirklich nach Frankreich zur Mutter! Wenn er bloß wüßte, wie er die Adresse herausfinden könnte! Doch wenn er so mit Schmerzen in der Kammer lag, war er überzeugt, daß er hinfinden würde.

Seit ihm ein Mitschüler aus dem Dorf sein Flobertgewehr gezeigt und ihn einmal auf eine Blechdose schießen hatte lassen, dachte er unentwegt daran, wie er es nur anstellen könne, zu so einem Gewehr zu kommen.

Der Schulfreund, immer wieder bedrängt, was er sich denn wünsche, wogegen er das Flobert tauschen würde, sagte schließlich, eine schöne Uhr, und ein Wecker, und Geld...

Sofort machte sich Rupert daran, im Dorf alte, kaputte Wecker und Taschenuhren zu erbetteln und zuhause in mühsamer, lange Zeit mißlingender Arbeit zu reparieren. Schließlich hatte er es geschafft, eine Taschenuhr mit schönem Sprungdeckel und einen Wecker herzurichten. Dazu alles Geld, das er sich zusammengespart hatte, wenn ihm der Knecht unvermittelt wieder statt Schlägen eine Münze gegeben hatte oder wenn er im

Dorf kleine Arbeiten verrichten konnte wie Holzhacken oder Holzeinräumen. All das bot er für das Gewehr – und bekam es! Seither nützte er jede freie Minute, um in den Wald zu laufen und zu schießen – auf Steine, Dosen, Äste usw. Der Knecht staunte nicht schlecht, auf welche Entfernung Rupert eine Zündholzschachtel traf, nachdem er selbst eine große Dose verfehlt hatte.

Rupert fühlte sich wunderbar, als er feststellte, wie leicht ihm das Schießen fiel, wie gut er traf. Von Mal zu Mal noch besser! Endlich gab es da etwas, was er konnte, verdammt gut konnte, nachdem ihn die Mißerfolge in der Schule entmutigten und ihn selbst schon glauben ließen, er sei womöglich wirklich dieser blitzdumme Tropf, als der er inzwischen galt, jemand, der zu gar nichts Talent hatte, außer vielleicht zum Stallausmisten.

An den Sigi in Mühlbach und sein geschnitztes Gewehr hatte er schon lange nicht mehr gedacht – jetzt, als er auf dem Waldboden lag und ihm ganz heiß wurde vor Freude, weil er einfach alles zu treffen schien, worauf er zielte, fiel er ihm plötzlich wieder ein. Der würde Augen machen! Mein Gott, würde der Sigi Augen machen! – Augenblicklich erfaßte ihn wieder diese Trauer: Warum hatte er bloß aus Mühlbach weg müssen, warum nur?! – Mit dieser Frage, auf die er keine Antwort fand, quälte er sich oft herum, ohne es jemals gewagt zu haben, mit einem anderen Menschen darüber zu sprechen. Wenn er es vor Wut über dieses unverständliche Wegmüssen aus Mühlbach, das ja ein Wegmüssen aus der Kindheit war und das mit dem ebenso unbegreiflichen wie ungerechten Nicht-mit-Dürfen nach Frankreich verbunden war, immer, wenn er sich in dieses ausweglose Gedankenknäuel verrannt hatte, klammerte er sich an den Plan, den Stiefvater Fritz zu erschießen, jawohl, er würde einfach immer besser schießen lernen, bis er den Fritz erschießen würde, der an allem schuld war!

Nachdem im Spätherbst die Mutter des Bauern gestorben war, heiratete dieser die Magd, die vor einem Jahr als Hilfe für die alte Frau ins Haus gekommen war. Sie hatte zwei ledige Buben, die auf anderen Höfen untergebracht waren und begann bald nach der Heirat an Rupert herumzunörgeln. Nichts paßte ihr mehr, so sehr er sich auch anstrengte, die ihm aufgetragenen Arbeiten zur Zufriedenheit auszuführen. Und Rupert wußte längst, daß er ihr im Weg war. Wenn *er* nämlich nicht auf dem Hof wäre, hätten sie Platz für ihre eigenen Buben. Noch Jahrzehnte später, einen Monat vor seinem Selbstmord, als er mit großen Schmerzen im Wohnzimmer auf dem Sofa lag, die fünfte Herzschrittmacheroperation vor sich, sprach Rupert plötzlich zu seiner Frau davon, daß es schon erstaunlich sei, daß er als Bub damals sofort begriffen habe, warum die neue Bäuerin mit ihm auf einmal nicht mehr zufrieden war. – Doch obwohl er den eigentlichen Grund für diese Behandlung wußte, litt er sehr unter dieser neuen Ungerechtigkeit. Immer öfter quälte ihn Atemnot, hatte er asthmatische Anfälle. Und in der Zeit vor Weihnachten wurde Rupert krank. Schon als er nach der Schule den Holzschlitten heimgezogen hatte, war ihm so eigenartig zumute gewesen. Er fühlte sich lustlos. Der Kopf dröhnte wie ein großer, leerer Raum. Er empfand keine Freude am sonnigen Tag, im Gegenteil, das grelle Weiß des Schnees schmerzte ihn in den Augen. Der tiefblaue, wolkenlose Himmel, die schönen hohen Schneehauben auf den Heustadeln und Holzstapeln, die blinkenden

Eiskristalle auf der Schneedecke, nichts davon beachtete er – mißmutig stapfte er dahin, den Blick gesenkt, auf die schattige Spur des Weges geheftet, unwillig den von Meter zu Meter schwerer werdenden Schlitten ziehend. Er war nahe daran, ihn am Wegrand einfach stehenzulassen. Von Schritt zu Schritt wackeliger auf den Beinen, empfand er eine große Gleichgültigkeit all dem gegenüber, was sein Leben ausmachte. In der Stube ließ er sich schwer auf die Bank fallen und wäre am liebsten nicht mehr aufgestanden. Ohne wie sonst zuallererst in seine Kammer zu rennen und nach dem Flobertgewehr zu sehen. Konnte er es an anderen Tagen vor Heißhunger kaum erwarten, das Essen zu bekommen, so verspürte er diesmal überhaupt keinen Appetit. Die Kaspreßknödel schienen heute ohne jeden Geschmack zu sein. Auch die Suppe, in der sie schwammen, glich einer warmen, geschmacklosen Brühe. Den Erdäpfelsalat rührte er überhaupt nicht an. Schon kurze Zeit später war sein Gesicht glühend rot, er bekam hohes Fieber und Schüttelfrost. Kathi, die neue Dirn, brachte ihm Hollertee in seine eiskalte, düstere Kammer. Sie hatte ihm ein altes, erdverschmiertes Fenster vor die Luke gehängt, das beim Mistbeet im Garten verwendet wurde. Besorgt sah sie ihn mit ihrem breiten, flachen Gesicht an, strich ihm mit den vom Waschen und Putzen rot aufgequollenen Fingern über die Stirn. Er schwitzte immer mehr. Das Fieber nahm jedoch nicht ab, sondern stieg weiter an.

„Wird schon wieder werden", sagten die Bauersleute. Aber Kathi, gutmütig und mitfühlend, als lediges Kind ebenfalls immer nur lieblos herumgestoßen, machte sich Sorgen und brachte am nächsten Sonntag nach dem Kirchgang den Doktor Käls vom Dorf mit herauf. Kopfschüttelnd kletterte dieser über die Schwelle in Ruperts

Kammer, untersuchte ihn und sagte zum Bauern, daß Rupert mitkommen müsse. Die Sache sei zu gefährlich. Er müsse den Buben zur Beobachtung in der Nähe haben. Der Doktor Käls und die Kathi brachten ihn, in einen dreckigen, rauhen Pferdekotzen eingewickelt, bei zunehmendem Schneetreiben auf dem Holzschlitten ins Tal. Er bekam im Altersheim, wo der Doktor einige Pflegebetten stehen hatte, ein sauberes Bett in einem gleißend weißen, ungewohnt hellen Zimmer. Zum ersten Mal seit Mühlbach lag er wieder auf einem weißen, sauberen Leintuch. Obwohl er kaum Appetit und trotz reichlich eingenommener Medizin noch immer hohes Fieber hatte und sich schwach fühlte, dachte er, als er sich in dem schönen Bettzeug ausstreckte, die herrlich weiche Tuchent bis ans Kinn zog, daß er immer hierbleiben möchte. Nie wieder wollte er zurück in seine eiskalte finstere Kammer! Der Doktor war so freundlich zu ihm. Die Frau, welche ihm das Essen brachte, war eine resolute Person, die ihm aber auf ihre ruppige Art zu verstehen gab, daß er hier nicht unwillkommen war. Von Tag zu Tag begann er sich besser zu fühlen. Und als er eines Abends stark aus der Nase blutete und der Arzt an sein Bett kam, ihn abhorchte und abklopfte, streichelte er ihm über den Kopf und sagte erfreut: „Jetzt sind wir über den Berg, Bertl."

Von nun an schickte er des öfteren seine Tochter zu ihm, die mit Rupert spielte und ihm Süßigkeiten mitbrachte. Nach dem Kirchgang besuchte ihn immer die Kathi und war glücklich, daß seine Gesundung so große Fortschritte machte.

Am Heiligen Abend kamen der Doktor, seine Frau und das Mädchen und schenkten ihm Kekse und Schokolade. Die Frau des Doktors kämmte seine Haare. Rupert war außer sich vor Aufregung. Er hatte so etwas auf dem Steinerhof noch nie erlebt. Je besser es ihm ging, desto größer wurde jedoch seine Angst vor dem Tag der Rückkehr auf den Hof. Das helle, saubere Krankenzimmer mit dem riesigen Fenster, das schöne weiche Bettzeug, die freundliche Arztfamilie – wie schön wäre es doch, für immer hierbleiben zu dürfen!

Als er dann schon aufstehen und eine Zeitlang langsam im Zimmer herumgehen durfte, nahm er einmal allen Mut zusammen und fragte den Doktor, in welche Richtung er schauen müsse, wenn er nach *Frankreich* sehen wolle. „Richtung Mittersill", sagte der Arzt mit einer Handbewegung. „Dort ist deine Mutter."

Kein einziges Mal besuchten ihn die Bauersleute vom Steinerhof. Nur Steffi begleitete einmal die Kathi. Der Knecht jedoch suchte ihn an jenem Sonntag auf, an dem die Kathi nicht kommen konnte, da sie eine Tante im Krankenhaus besuchte. Er setzte sich in seinem ungewohnt wirkenden Sonntagsstaat an Ruperts Bett und versuchte, ihm auf seine wortkarge Art Mut zu machen. Verlegen holte er ein paar Äpfel, Dörrzwetschken und eine Handvoll Nüsse aus seiner Rocktasche. Legte all das fast verstohlen auf das Nachtkästchen. Rupert hatte den Eindruck, daß er es ehrlich meine, als er ihn mitfühlend ansah. Und doch blickte er unsicher nach der knochigen, schwieligen Hand des Mannes. Der wäre alles zuzutrauen. Schläge und Wohltaten. Und nichts davon vorauszusehen.

Diese acht Wochen des Krankseins zählten zur schönsten Zeit in seinem bisherigen Leben. Doch im Februar mußte er wieder auf den Hof zurück. Er sei gesund, sagte der Arzt, und das Bett werde für eine schwer kranke Frau gebraucht, als Rupert bettelte, doch noch dableiben zu dürfen. „Eine Woche noch. Bitte! Einen Tag wenigstens!" Es half auch nichts, daß Rupert am letzten Abend plötzlich über alle möglichen Wehwehchen zu klagen begann.

Der Knecht holte ihn ab, und auf dem Hof setzte sich der Trott fort – im Zulehen vor der Schule die Tiere füttern, Stallausmisten und mit dem schweren Holzschlitten zu Tal fahren, so lange Schnee lag. Wie froh war er doch, als der Weg ausaperte und damit zumindest das Holzliefern ein Ende hatte. Dafür galt es jetzt, mit dem Knecht die Felder zu düngen. Der Mist vom Winter mußte auf den Wiesen verteilt werden. Sie hatten eine Kuh eingespannt – Rupert fühlte sich noch schwach, und die Kuh ging ihm des öfteren durch. Während der Zeit des Düngens mußte er von der Schule fernbleiben – das machte ihm nichts aus. Nur seine finstere kalte Kammer kam ihm seit der Zeit im Dorf noch finsterer und kälter vor. Eigentlich halte man ihn wie einen Hund, dachte er, wenn er über die Schwelle in diese Hundskammer kletterte. Denn damals, als er ausgerissen war, um den Baldi zu besuchen und in der Hundehütte übernachtet hatte, war ihm diese gar nicht so anders vorgekommen als seine verfluchte Kammer auf dem Hof. Ein Hundeleben, das war es. Er geriet in Atemnot, sobald er sich daran erinnerte, wie ihn der Bauer aus der Stube verjagt hatte wie einen dreckigen Köter. – Und alles, sagte er sich wie so oft, habe er seinem Stiefvater zu verdanken und niemandem sonst, *der* hatte ihm und seinen Brüdern die Mutter und die Schwester gestohlen. Wie er ihn nur haßte! Der wenn ihm jemals wieder unter die Augen käme! An die Gurgel würde er ihm gehen, sofort an die Gurgel!

Mit zwei Kühen hatte er später mit dem Knecht die Felder zu pflügen; es wurden Roggen, Weizen und

Gerste angebaut. Ende Juni fing schon das Mähen an. Rupert lernte schnell. Bald mähte er hinter dem Bauern. Dann mußten sie mit der Sichel Getreide schneiden.

Oft flüchtete er in Gedanken in das schöne weiße Krankenzimmer im Altersheim. Dachte an die freundliche Tochter vom Doktor, die er gerne wiedergesehen hätte, sich jedoch nicht aufzusuchen getraute. Wer war er denn, daß er vielleicht so einfach in das feine Doktorhaus hineinplatzen könnte, in seiner zerrissenen, stinkenden Aufmachung! Und immer wieder sah er in Richtung Mittersill. Starrte angestrengt über die Berge in den Himmel. Als könnte er dort etwas sehen von *Frankreich*, von der Mutter, von der noch immer kein Brief gekommen war, jetzt, wo er ihn doch längst selber lesen und auch mit einem eigenen Brief beantworten hätte können! Und von nun an setzte sich in ihm ein weiterer, ihn noch mehr quälender Gedanke fest, der sich nicht mehr vertreiben ließ: Vielleicht war die Mutter schon längst tot, weil sie nichts von sich hören ließ! Tot! Ja, die Mutti war vielleicht schon lange tot, während er auf einen Brief oder eine Karte von ihr wartete. Es brach ihm der Angstschweiß aus, und er fürchtete zu ersticken, wenn er mit solchen Gedanken abends auf seinem Strohsack lag.

An einem Sonntagnachmittag bekam der Knecht Besuch von einem Freund. „Wetten“, sagte er zu ihm, „daß der Bertl nicht weint, wenn ich ihm ein paar saftige Watschen gebe.“ Gesagt, getan. Rupert war zornig, nahm jedoch das Geld, das ihm der Knecht als Belohnung zusteckte. Dafür konnte er wieder Munition für sein Gewehr kaufen. Vom Bauern erhielt er nach wie vor trotz der vielen schweren Arbeit, die er bereits verrichtete, nur Kost und Quartier.

Immer öfter lief Rupert mit seinem Flobert in den Wald und schoß – Eichkätzchen! Die Tiere, zu denen er so große Zuneigung hegte, für die er Liebe empfand, wenn er sie beobachtete, taten ihm, sobald er sie im Visier hatte, abdrückte und sie von einem Ast zu Boden fielen, nicht mehr leid als Gegenstände wie Dosen oder Steine. Der Triumph, das Hochgefühl, *getroffen* zu haben, überwog jede andere Regung; wie zuvor der Trieb, zu *jagen,* zu *treffen*, kein Gefühl des Mitleids mit dem Tier, das er sogleich töten würde, aufkommen ließ. Er hatte überhaupt nie das Gefühl, zu töten, wenn er ein Eichkätzchen, an dessen Anblick er sich gerade noch erfreut hatte, von einem Ast schoß! Von einer Sekunde auf die andere ging es ihm nur noch darum, zu treffen. Er sah nicht das Lebewesen, das er vom Leben in den Tod beförderte – er nahm nur den geglückten Abschuß wahr; die Euphorie eines weiteren Treffers überdeckte jegliche andere Empfindung. Und er traf fast immer, war schon jetzt ein außerordentlich guter Schütze. Und nichts sonst strebte er auch an, als der beste Schütze weit und breit zu sein. Nur das wollte er unter allen Umständen werden: Der beste Schütze weit und breit!

Beim nächsten Jahrmarkt konnte er das Gefühl erstmals auskosten, von allen uneingeschränkt bewundert zu werden, als er an die Schießbude trat – und jeder Schuß traf! Die kichernden Mädchen aus dem Dorf drängten sich auf einmal um ihn, ihn, den sie seiner zerlumpten, dreckigen und nach Stall riechenden Kleidung wegen immer gemieden, über den sie hochnäsig hinweggesehen hatten, als sei er gar nicht vorhanden; den sie in der Schule höchstens kopfschüttelnd und spöttisch beobachteten, wie er mit hochrotem Gesicht auf die Fragen des Lehrers so gut wie nie eine Antwort wußte. Jetzt auf einmal sahen sie ihm ohne Häme ins Gesicht und sagten keck: „Schieß mir doch auch etwas, Bertl." Und er schoß. Und traf. Immer wieder. Laden. Zielen. Abdrücken. Treffen. Es war ein einziger Taumel. Rupert drehte sich lachend zu den Mädchen um, die sich die Lebkuchenherzen um die Hälse hängten und die Papierrosen in den Händen hielten. Er nahm nur Teile von ihnen wahr: Einen Mund da, ein Stück Hals hier, eine Brust dort, strahlende Augen, gerötete Wangen, sich ihm entgegenstreckende Hände... Er sah die Begeisterung in ihren Gesichtern, spürte sie regelrecht in wohligen Schauern, die ihm über den ganzen Körper jagten. – Und er genoß die Bewunderung! Der Neid manch eines anderen Burschen, der ihm nicht entging, machte ihm nichts aus. Nichts wünschte er sich sehnlicher, als daß dieser Tag nie zuende gehen sollte! Alles hätte er darum gegeben, ihn zu verlängern.

Schließlich bot ihm der Schießbudenbesitzer sogar Geld, damit er aufhöre. „Du schießt mir ja die ganze Bude leer!"

Zum ersten Mal in seinem Leben hatte er das Gefühl, nicht der letzte Dreck zu sein, den man herumstoßen und abwatschen konnte. Den eines Morgens irgend eine wildfremde Frau aus dem Bett holte und kurzerhand irgendwohin verfrachtete. Der nicht gefragt werden mußte über das, was mit ihm geschah. Dem man sich nur zuwandte, wenn es galt, ihm eine Arbeit anzuschaffen. Und der einem sonst absolut gleichgültig war. Ganz und gar gleichgültig, was immer ihm auch zustoßen mochte.

Er kostete es aus, von all jenen angehimmelt zu werden, die ihn ansonsten überhaupt nicht beachteten. Stundenlang lag er an diesem Abend hellwach in seiner

Kammer und konnte nicht einschlafen. Als hätte er mit diesem Tag erst wirklich zu leben angefangen, kam es ihm vor. Plötzlich hatte er eine Ahnung davon, wie es war, wenn es einen wirklich gab. Wenn man ein Mensch war, ein ganz eigenständiger.

Zusätzlich zur Arbeit auf dem Hof und dem Feld wurde er zum Erdbeer- und Heidelbeersammeln in den Wald geschickt – einmal brachten der Knecht und er sieben Getreidesäcke voll Schwarzbeeren nach Hause, aus denen der Bauer dann Schnaps brannte. Eierschwammerlsuchen und die Obsternte gehörten gleichfalls zu seinen Pflichten. Und all das immer noch für Kost und Quartier.

Im Winter lernte er das Eisschießen. Auch dafür entdeckte er eine natürliche Begabung – und gewann schon bald einen Schülerwettbewerb. Stolz nahm er das Band entgegen, auf dem zwei Schilling aufgenäht waren.

Im Dorf, das hatte er inzwischen kapiert, war einer wie er erst ein Mensch, wenn er zumindest auf einem Gebiet unschlagbar war. Und man tat einiges, um es nach Möglichkeit nur ja nicht so weit kommen zu lassen!

Einmal mußte er bei einem Schülerwettschießen auf der Eisbahn über zwei Meter weiter zurückgehen als die übrigen Teilnehmer, da auch die beiden Söhne vom reichen Tischlerwirt mitmachten. Wie zerrissen, mager und armselig Rupert mit seinem Stock doch dastand! An den Schuhen klebten noch immer Reste von Stallmist, obwohl er sie abgeputzt hatte, so gut es ging. Unentwegt versuchte er, die viel zu kurzen Ärmel seiner Jacke weiter nach vorne zu ziehen, deren er sich plötzlich schämte, während die zwei feisten, rotgesichtigen Wirtssöhne gutgekleidet und selbstsicher an die Bahn traten, ohne ihn auch nur eines Blickes zu würdigen.

Dann – gewann er trotz der unfairen Bedingungen. Und die Wirtsbuben sahen ihn böse und abschätzig von der Seite an, bevor sie von ihrem Vater zusammengeschrien wurden, weil sie sich von so einem Habenichts und dahergelaufenen Kerl schlagen ließen und damit auch ihren Vater lächerlich machten.

Daheim übte er sich im Stockwerfen – auch in dieser Disziplin dauerte es nicht lange, und er war den anderen überlegen.

Im Sommer beendete er die Schule, in der er kaum etwas gelernt und wo er sich immer unwohl, weil unsicher und herabgesetzt gefühlt hatte. Stets unvorbereitet, schien ihm alles, was vorgetragen, alles, was er hätte können sollen, fremd und unbegreifbar schwierig. Er gab jedesmal sofort auf, wenn er sich nicht auskannte – und er kannte sich fast nirgendwo aus. Keine Spur von jener Ausdauer und jenem Eifer, die er beim Eisstock- und Flobertschießen aufbrachte.

Rupert wußte, daß die Bäuerin, die ständig an ihm herumnörgelte, eigentlich nichts gegen ihn persönlich hatte – nur ihre zwei ledigen Buben, die auf fremden Höfen herumkugelten, wollte sie endlich bei sich haben.

Es waren mittlerweile acht Jahre, die er nun auf dem Steinerbauernhof war. Der Knecht, die winzige düstere kalte Kammer, das war sein Zuhause. Er hatte kein anderes.

Er war zum Dienstboten geworden – und als solcher hätte er gefragt werden müssen, vom Bauern, ob er auch das nächste Jahr bleibe. Der Steinerbauer fragte ihn nicht. Dafür der Bergerbauer. Der gab ihm, wie es der Brauch war, das *Drangeld.* Fünfzig Schilling, für die Rupert sich verpflichtete, zu Lichtmeß zu ihm zu kommen.

Der Steinerbauer, der Ruperts Arbeit sehr wohl zu schätzen wußte, war über den Wechsel erstaunt.

„Du hast mich ja nicht gefragt. Ich hab' das Drangeld schon gekriegt."

Rupert spürte eine leichte Gänsehaut, als er das sagte und gleichzeitig mit einer heftigen Bewegung eine Haarsträhne aus der Stirn warf. Es machte ihn stolz, *selbst* entschieden zu haben. Seit er aus Mühlbach weggebracht worden war, hatten immer nur *andere* festgelegt, was mit ihm geschehen sollte. Und jetzt begann er plötzlich zu spüren, daß es *sein* Leben war, um das es ging, und es schon auch von *ihm* abhing, wie es verlief, dieses *kleine Leben*, das scheinbar so wenig zählte in dieser Welt, weil es dem, der es lebte, so wenig zu bieten hatte, immer nur andere die Nutznießer gewesen waren.

Ungern angekommen, ungern dagewesen – und trotzdem ungern fortgegangen...

11

Für zwanzig Schilling Monatslohn erwartete Eva sehr viel Arbeit: Ihre Chefleute betrieben nämlich auch eine Berghütte, in der Schifahrer einzukehren pflegten. So mußte Eva bei jedem Wetter, schwer mit Lebensmitteln bepackt, hinaufstapfen, droben einheizen, alles vorbereiten und dann bedienen. Bei Schneestürmen sah sie oft keine zwei Meter, war gezwungen, immer wieder stehenzubleiben und sich umzudrehen, um überhaupt atmen zu können. Auf dem Weg zur Hütte waren jedesmal von einem Bauern noch zwei Liter Milch abzuholen und mitzunehmen. Da sie keinen warmen Rock, geschweige denn eine Schihose besaß, wurde sie jedesmal naß bis auf die Haut und sagte sich, daß es so einfach nicht weitergehen könne, da drohte sie ja sterbenskrank zu werden, wenn sie völlig durchnäßt in der eiskalten Hütte eintraf. Sie suchte ihren Bruder Toni auf und beklagte sich darüber. Der riet ihr: „Du gehst gleich morgen zum Kaufhaus Rainer und holst dir Schihose, Schuhe und einen warmen Rock. Das läßt du auf den Hofnamen aufschreiben. Du bist fast neunzehn und die haben dir keinen Groschen Lohn bezahlt. Die müßten dir sowieso den Lohn nachzahlen!"

Eva bekam die Sachen anstandslos – und bald darauf eine Ladung bei Gericht! Ihr Bruder Sepp, der nach dem Tod des Vaters, welcher 1933 an einer Geschlechtskrankheit gestorben war, mit der Mutter den Besitz geerbt hatte, klagte seine Schwester.

Eva konnte schon zwei Tage vor dem Gerichtstermin keinen Schlaf mehr finden, obwohl sie nach der Arbeit todmüde ins Bett fiel. Sie hatte ungeheure Angst vor dem Gericht, aber auch Angst davor, dort auf Mutter und Bruder zu treffen. Umso überraschter war sie, daß die beiden gar nicht geladen worden waren und der Richter sie erst einmal darüber befragte, warum sie das gemacht habe. Sie beschrieb ihm ihre Lage, und der Richter zeigte Verständnis für ihr Tun. Sepp reagierte auf diesen Bescheid mit der Anfrage, ob Eva die achtzig Schilling für die Kleidung nicht von ihrem gesetzlichen Erbteil abgezogen werden könnten. Jahre später sollte er sie noch einmal übertölpeln: So wenig sich der Vater zu Lebzeiten um sie gekümmert hatte, im Testament hatte er seine Kinder mit dem immerwährenden Wohnrecht im großen Bauernhaus bedacht. Nachdem der Bruder geheiratet hatte, bedrängte er seine Geschwister so lange, bis sie die Verzichtserklärung auf dieses Wohnrecht unterschrieben.

Eva war inzwischen fast ein anderer Mensch geworden; die Gäste waren durchwegs nett zu ihr, und sie hatte von ihnen weltläufigere Umgangsformen angenommen. Unter den Einheimischen herrschte starke Arbeitslosigkeit, die konnten sich nicht einmal eine Halbe Bier leisten, nur gelegentlich den billigeren Most.

Des öfteren dachte Eva an Michl, der sich nicht mehr blicken ließ. Jetzt, wo eine andere von ihm schwanger war, war sie plötzlich noch unsicherer, was ihre Gefühle für ihn anging. Ob sie ihn nicht vielleicht doch wirklich liebte? Eines Tages erreichte sie unverhofft ein Brief von ihm, in dem er ihr Vorwürfe machte, daß sie von zuhause weggangen sei. So etwas stünde einem anständigen Bauerndirndl nicht an. Die müsse auf dem Hof bleiben. Er schrieb auch, daß seine Schwestern mit ihr als Schwägerin keine Freude gehabt hätten. Zum Abschluß wünschte er ihr alles Gute und beteuerte, daß die Zeit auf der Alm mit ihr wahrscheinlich die schönste in seinem Leben gewesen sei.

Lebensmittel in die Hütte hinaufschleppen, die Speisen vorbereiten und servieren, den Fußboden abreiben, im Kaffeehaus im Tal Küche, Vorraum und Klo putzen, jeden Samstag auch noch Stiege und Gastzimmer, danach wieder zur Schihütte marschieren, zwischendurch für die Chefin einkaufen gehen... – Oft, wenn sie völlig erschöpft in ihr Bett fiel, dachte sie, es nicht mehr zu schaffen. Doch schon vor dem nächsten Gedanken war sie eingeschlafen, und am Morgen ging der Trott von neuem los.

Der Mai brachte Erleichterung: Es fiel die Arbeit mit der Schihütte weg, und außerdem erhielt sie Unterstützung durch eine Serviererin. Trotzdem: Eva hatte den ganzen Tag zu laufen. Viele Kurgäste kehrten ein, und am Abend kamen jede Menge Leute zum Kegelscheiben. Aber im Gegensatz von zuhause wurde sie von ihren Dienstgebern nicht nur bezahlt, sondern auch gelobt.

An den Sonntagvormittagen mußte sie nunmehr immer einkaufen gehen, und dabei kam es einmal zu einem Wiedersehen mit Franz. Sie sah ihn schon von weitem und verlangsamte ihren Schritt in der Hoffnung, er würde ihr folgen. Er holte sie auch tatsächlich ein, begrüßte sie herzlich, zog sie an sich und fragte: „Magst mich noch ein bißerl?"

Sie nickte.

„Vielleicht sehen wir uns bald wieder?" fragte er.

„Das liegt ganz an dir", antwortete sie.

12

Nach dem Tauwetter der vergangenen Tage blies wieder ein eiskalter, stürmischer Wind; es schneite in winzigen, harten Flocken.

Der Bergerbauer hatte den Rockkragen aufgestellt und seinen Hut tief ins Gesicht gezogen, als er mit dem Fuhrwerk in die Hofeinfahrt einbog, um Rupert und seine Habseligkeiten abzuholen. Der Schlitten hinterließ eine feine Rostspur auf dem harten Schnee. Das Pferd wieherte und stampfte mit den Hufen fest auf den gefrorenen Boden, als er ihm eine Decke über den Rücken warf.

Die beiden Bauern begrüßten einander knapp, kaum daß sie sich eine Sekunde ansahen, ehe der Bergerbauer mit Rupert dessen Kommode aus dem Haus trug, um sie aufzuladen. Sie enthielt seinen gesamten Besitz. Das geliebte Flobertgewehr hatte er zerlegt und sorgfältig zwischen seine besten zwei Hemden und Hosen gebettet, ein paar abgetretene alte Schuhe und einige zerschlissene Unterhosen noch in einen Sack gestopft.

Die Bäuerin, die bereits alle Vorbereitungen getroffen hatte, um ihre eigenen Söhne zu sich zu nehmen, drückte Rupert beim Abschied fest die Hand und sah ihm tief in die Augen als wollte sie sagen, nichts für ungut, aber… – Er glaubte zu verstehen. Sie wollte ihn vom Hof haben, doch er empfand jetzt sogar Zuneigung zu ihr. Beide sahen sie wortlos zu Boden.

„Kannst jederzeit zurückkommen, als Knecht, wenn es dir beim Berger nicht mehr gefällt", sagte der Bauer.

Rupert sah zur dick vermummten Brunnensäule auf dem Hof. Schaute zum vereisten Brunntrog, an dem er sich heute also zum letztenmal gewaschen hat.

Einmal warf er noch einen Blick zurück, aber das Gehöft verschwand sehr schnell im Schneetreiben, und dann waren sie schon um eine scharfe Kurve gebogen.

Während ihnen der eiskalte Schneewind in die Gesichter fuhr, dachte Rupert beim Anblick der blonden Pferdemähne einen Moment lang an seine Abfahrt aus Mühlbach. So vieles war anders geworden mit ihm. Doch eines gleich unbegreiflich und schwer erträglich geblieben: Noch immer hatte er von der Mutter aus Frankreich keine Nachricht erhalten. Keine einzige Zeile! Und wieder erfaßte ihn die Panik bei der Vorstellung, daß sie womöglich längst tot wäre und er sie nie wiedersehen würde.

Der Bergerbauer war mit fünfundvierzig Stück Vieh erheblich größer als der Steinerbauer. Rupert wurde allen Dienstboten vorgestellt, nachdem er seine Kammer bezogen hatte, die immerhin ein richtiges Fenster besaß. Der Bauer, fünfundzwanzig, war ledig; seine beiden

Schwestern versorgten den Haushalt. Hier gab es allein im Stall zwei Melker.

Schon am nächsten Tag drückte ihm der Bauer wortlos die Mistgabel in die Hand. Mit zwei Pferdefuhrwerken wurde der Mist auf die Felder gefahren. Kaum hatte Rupert das eine beladen, kam das andere bereits wieder zurück. Rupert, mit seinen gut 15 Jahren, hatte große Mühe, diesem Tempo gerecht zu werden. Und der Bauer schrie ihn – wie alle übrigen Leute, die auf dem Hof waren – bei den geringsten Anlässen an: „Trottel! – Was tust denn, du Depp!" Einige Tage ging es so dahin. Dann mußten sie für drei Tage auf die Alm, um dasselbe zu machen. Die Dirn kochte ihnen dort in der Früh ein Mus, abends gab es Butterbrot und Tee. Zu Mittag jausneten sie im Freien.

Der zweite Knecht holte am Feierabend immer seine Mundharmonika hervor, dann wurde getanzt. Auch beim Kartenspielen – Watten und Schnapsen –, war Rupert mit von der Partie. Er lachte lauthals über die Witze, die gerissen wurden. Auch wenn er sie nicht ganz verstanden hatte. Und versuchte, ein ganz alltägliches Gesicht zu machen, als er die ihm angebotenen selbstgedrehten Zigaretten nahm, und peinlicherweise nach den ersten Zügen nicht nur reichlich grobgeschnittenen Tabak im Mund hatte, sondern auch einen Hustenanfall bekam. Die ersten Nächte verbrachte er im Schnapsdusel. Ein eigenartiges Gefühl, von einem Tag zum andern zu den Erwachsenen gezählt zu werden. Nicht nur bei der Arbeit, auch danach.

Als sie von der Alm zurückkamen, mußte das im Spätherbst geschlägerte Holz aufgearbeitet werden. Die große Holzhütte wurde randvoll mit klein gehacktem Ofenholz angefüllt; das Erlenholz, mit dem beim Krapfenbacken geheizt wurde, hatte separat geschlichtet zu werden.

Der Bauer nickte Rupert nach den ersten Wochen mehrmals anerkennend zu, was wohl hieß, daß er zufrieden war. Aber er war ein unangenehmer Mensch, als *Schreier* bekannt. Die Dienstboten blieben nie lange bei ihm. Höchstens jene, die selber einen schlechten Ruf hatten.

Mitte Mai mußte Rupert die großen Glocken vom Dachboden holen; die Kühe im Stall wurden unruhig, als sie das Geläut hörten. Der Wagen für den Almauftrieb wurde beladen: Strohsäcke, warme Kleidung, da es meist mehrmals im Sommer schneite, Salz, Mehl, Käsebeize, Erdäpfeln; Hafer, Gerste für die Ziegen.

Für Rupert galt es nun, einmal die Woche mit dem Muli Butter und Käse von der Alm zu holen. Aufbruch gegen zwei Uhr früh, um vor der Mittagshitze wieder zurück zu sein. Wenn er gegen halb sechs auf der Alm eintraf, stopfte er sich erst einmal gierig frische Butter, die er auf den Käse schmierte, in den Mund; meist ohne Brot.

Der Muli wurde beladen. Eines Tages schüttelte sich das Tier plötzlich – vielleicht von einer Wespe gestochen –, und schon kollerten die schweren Käselaibe und Butterstriezel den steilen Hang hinunter. Rupert fluchte wie der Bauer und hatte Mühe, das Pferd ruhig zu halten und gleichzeitig die Böschung hinunterzuklettern, um die Sachen einzusammeln. Die aus den großen Blättern gerutschten Butterstriezel waren voller Steine und mußten zuhause ausgelassen werden. Der Bauer tobte, und es gab eine wilde Schreierei. Rupert flüchtete einmal mehr zu seinem Flobert. In jeder freien Minute übte er sich mittlerweile im Scheibenschießen.

In diesem Sommer brüllte der Bauer die beiden Knechte wieder einmal an, was für gottverfluchte Deppen sie doch seien, was für Volltrottel er mit ihnen auf dem

Hof habe. Den verschwitzten Männern schwollen die Halsschlagadern an, sie bekamen dunkelrote Köpfe, und Rupert fürchtete, sie würden den Bauern im nächsten Moment anspringen. Doch sie warfen ihm nur gleichzeitig wortlos die Sensen vor die Füße und verließen auf der Stelle den Hof.

Rupert, noch keine sechzehn Jahre alt, mußte ab sofort den Bauknecht spielen, kam kaum mit seiner Arbeit zusammen. Der Bauer schrie in einem fort.

Beim Mähen versuchte Rupert nur das Geräusch der niedergesebälten Grashalme zu hören, sich auf das gleichmäßige Sirren der Sensen zu konzentrieren. An nichts zu denken.

Er war jedesmal froh, wenn er auf die Alm fahren mußte und damit vom Hof weg kam. Die Arbeiten wiederholten sich – im Herbst das Laubsammeln, das Obstpflücken und dann wieder Mist auf die Felder bringen. Dem Bauern liefen ständig die Dienstboten davon, daher mußten er, Rupert und ein zwölfjähriges Mädchen Mist ausfahren. Rupert hatte Mitleid mit dem Kind, wie es sich – oft vergeblich – abmühte, das Pferd zu führen, während der Bauer und er den Mist abluden und auf dem Feld verteilten. Es war ein regnerischer Tag, und dem Mädchen hingen die rötlichen Zöpfe in das verschwitzte, sommersprossige Gesicht. Sein zerschlissenes Kleid war dreckverschmiert, die hohen alten Schuhe, die das Kind wohl von irgend jemandem zum Auftragen bekommen hatte, waren ihm viel zu groß. Es hatte Mühe, darauf zu achten, daß sie nicht jedesmal im Morast steckenblieben, wenn es einen Schritt machte. Die wundgescheuerte blutige Ferse kam immer wieder zum Vorschein. Mit aller Kraft versuchte das Mädchen das unruhige Pferd zu bändigen. Von hinten brüllte der Bauer, was für ein dummes, patschertes, vollkommen unnützes Ding es nur sei. Das er ganz umsonst durchfüttern müsse, weil es einfach ein Nichtsnutz sei. „Begreifst du denn überhaupt nichts? Bist du zu *allem* zu blöd? Wie sollen wir da vor dem Mittagessen fertig werden? Da ist zum Abendessen noch längst nicht alles getan, wenn das so weitergeht! – Na ja, bei der Schlampe von Mutter", schimpfte er derb, „was will man da mehr verlangen. Legt sich bei jedem hin. Unsereins kann es dann ausbaden, mit so einem saudummen Balg."

Rupert sah das vor Angst zitternde Kind, das sich verzweifelt plagte, und in ihm wuchs der Zorn über diese ungerechte, entwürdigende Behandlung. Das Mädchen hatte ein Schicksal wie viele: als lediges Kind einer Magd von Hof zu Hof gestoßen, nirgendwo gern gesehen, wurde es überall mit Vorwürfen überhäuft, sich sein Brot nicht zu verdienen. Rupert beobachtete, wie das Mädchen die Lippen zusammenpreßte und gegen die Tränen ankämpfte, die ihm trotzdem übers Gesicht liefen. Die kleine, dreckverschmierte Hand krampfte sich verzweifelt um die Lederriemen des Pferdes. Mit dem ganzen Körper preßte sich das Kind immer wieder gegen das große, schwere, aus irgend einem Grund an diesem Tag so unruhige Tier, um es dort zum Halten zu bringen, wo es stehenbleiben sollte.

Als das Pferd erneut anruckte, noch ehe Rupert und der Bauer mit ihren Mistgabeln den Mist vom Wagen gekratzt hatten, obwohl sich das Mädchen dagegenstemmte, schneuzte sich der Bauer laut zwischen den Fingern, rannte zu dem Kind und zerrte das einen entsetzten Schrei ausstoßende Mädchen brutal an den Haaren in den Dreck. Riß es daran zu Boden, sodaß der kleine Körper in dem dünnen Kleid in ganzer Länge im Morast lag. Danach schlug er blindwütig auf das Gesicht des jetzt laut schreienden Kindes ein.

Rupert sprang mit seiner Mistgabel nach vorne und schrie den Bauern an: „Laß sie sofort los, oder ich schlag dir damit den Schädel ein!"

Überrascht sah der Bauer zu seinem jungen Knecht. Er ließ vom Kind ab, Rupert senkte die Mistgabel, und im nächsten Moment entwendete sie ihm der Bauer, warf sie in weitem Bogen fort und ging auf Rupert los. Dieser hatte gegen den kräftigen jungen Mann keine Chance. Als er frei kam, sah er, wie der Bauer dem Kind, das jetzt zitternd neben dem Pferd stand, einen heftigen Fußtritt versetzte. Da erfaßte Rupert eine blinde Wut: In der festen Absicht, diesen Rohling zu erschießen, rannte er zum Hof.

An der Schwester des Bauern vorbei, die ihm erschrokken zurief, was denn um Himmelswillen los sei, lief er in seine Kammer, nahm sein Flobertgewehr, lud die Waffe und wollte damit wieder zurücklaufen. Doch inzwischen war der Bauer nachgekommen. Zusammen mit seiner Schwester stürmte er atemlos in den Raum. Rupert, der selber kaum Luft bekam, zielte sofort auf ihn. Und wollte abdrücken. Die Schwester des Bauern schrie entsetzt auf: „Bertl! Was tust denn! Bertl!"

Der war völlig ohne Besinnung. Aber er schoß nicht. Aus irgend einem Grund drückte er nicht ab. Obwohl er fest dazu entschlossen war, den Bauern zu erschießen. Dessen Schwester begann nun zu reden, versuchte ihn zu beruhigen, während sich die beiden Kontrahenten starr fixierten. Der Bauer stand reglos und mit blaß gewordenem, dreckverschmiertem Gesicht vor ihm. Langsam begann Rupert zu sich zu kommen, seine Besinnung wiederzuerlangen und selbst wahrzunehmen, was er vorgehabt hatte. Da ließ er die Waffe sinken. Nahm mit zittrigen Fingern die Patrone aus dem Gewehr und legte beides an ihre Plätze zurück. Auch er war bleich, und der Schweiß stand ihm auf der Stirn. Sein Brustkorb bebte unter dem nassen Hemd.

Der Bauer war ungewohnt still. Schweigend gingen sie nacheinander die laut knarrende Holzstiege hinunter in die halbdunkle Stube. Der Bauer setzte sich an den Tisch. Rupert blieb stehen und sagte: „Ich geh'!"

Jeder starrte in eine andere Richtung. Im Herd prasselte das Feuer, und das Wasser mit den Knödeln dampfte.

„Jetzt setz' dich schon", forderte die Schwester des Bauern Rupert auf. „Es gibt gleich was zu essen."

Nach kurzem Zögern nahm er Platz.

Während draußen ein Windstoß den Regen gegen die kleinen Fensterscheiben schlagen ließ, war es in dem niedrigen Raum angenehm warm. Die Frau hantierte wortlos mit dem Krauthobel. Rupert hörte, daß das Mädchen jetzt mit dem Pferd und dem Mistfuhrwerk zurückkam.

„Ich geh'!" wiederholte er.

„Bleib da", versetzte der Bauer. Seine Schwester fügte hinzu: „Du kannst uns nicht auch noch davonrennen. Wie sollen wir denn dann zurechtkommen!"

Rupert blieb dabei: „Ich geh'!"

Draußen schirrte das Kind das Pferd ab und brachte es in den Stall.

Lange Zeit saßen sie stumm und reglos am Tisch. Die Schwester des Bauern begann mit dem Aufdecken. Sie sah keinen der Männer an, als sie die große Schüssel mit Krautsalat vor sie hinstellte.

Plötzlich machte der Bauer Rupert ein Angebot: „Um fünf Schilling kriegst mehr. Weil du jetzt ja Bauknecht bist."

Damit hätte er zwanzig Schilling im Monat. Ein Paar guter Schuhe kosteten an die dreißig Schilling. Und die waren fällig. Denn Rupert gab das meiste Geld für Gewehrmunition aus. Er lebte einzig auf einen Tag im Jahr hin: Den Kirchtag! Im Spätherbst wäre es wieder soweit. Ein Tag im Jahr, an dem er so bewundert wurde wie kein zweiter in der ganzen Gegend. Ein einziger Tag, an dem er wirklich *lebte*. – Fieberhaft überlegte er: Wo sollte er eigentlich hin, wenn er von hier wegging. Zurück zum früheren Bauern. Ja, das könnte er allemal. Das hatte ihm der auch offengelassen. Aber für weniger Geld.

„Also, was ist?!" hörte er den Bauern.

Rupert nickte stumm und schlug ein.

13

Der kommende Winter verlief genauso anstrengend wie der vorangegangene; im darauffolgenden Sommer durfte Eva erstmals kassieren. Das war ein Gefühl! Wie liebte sie es, die große Geldtasche aufzuklappen; mit einem einzigen eleganten Schwung den schwarzen Lederdeckel über den linken Handrücken zu werfen, die Ziehharmonikafalten der Börse auseinanderfallen zu lassen und mit größter Selbstverständlichkeit mit Münzen und Scheinen zu hantieren. Sich für Trinkgelder zu bedanken und diese im Geist zusammenzuzählen. Langsam begann sie sich wie ein vollwertiger Mensch zu fühlen, nicht mehr wie der letzte Dreck, schließlich war *sie* gemeint, wenn die Gäste „Bitte zahlen!" riefen.

Seit einiger Zeit trug sie sich mit dem Gedanken, in die Stadt Salzburg zu gehen. Ganz und gar Neues zu erleben. Seit sie kassieren durfte, traute sie sich nämlich einiges zu. Sie erzählte ihrer Chefin davon, die dafür

Verständnis zeigte, auch wenn sie hier sehr fehlen würde, so fleißig, wie sie war.

Im September kündigte sie, und im Oktober arbeitete sie bereits in Salzburg als Serviererin in einem Gasthof der Stiegl Brauerei in der Nähe des Bahnhofs. Nur gegen Kost und Logis und das Trinkgeld, das sie bekommen würde. Eine andere Stelle hatte sie nicht finden können. Wie überall, wo sie hinkam, war die Arbeit schon vor ihr dort. Und wartete auf sie. Auch hier war es eine ganze Menge Arbeit. Fast jeden Tag dauerte es bis ein Uhr nachts, oft sogar bis drei, und um halb sieben mußte sie schon wieder im Speisezimmer sein, um für vierundachtzig Gendarmerieschüler und deren Vorgesetzte das Frühstück zu servieren. Mittag- und Abendessen ebenso, dazu kamen noch Eisenbahner und Laufkundschaft von der Straße.

Manchmal bereute sie es schon, hierhergekommen zu sein, denn von der Stadt, die sie doch kennenlernen wollte, bekam sie reichlich wenig mit. Die Arbeit sog sie auf. Sie verspürte auch nicht mehr diese Sehnsucht nach einem Freund. Als Franz sie besuchte – er war momentan in Innsbruck beim Bundesheer, und sie schrieben sich gelegentlich –, war sie nicht wirklich bei der Sache. Die Zimmerstunde, diese kurze arbeitsfreie Zeit, brauchte sie, um wieder zu Kräften zu gelangen.

Als die Gendarmerieschüler ihre Ausbildung beendet hatten und das Servieren für diese Hausgäste wegfiel, brachte ihr die Chefin sogleich korbweise Bügelwäsche von zuhause. Doch der Chef warf seiner Frau die Wäsche wieder zurück in die Küche, weil er keine Lust hatte, im Gastzimmer mehr als unbedingt nötig zu tun. Er stand am liebsten hinter der Bar und sah mit verwegenen Blicken so ins Gastzimmer, als kommandiere er insgeheim die Mannschaft eines großen Schiffes. Eva mußte bei seinem Anblick immer an einen Kapitän denken.

Sie wußte mittlerweile, daß der Chef ein *Illegaler* war. Ein glühender Anhänger des *Führers*, von dem er unentwegt schwärmte. Mit diesem käme endlich eine bessere Zeit. Wie im Reich. Dort gehe es rasant aufwärts. Hätten die Menschen wieder Arbeit. Herrsche Ordnung. Er saß auch regelmäßig mit Gleichgesinnten beisammen.

Seit einiger Zeit kamen einmal pro Woche acht junge Männer zu ihnen. Immer ins Extrazimmer. Aßen, tranken und diskutierten. Sie sprachen bayerischen Dialekt und bezahlten in Reichsmark. Dem Chef war nicht entgangen, daß sie winzige Hakenkreuznadeln unter den Revers ihrer Sakkojacken angesteckt hatten. Er war ungeheuer neugierig. Aber es wollte ihm nicht gelingen, durch allerlei Fragen herauszubekommen, was das für junge Männer seien. Er, der gerne seine Ruhe hatte, nahm jetzt sogar in Kauf, im Gastzimmer Evas Arbeit zu übernehmen, wenn sie sich dafür zu den jungen Burschen ins Extrazimmer setze, um etwas über sie herauszufinden.

„Verdreh' halt einem von ihnen die Augen", riet er ihr. „Bist eh so ein fesches Dirndl." Zu seiner Frau meinte er mit glänzendem Blick: „Das eine sag' ich dir: Das sind Kuriere der *Partei*. Da bin ich absolut sicher. Die bereiten etwas vor."

Eva, einerseits von der Neugier des Chefs ein wenig angesteckt, andererseits über die willkommene Abwechslung und Arbeitserleichterung erfreut – sie brauchte neben dem Servieren im Extrazimmer ja nichts weiter zu tun, als sich zu den Männern zu setzen, etwas mit ihnen herumzuschäkern, sich zu unterhalten und zu versuchen, über sie Genaueres in Erfahrung zu bringen –, nahm diesen Auftrag sehr gerne an.

Der gewünschte Erfolg wollte sich allerdings nicht einstellen. Kaum daß einer der Männer eine Bemerkung machte, aus der etwas über ihre Absichten hervorgegangen wäre, widersprach ihm schon ein anderer. Je eindeutiger Eva fragte, desto weniger schien sie aus diesen geheimnisvollen Gästen herauszubekommen. Der Chef hielt es vor Neugierde kaum noch aus: „Du mußt dich an einen von ihnen heranmachen."

Einer der Männer, ein blonder Bursch mit auffallend gewellten Haaren, die er sehr sorgfältig kämmte, schien mittlerweile tatsächlich Feuer gefangen zu haben, denn er begann, Eva kleine Zettel in ihre weiße Schürze zu stecken, Zettel, auf denen er ihr Komplimente machte. Jedesmal sah er sie sehnsüchtig an und achtete darauf, daß neben ihm ein Platz für sie frei war. Einmal, als sie wieder neben ihm saß, spürte sie seine Hand auf ihrem Knie. Sie taten beide so, als sei nichts geschehen.

Der Chef wurde immer ungeduldiger. Er müsse endlich Klarheit haben, damit er sich den Parteigenossen als einer von ihnen zu erkennen geben und ihnen bei ihrem Auftrag behilflich sein könne. Denn mittlerweile plagte ihn die Befürchtung, die ganze Sache gehe womöglich nicht vom *Reich* aus, sondern von Österreich. Man plane vielleicht, ihn in eine Falle zu locken und samt seinen Freunden als *Illegale* auffliegen zu lassen. Doch bislang war es Eva nicht gelungen, etwas Konkretes in Erfahrung zu bringen. Die Berufe der Gäste etwa. Nicht einmal die wollten sie verraten. Darin sah der Chef wiederum den Beweis dafür, daß sie doch in geheimen Parteiangelegenheiten hier wären. Jetzt, so kurz vor dem *Anschluß*, wo alles auf den *Anschluß* hinauslief.

Wenn die Männer eintraten und schnurstracks ins Extrazimmer gingen, war er jedesmal ganz aufgeregt und verbeugte sich ehrfürchtig. Er hatte dann überhaupt nichts von einem Kapitän, nein, wirkte wie ein unterwürfiger Diener, wenn er so vor ihnen herumscharwänzelte. Evas Neugier nahm mittlerweile ebenfalls zu. Sie wollte jetzt auch aus eigenem Interesse endlich wissen, was es mit diesen Männern eigentlich auf sich hatte.

Als ihr eines Abends ihr *Schwarm*, der Blonde, der keine Gelegenheit ausließ, sie wie zufällig zu berühren, der sie ständig mit verliebtem Blick im Auge behielt, einen weiteren Zettel zusteckte, auf dem er ihr eröffnete, was sie hier in Salzburg machten, traute sie ihren Augen nicht. Noch weniger ihr Chef. – Mit allem hätte er gerechnet, mit allem, aber *damit* nicht, nein, *damit* wirklich nicht! Er war fassungslos.

14

Unermüdlich übte Rupert sich im Schießen – und auch den diesjährigen Kirchtag erlebte er als einzigen Taumel. Bewunderung und Anerkennung: Er war der absolute Mittelpunkt des Geschehens. Selbst die Schulkinder aus dem Dorf umringten ihn sofort, als er eintraf. Waren stolz, mit ihm ein paar Worte wechseln, wenigstens einige Schritte an seiner Seite gehen, so etwas wie Vertraulichkeit im Umgang mit *so* einem Schützen andeuten zu dürfen. Sie sahen sich nach allen Seiten um und hofften, dabei von möglichst vielen Menschen beobachtet zu werden, wenn sie ihn mit „Du, Bertl…“ anredeten. Denn alle wußten es: Rupert war mit Abstand der beste Schütze weit und breit.

Einige Tage genoß er noch diesen Triumph als Euphorie, fühlte sich schon nach dem Augenaufschlagen in der Früh unbeschwert und einfach zu *allem* fähig, dann ging das wunderbare Gefühl langsam wieder im Alltagstrott unter, versank in der Arbeit, die einfach alles schluckte.

Der Bauer schrie bald wieder wie früher mit allen, die ihm über den Weg liefen, der Vorfall mit dem Gewehr wurde jedoch niemals erwähnt.

Eines Tages nach dem Kirchgang wurde Rupert von Walter, dem Sohn des Tristauna Bauern gefragt, ob er denn nicht zu ihnen kommen wolle, sie suchten einen Hüterbuben für die Alm. „Wirst doch nicht so blöd sein und beim Berger bleiben, den Schreier hält sowieso keiner aus!“

Zu Lichtmeß holte ihn Walter mit dem Fuhrwerk ab. Zwei Jahre war er beim Berger gewesen – sein Besitzstand war trotz unentwegten Arbeitens gleich geblieben: Sie luden die Kommode auf und den Sack mit dem abgetragenen Gewand. Lange sah Rupert die 160 Schilling Jahreslohn an, die ihm der Berger ausbezahlte. So viel Geld hatte er noch nie in Händen gehabt.

Walter war rund fünf Jahre älter als Rupert und in einem fort hinter den Mädchen her. Schon auf der Fahrt zum Hof wußte er fast zu jedem Haus, an dem sie vorbeikamen, eine diesbezügliche Geschichte zu erzählen. „Schau hin, Bertl, dort wäre ich beim Fensterln schon einmal fast von der Leiter geflogen. Und dort hat sie mir der Bruder von der Gerti versteckt. Ich mußte mich durch das Schlafzimmer der Bauersleute schleichen. Du, ich sag' dir, ich hab' noch nie vorher jemanden *so* schnarchen gehört wie den Bauern! Und da“, lachte er, „da mußt du auf der Hut sein. Da lauert die Bäuerin mit dem vollen Nachttopf, den sie jedem, der es wagt, zu ihrem Dirndl zu kommen, über den Kopf schüttet.“

Rupert bewunderte Walter. Wie leicht der das Leben

zu nehmen schien. Was für ein Draufgänger der doch war! – Ganz im Gegensatz zu ihm.

Er sei zwar, erzählte Walter grinsend, der Sohn vom Bauern, aber der Bauer sei nicht sein Vater und die Bäuerin nicht seine Mutter.

Rupert sah ihn verwirrt an.

Sein richtiger Vater sei im Krieg in Rußland gefallen, die Mutter bei seiner Geburt gestorben. Rupert erzählte gleich von seinem Vater, der ja auch im Krieg geblieben sei, von seiner Mutter und den Geschwistern.

Er sei zwar der Hoferbe, sagte Walter, aber man halte ihn wie einen Knecht.

Rupert verstand nicht ganz, was er meinte, als Walter ihm zuzwinkerte: „Man muß halt selber schauen, daß man nicht ganz verkommt!" Das fiel ihm erst wieder ein, als Walter eines Tages unter dem Mist einen großen Schlüssel fand, den er am Brunntrog wusch und einsteckte. „Wenn wir Glück haben", sagte er zu Rupert, „sperrt er die Speckkammer."

Sie hatten Glück. Und am nächsten Sonntag – die Bauersleute würden wie üblich mit der Kutsche in die Kirche fahren – brachen Walter und Rupert zum Kirchgang auf, hielten sich jedoch nach einer Wegbiegung so lange hinter einem Baum versteckt, bis die Kutsche vorübergefahren war. Dann kehrten sie rasch ins Haus zurück. Die Küchendirn würde sie nicht verraten. Rupert hatte noch nie so viel Schnaps und Speck auf einmal gesehen. Er konnte es kaum fassen: Über zwanzig Zwanzigliterflaschen Schnaps zählte er, und eine Speckschwarte hing neben der anderen. – Walter füllte sich sogleich eine kleine Flasche mit bestem Vogelbeerschnaps. Beim Speck bedienten sie sich ausgiebig. Und so sollte es bleiben. Auch als ihnen eines Tages eine der großen Schnapsflaschen entglitt und zu Boden fiel, bemerkte niemand etwas, obwohl der Schnapsgeruch in der Kammer penetrant war.

Walter begleitete seinen Vater des öfteren auf die Jagd, interessierte sich jedoch nicht wirklich dafür. Rupert, der nichts lieber getan hätte, als einmal *auf die Pirsch* mitzugehen, war es nicht erlaubt, zu jagen. Er durfte nur einmal im März eine Krähe schießen, die dann im Stall als Abschreckung gegen Fliegen und Insekten aufgehängt wurde.

Ende April fuhren Walter und Rupert auf die Alm. Walter als Hirterbub und Rupert als *Schosser.* Dort kam es eines Tages mit dem Melker, der nach Walters Meinung beim Kochen viel zu geizig war, übertrieben mit der Butter sparte, zu einer wilden Rauferei. Walter rief nach Rupert, als ihn der Melker zu Boden gerungen hatte, und Rupert stürzte sich sofort auf den Mann und schlug zu. Zu zweit bezwangen sie ihn. Der Melker blutete aus der Nase und schrie voller Wut: „So, jetzt könnt' ihr euch den Scheißdreck allein machen!" Er ging zum Hof hinunter und kam am nächsten Tag mit dem Bauern zurück, der den Burschen eine lange Strafpredigt hielt. Schließlich einigte man sich aber doch darauf, daß Walter und Rupert so viel zu essen bekommen sollten, daß sie satt wären. Im Juli ging es auf die Hochalm. Dort waren die Kühe Tag und Nacht im Freien. Walter und Rupert schliefen in einer windschiefen, provisorischen Holzhütte, in der es nur primitive Pritschen mit Stroh und Decken gab. Jeden Abend vor dem Einschlafen erzählte Walter ausführlich von seinen Liebesabenteuern. Rupert hörte staunend zu und konnte fast nicht glauben, was Walter schon alles erlebt hatte.

Ruperts Schuhe waren mittlerweile völlig zerrissen. Er mußte barfuß laufen, und fast täglich bekam er blutende Füße. Er erinnerte sich wieder daran, wie er es als

Bub genossen hatte, mit den durchfrorenen nackten Füßen in die frischen, dampfend warmen Kuhfladen zu steigen und zuzusehen, wie die grünbraune Flüssigkeit zwischen seinen Zehen hervorquoll, während die Füße langsam wunderbar warm zu werden begannen.

Im Herbst ließen sie sich Schuhe anmessen und Kleidung. Walter achtete dabei auf die neueste Mode. Nur die wolle er haben und sonst nichts, sagte er dem verschmitzt schmunzelnden Störschneider. „Wenn du das überhaupt kannst!"

„Und ob", entgegnete der Schneider und fertigte ihm einen ungewöhnlichen Anzug an, von dem er behauptete, er entspreche haargenau der allerneuesten Pariser Mode. „Und Frankreich ist führend", sagte der kleine, zarte Mann mit den Kinderhänden, deren Fingernägel Rupert immer wieder ansehen mußte, da sie kein bißchen schmutzig waren, und der so gewählt nach der Schrift redete. Frankreich! Rupert stockte der Atem, wann immer er das Wort hörte. Er bat den Schneider, ihm doch mehr von Frankreich zu erzählen. Und der Mann beschrieb ihm die Menschen dort als ganz feine, nach erlesenen Parfums duftende Personen. Der Geruch von Schweiß sei dort praktisch unbekannt. In weiß gekachelten Räumen setze man sich in große weiße Badewannen. Lasse sich die Zehennägel *manikúren*. „Die Damen lustwandeln mit leichten Schirmen, die sie aufspannen, wenn die Sonne scheint. Überdies haben sie japanische Fächer, wenn es heiß ist. Sie tragen wunderschöne Kleider und feinste Schuhe aus Krokodilleder. Auch im Sommer gehen sie nur mit Handschuhen, die ihnen bis zu den Ellbogen reichen, auf die Straße."

Als Rupert mit Walter vor kurzem zum Nachbarhof gegangen war, wo die Austragbäuerin gestorben und im

Schlafzimmer aufgebahrt gewesen war, war er in der darauffolgenden Nacht schweißgebadet aus einem entsetzlichen Traum aufgeschreckt: Er war in einem riesigen Raum, einer Mischung aus Kirche und Schlafzimmer gestanden und hatte einen in der Mitte stehenden Sarg angestarrt, von dem er *gewußt* hatte, daß die Mutter darin liegen würde, aber so sehr er sich auch bemühte, er konnte sie nicht *sehen*. Auch brachte er kein Wort heraus, obwohl er unentwegt nach der Mutter schreien wollte.

Der Bauer war wütend über Walters Anzug. „Geck!" sagte er mehrmals abfällig, nachdem er ihm lautstark vorgeworfen hatte, er werde damit den ganzen Hof ins Gerede bringen. Walter hingegen war mit dem auffälligen Kleidungsstück hochzufrieden. Und je mehr der Bauer schimpfte, desto zufriedener schien Walter mit seinem neuen Anzug zu sein. „Ich will nur das modernste", sagte er leichthin und verließ, Brillantine im Haar, das Haus, um ein Mädchen zum Tanz abzuholen. Wie sehr bewunderte ihn Rupert doch! Beneidete ihn um diese Leichtigkeit. Er hingegen entdeckte in und bei allem unentwegt versteckte Gefahren. Rupert hegte ständig die schlimmsten Befürchtungen. „Du bist ein Schwarzseher, ja, ein Schwarzseher bist du", hatte Walter ihm schon des öfteren lachend gesagt.

„Du schießt doch so gern, Bertl", sagte Walter eines Tages.

„Ja, warum?"

„Denk' an die Kammer. Den Schnaps. Den Speck!"

Rupert sah seinen Freund fragend an.

„Na, kapierst du nicht? – Die haben mehr als genug. Uns täte ein bißl mehr nicht schlecht."

Es dauerte lange, bis Rupert endlich verstand.

„Wildern?" schüttelte er den Kopf.

„In *unserer* Jagd – das ist kein richtiges Wildern, Bertl."

Wenn es um die Jagd, um das Schießen ging, war Rupert nicht mehr zu halten. Allein sich vorzustellen, endlich einen kapitalen Bock schießen, endlich *wirklich* jagen zu können, ließ ihn all die Vorsicht vergessen, die ihn sonst bestimmte. Und sie bekamen ja tatsächlich sehr wenig für ihre Arbeit. Und das bißchen Geld drohten sie beim Tarockieren mit dem Bauern noch zu verspielen. Denn kaum ein Winterabend verging, an dem der Bauer sie nicht an den Stubentisch holte, damit sie mit ihm Karten spielten. Und er grinste verschmitzt mit hochrotem Kopf, wenn er wieder ein *Stricherl* machen konnte. Befriedigt nahm er nach jedem gewonnenen Spiel das Stück Kreide und verzeichnete den Sieg auf dem Holz der Stubenwand. Jeder Strich zu Lasten Walters oder Ruperts bedeutete für die beiden einen Lohnabzug. Natürlich löschten sie heimlich immer wieder Striche aus, achteten jedoch darauf, daß es dem Bauern nicht auffiel.

In einer Vollmondacht schwärzten sie sich ihre Gesichter mit Ruß. Rupert sagte sich, um seiner Nervosität Herr zu werden und das schlechte Gewissen zu besiegen, die Jagd gehöre doch ohnehin dem Walter. In ein paar Jahren würde er den Hof und die Jagdrechte übernehmen, es konnte doch nicht so viel Unrechtes dabei sein.

Sie zogen los. Das zerlegte Gewehr im Rucksack, strebten sie auf kürzestem Weg dem Wald zu. Und Rupert schoß. Und schoß. Und traf.

Walter hatte längst alles organisiert: Er belieferte mit dem Fleisch verschiedene Gasthäuser. Das eingenommene Geld teilten sie sich.

Als Rupert eines Nachmittags mit dem Bauknecht in der *Machkammer* war, kam die Dirn herein. „Ein Mann ist da. Er will zu dir, Bertl." Rupert wurde bleich, und der Angstschweiß trat ihm auf die Stirn. Jetzt ist es aus! Sie sind entdeckt! Man war ihnen also draufgekommen! Wie hatte er auch nur glauben können, daß das gutgehen würde! Und geschossen hatte immer nur er. Der Walter war zwar dabei gewesen, sie hatten das Wild zusammen aufgebrochen und heimgetragen, er hatte das Fleisch danach verkauft, aber keinen einzigen Schuß abgegeben. Und Walter hatte den Hof noch nicht übernommen, war noch keineswegs der rechtmäßige Eigentümer – es war… *Wildern*… sie hatten, nein, *er* hatte… *gewildert*! Rupert sah sich schon im Gefängnis. Er starrte zum offenstehenden Fenster. Da müsse er hinaus und davonlaufen, jawohl, das dürfte sich ausgehen. Durch das Fenster hinaus und wegrennen! Das wäre seine einzige Chance!

15

Nein, das war doch ein Witz! Das durfte einfach nicht wahr sein! Der Chef hielt jetzt den Zettel in der Hand, den Eva ihm gebracht hatte und starrte ungläubig auf das Papier. „Nein sowas! – Nicht zu fassen", murmelte er ein ums andere Mal. Es war wirklich kaum zu fassen! Erst recht nicht für ihn, der sich insgeheim schon in bedeutendste Aktionen der Partei, *seiner* NSDAP eingebunden gesehen hatte. Als strahlender Held von Salzburg, Vorbild für die gesamte *Ostmark*, vom *Führer* persönlich ausgezeichnet. – „Aber die Parteiabzeichen", murmelte er und schlug sich plötzlich mit der flachen Hand auf die Stirn: „Tarnung!

Natürlich! Und was für eine raffinierte Tarnung noch dazu!“

Aber konnte das bloß Tarnung sein, was Eva und ihre Chefin am nächsten Sonntag im Salzburger Dom erlebten? Sollte das nichts als raffinierte Tarnung sein?

Die beiden Frauen saßen in der ersten Reihe, und es fiel Eva anfangs schwer, die Männer zu identifizieren. So völlig verändert sahen sie in den Priestergewändern aus. Der Blonde – war er es? Nein, nicht einmal bei ihm war sie zuerst ganz sicher. Auch waren es nicht nur die acht Männer aus dem Extrazimmer, die an diesem Tag zu Priestern geweiht wurden. Zudem schienen sie nicht nebeneinander zu stehen.

Liebe Eva! war in grüner Tinte auf dem Zettel geschrieben gewesen, *heute sollst Du endlich erfahren, was wir hier in Salzburg machen. Du wirst vermutlich ziemlich erstaunt sein, aber es ist tatsächlich so: Wir sind angehende Priester, haben unser Studium nunmehr beendet und werden am kommenden Sonntag im Salzburger Dom geweiht. Ganz besonders würde mich freuen, wenn auch Du diesem feierlichen Akt beiwohnen könntest, ja es wäre für mich die Krönung, wenn ich Dich in dieser großen Stunde in meiner Nähe wissen dürfte! Innig, Dein Erwin.*

Noch unglaublicher war es, als Eva am Montag von ihrer Chefin ans Telefon geholt wurde. Erwin war am Apparat und sagte, er rufe aus Augsburg an. Er werde als Missionar nach Afrika gehen und sie solle mitkommen. „Es wird alles bezahlt, du erhältst als meine Köchin eine Anstellung und ganz normalen Lohn – und wir können immer beisammen sein. Ich sehne mich so nach dir! Bitte, komm doch!“

„Aber… Du bist doch Priester…“ Eva war sprachlos. Es war für sie so vollkommen unfaßbar.

„Das macht nichts, Liebes. Das macht gar nichts. Das ist durchaus üblich. Viele Missionare haben ihre Freundinnen als Köchinnen mit.“

Eva war wie benommen, so sehr bedrängte er sie mit Liebesgeständnissen. Schließlich brachte sie nur heraus, daß sie sich nicht getraue, so weit weg zu gehen von zuhause. Davor habe sie viel zu große Angst.

„Ich bin doch immer in deiner Nähe! Überleg' es dir noch einmal, Liebling. Bitte! Ich habe solche Sehnsucht nach dir. Der Gedanke ist mir unerträglich, ohne dich nach Afrika gehen zu müssen. Ich melde mich noch einmal.“

Selbst der Chef, der sich über die Kirche stets nur abfällig geäußert hatte, war sprachlos, als er von dem Angebot hörte. Bereits am nächsten Tag rief Erwin wieder an. Diesmal aus Ulm. Er drang erneut in sie. Noch stürmischer als am Vortag. Begann fast zu weinen, als sie hart blieb. Sie wagte nicht, die Wahrheit zu sagen: Daß sie überhaupt nichts für ihn empfinde, außer daß er ihr sympathisch sei. Daß ihr Interesse an ihm nur vorgetäuscht gewesen war. Sie nur für ihren Chef herausfinden sollte, wer und was diese geheimnisvollen jungen Männer mit den Hakenkreuzabzeichen seien und was sie vorhätten. Er tat ihr sehr leid, denn sie mochte ihn. Aber war das von ihrer Seite auch schon *Liebe*? Sie wußte es nicht. Nein, sie wußte es wieder nicht! Aber eigentlich könne das doch nicht Liebe sein, sagte sie sich. Vor allem war ihr die Vorstellung, ein Verhältnis mit einem Priester einzugehen, völlig unmöglich. Erwin versuchte es mit Mitleid: Er sei doch einzig und allein deshalb Priester geworden, weil man ihn in diese Laufbahn gedrängt habe. Ein Studium sei aus Geldgründen nur in Frage gekommen, wenn er sich der Kirche verschriebe. Und jetzt breche mit ihrer Ablehnung für ihn eine Welt zusammen. Er sei vollkommen verzweifelt, weinte er. Er müsse doch unentwegt nur an sie denken. Sie, die er liebe, wie er noch niemanden zuvor geliebt habe. Eva empfand großes Mitgefühl mit ihm. Und konnte ihm doch nicht helfen. So bat sie ihn immer wieder um Verständnis dafür, daß sie sich einfach nicht zutraue, so weit weg zu gehen von zuhause. „Aber ich bin doch bei dir", beteuerte er eindringlich. – Afrika! Allein das Wort war für sie der Inbegriff des absolut Unbekannten, ja Unheimlichen. Afrika!

„Wir sind doch beisammen, Eva. Wir werden es so schön haben! Es wird dir viel besser gehen als in Salzburg, das verspreche ich dir!"

Als Eva – wieder handelte es sich um einen Gast –, in den darauffolgenden Wochen von einem weiteren jungen Mann einen Heiratsantrag erhielt, und sich auch dieser Bewerber als Priesterstudent entpuppte, verstand sie die Welt nicht mehr. Er, erzählte er, sei von seinem Vater zu diesem Beruf gedrängt worden, der ihn überhaupt nicht interessiere. Er leide entsetzlich. Irgendwann wolle er aus dieser Sache herauskommen. Da sein Vater, der in Kärnten lebe, Italiener sei, drohe ihm auch der Militärdienst für Mussolini. Er liebe sie. Habe sie schon vom ersten Moment an geliebt. Er wolle, wenn sie ihn später heiraten würde, bereits jetzt heimlich ein anderes Studium beginnen und vielleicht Rechtsanwalt werden. Sie sei sein einziger Lichtblick auf dieser Welt, ununterbrochen denke er nur an sie.

Wiederum wand sich Eva in Peinlichkeit. Auch dieser

junge Mann war ihr sympathisch. Auch er tat ihr leid. Aber nicht mehr.

Er sollte ihr später aus Abessinien schreiben, wohin er eingezogen worden war, um im Namen Mussolinis zu kämpfen. Nach Jahrzehnten, Eva war längst glücklich verheiratet, stand er in Schwarzach plötzlich vor ihrer Tür. Ein runder Mann, den sie kaum wiedererkannte. Er, längst kein Priester mehr, war in Gastein auf Kur und besuchte dort einen Kriegskameraden. Als sie sich dessen Fotoalben ansahen, entdeckte er plötzlich das Bild eines jungen Mädchens und schrie auf: „Die kenne ich doch! Mein Gott, die kenne ich! Aus Salzburg!" – Verblüfft sah ihn sein Kriegskamerad an: „Das ist meine Schwägerin!"

Nach den beiden Erlebnissen mit den Priestern schien Evas Welt aus den Fugen geraten zu sein. Als habe das Leben in Hofgastein mit dem *wirklichen, wahren* Leben hier überhaupt nichts zu tun, hatte sie manchmal den Eindruck.

16

Bleich stand Rupert vor der Magd und wischte sich mit dem Hemdsärmel über die schweißnasse Stirne. Verwundert sah die Frau ihn an. Ihm schossen die Gedanken wirr durch den Kopf: Er sah, daß er einen Schuh nicht gebunden hatte und fürchtete, ihn beim Laufen zu verlieren. Trotzdem wollte er es versuchen und zum Fenster rennen, hinausklettern und davonlaufen, um dem Arrest zu entgehen, als er wie von ganz weit weg die Stimme der Magd hörte: „Der Mann sagt, er ist dein Bruder."

„Mein Bruder?“ Rupert war noch viel zu verwirrt, um das sofort zu kapieren.

„Dein Bruder. Hat er gesagt.“

„Der Baldi oder der Sepp...“ murmelte Rupert. Und er hätte am liebsten vor Freude und Erleichterung einen Luftsprung gemacht.

Doch als er vor das Haus trat, zuckte er zusammen. Keine Spur vom Baldi oder vom Sepp! Eine Falle! Eine Falle also, damit er nicht abhaute, sich nicht aus dem Staub machte. – Es war nämlich ein wildfremder junger Mann, der ihn erwartete. Ein Mann, den er in seinem ganzen Leben noch nie gesehen hatte! Er war also hereingelegt worden. Sofort fühlte Rupert, wie ihm erneut der Schweiß ausbrach. Er überlegte, wohin er jetzt laufen sollte, als der Unbekannte bereits auf ihn zukam und ihm die Hand entgegenstreckte: „Du also bist der Bertl...“

Rupert schlug zögernd ein. Erschrak erneut, als er den Fremden hörte: „War verdammt schwer, dich ausfindig zu machen, Mann!“

Er dachte noch einmal, ob es nicht doch möglich wäre, davonzurennen. Denn *er* und niemand sonst war der Wilderer! Unentwegt hatte er diesen Gedanken im Kopf.

„Ich bin der Franz“, sagte da der junge Mann auf hochdeutsch. „Dein Bruder“, lachte er. Ihn an den Schultern packend und rüttelnd, als müsse er ihn aufwecken, fügte er hinzu: „Halbbruder, genauer gesagt. – Der Ledige von unserer Mutter bin ich.“

„Ja kommt doch herein in die Stube“, hörten sie jetzt die Bäuerin unter der Tür sagen. Sie war neugierig geworden und hatte zugehört. Sie bewirtete den Mann mit Milch, Brot und Käse. Und Rupert, unendlich erleichtert, spürte ein so intensives Glücksgefühl, als er von Franz – von dessen Existenz er bis zu dieser Minute nichts gewußt hatte! – nun auch noch erfuhr, daß die

Mutter wohlauf sei und mit dem Stiefvater nach Österreich zurückkommen werde.

„Und die Loisi?"

„Auch. – Ich hab' ihnen in Fusch schon ein Quartier gesucht. In Bruck Fusch werden sie ankommen."

Rupert konnte es immer noch nicht fassen. Jahrelang hatte er sich nach einem Lebenszeichen von seiner Mutter gesehnt. Zwölf lange Jahre hindurch! Ein paar Worte auf einer Postkarte hätten ihn überglücklich gemacht. – Nichts! Immer beklemmender war die Angst geworden, daß sie nicht mehr am Leben sein könnte. Und jetzt würde sie selber kommen. Leibhaftig zurückkehren. Um hier zu leben. In seiner Nähe!

„Ja", sagte Franz und griff mit großem Appetit zu, „in Frankreich ist es inzwischen auch ganz schlecht geworden, mit der Wirtschaft. Keine Arbeit. Der Fritz, der Stiefvater, ist gekündigt worden. Die Mutter hat auch ihren Aufräumeposten verloren."

Rupert hörte das nur noch mit halbem Ohr. Er versuchte, sich seine Mutter vorzustellen – und die Loisi. Es erging ihm dabei jedoch gleich wie all die Jahre hindurch: Er sah nur Teile von ihnen. Eine Seite von Mutters Gesicht huschte vorbei, als sehe sie nach ihm, ob er schon schlafe; wenn sie in Mühlbach mit der Waschschüssel vor die Baracke getreten war, um das Wasser auszuleeren, so sah er davon jetzt nur die Bewegung ihrer Arme; erblickte ein Stück ihres Oberkörpers, wenn sie dabei war, den Suppenteller zu füllen. Aber es gelang ihm nicht einmal, diese Bruchstücke ihres Bildes festzuhalten. Auch jene seiner Schwester nicht. Vor allem: So sahen sie doch nicht mehr aus! Er war schließlich auch nicht mehr der Sechsjährige. – Nein, er hatte keine Ahnung, wie sie jetzt wohl aussehen würden. Er hatte die Erzählungen des Störschneiders mit der auffallenden Haarlocke und den Frauenhänden vor Augen, als ihm der die modischen Pariser Damen beschrieben hatte, als fast schwebende, nach teurem Parfum duftende, vornehme Gestalten mit wagenradgroßen Hüten, Seidenhandschuhen, Sonnenschirmen und japanischen Fächern.

„Mein Gott, die Loisi…“

„Das ist vielleicht eine fesche junge Puppe, sag ich dir“, zwinkerte ihm Franz zu, der dann erzählte, daß er zuletzt in Hamburg gearbeitet habe und nun in Uttendorf wohne, um sich ebenfalls hier in der Gegend irgendwo eine Arbeit zu suchen.

Als sie ihre Schnapsgläser erhoben und anstießen, sah Rupert, daß Franz' Unterarm tätowiert war.

Die folgenden Nächte konnte Rupert trotz der Müdigkeit kaum schlafen, träumte immer wieder von der Mutter. Von jener Mutter, die er als sechsjähriges Kind vor mehr als zwölf Jahren das letzte Mal gesehen hatte. Träumte, daß ihm ihre Hand einen Brief entgegenstreckte. Oder war es eine Waschschüssel? Auch im Traum versuchte er vergeblich, ihr Bild festzuhalten. Auch im Traum erschien sie undeutlich und flüchtig. Oder sah ganz anders aus, als er wußte, daß sie aussehen müßte; trug das Gesicht einer fremden Frau.

Eifrig reparierte er sein altes Fahrrad. Und als ihn Franz am vereinbarten Tag abholte, um miteinander zum Bahnhof nach Bruck Fusch zu fahren, hatte er viermal einen Platten. Franz half ihm beim Flicken des Schlauchs und erzählte ihm dabei von seiner Zeit bei der Marine in Hamburg. „Fürchterlich war das, sag ich dir, grausig. Ich bin nicht schwindelfrei. Immer, wenn ich auf den hohen Mast klettern mußte, der ja umso mehr schwankt, je höher man hinaufkommt, mußte ich links und rechts hinunterkotzen“, machte er eine entsprechende Geste.

„Ins Meer hinein. – Wäre ich nicht festgebunden gewesen, längst hätten mich die Haie gefressen."

All die Jahre hindurch hatte er sich nach diesem Wiedersehen gesehnt, es sich als etwas ausgemalt, das an Großartigkeit nicht zu überbieten wäre – und jetzt lief es so trostlos alltäglich ab; umarmte ihn die Mutter, eine erschöpft wirkende, magere Frau mit vielen Falten im Gesicht und einem erschreckend stumpfen Blick; nur kurz leuchteten ihre müden Augen auf bei der Feststellung, wie prächtig sich ihr Sohn doch entwickelt habe. Ein Bahnbeamter ermahnte sie wichtigtuerisch, doch nicht so nahe am Bahnsteig stehenzubleiben. Ein paar Leute gingen laut redend vorüber, ohne sie zu beachten. Der Postwagen wurde nach dem Beladen vom Zug weggezogen. Von weitem schrie irgend ein Bahnbediensteter einem anderen etwas zu. Die Abfahrt des Zuges wurde angekündigt. Der Fahrdienstleiter pfiff auf seiner Pfeife und gab mit der Kelle das Signal. Die Lokomotive zog an, als Rupert gerade von der jungen Frau, die seine Schwester war, einen flüchtigen Kuß auf die Wange bekam und der klein und schmächtig erscheinende Stiefvater, den er im Geist so oft umgebracht hatte, ihm freundlich die Hand schüttelte.

Sie seien zum Umfallen müde von der langen Reise, sagten die Ankommenden fast gleichzeitig.

Rupert war völlig verwirrt. Wie in Trance bewegte er sich. Erlebte er das alles *wirklich*? Er empfand maßlose Enttäuschung. Wie wenig hatte doch dieser Empfang, dieses Wiedersehen – bei all dem Glücksgefühl, die Mutter gesund vor sich zu haben –, mit dem zu tun, was er sich all die langen Jahre hindurch erträumt hatte! Franz und er standen am Perron und halfen das Gepäck aus dem Zug zu laden. Dann die Umarmung. Die Mutter trug ein schlichtes, zerknittertes Kleid und roch nach Schweiß und Eisenbahn – keine Rede von Parfum, einem wagenradgroßen Hut oder japanischem Fächer (wie auch immer so einer aussehen mochte)! Auch ließ ihr Gesicht nicht darauf schließen, jemals von einem Sonnenschirm geschützt worden zu sein, es war rotbraun gefleckt, und mitunter zuckte ihre Wange nervös. Es fehlte ihr ein Schneidezahn. Und diese Hände waren wohl kaum jemals in ellbogenlangen Seidenhandschuhen gesteckt – rot und aufgequollen waren es die Hände einer Putzfrau. – Kaum hatte Fritz ihm die Hand geschüttelt, da mußten bereits die Sachen zu dem von Franz bestellten Taxi gebracht werden. Die abgespannt und alt wirkende Mutter sah sich mehrmals um. Nicht nach Rupert, sondern nach Gepäckstücken, die sie womöglich stehengelassen hätten. Immerhin ging es um ihren gesamten Besitz nach zwölf Jahren Arbeit in Frankreich. Franz nannte dem Fahrer die Adresse in Fusch, wo er eine kleine Wohnung gemietet hatte, bezahlte, und sie winkten dem Auto noch nach, während sie kräftig in die Pedale traten, um nach Fusch zu radeln. Rupert mußte gegen die Tränen ankämpfen. Wiederum hatte sein Rad mehrmals einen Patschen. Und das, wo doch die Schläuche ohnehin schon aus nichts sonst zu bestehen schienen denn aus Pickflecken. Seine Hände zitterten vor Aufregung, wenn er mit dem Schmirgelpapier den Gummi aufrauhte. Er schwankte innerlich ununterbrochen zwischen freudiger Erregung und diesem entsetzlichen Gefühl einer grauenhaften Leere. Auch: Hatte sie ihn überhaupt länger als ein paar Sekunden angesehen, die Mutter? Von Fritz, dem Stiefvater, dem er durch Jahre den Tod gewünscht hatte, so freundlich begrüßt worden zu sein, verwirrte ihn erst recht. *Er* hatte ihnen schließlich Mutter und Schwester weggenommen! Doch nun stand da ein hagerer, kleiner Mann, der mit jenem hassenswerten gar nichts zu tun zu haben schien. Und die Mutter war eine ausgemergelte Frau mit vom Waschen aufgequollenen roten Fingern und brüchigen Nägeln. Sie trug abgetretene Schuhe und hatte offenkundig mit der Hüfte Probleme. Eine abgearbeitete Putzfrau, wie sie einem auch hier auf Schritt und Tritt begegneten, das war seine aus *Frankreich* zurückkommende Mutter!

Überhaupt, hatte Rupert das Gefühl, ging es den Heimkehrenden viel weniger um das Wiedersehen mit den vor zwölf Jahren Verlassenen – die Zwillingsbrüder würden sie an ihrem neuen Wohnort erwarten –, die Zurückgekehrten waren voll von Sorgen ganz anderer Art, Sorgen, welche offenbar die Freude des Wiedersehens fast zur Gänze erstickten.

Wieviel Rupert doch zu erzählen hatte! – Aber interessierte sich die Mutter überhaupt dafür? Diese verhärmte Frau wirkte so leer, ohne jede Begeisterung. Unerreichbar kam sie ihrem Sohn vor. Immer wieder glaubte Rupert festzustellen, daß sie gar nicht richtig zuhöre, mit ihren Gedanken ganz woanders wäre, als er ihr schilderte, wie es ihm all die Jahre hindurch ergangen sei. Obwohl er das nicht beabsichtigte, hatte er den Eindruck, die Mutter fasse seine Erzählungen – vom Knecht etwa oder die Beschreibung des finsteren kalten Lochs seiner Kammer – als gegen sie gerichtete Vorwürfe auf, von denen sie aber nichts hören wolle. Und so hatte er den Satz zwar mehrmals auf der Zunge, fehlte ihm dann aber jedesmal der Mut, ihn auszusprechen, die Mutter endlich zu fragen, warum sie denn nie geschrieben habe. Über zwölf lange Jahre hindurch keine einzige Zeile! Er scheute sich sogar davor, zu erzählen, wie er sich als Bub jeden Tag danach erkundigt hatte, ob nicht heute der Briefträger zumindest eine Karte gebracht habe.

Immer wieder erschrak er bei ihrem Anblick: Alles, was er aus Mühlbach als weich und warm in Erinnerung gehabt hatte, war jetzt hart, kantig und irgendwie abweisend. Er litt unter dem Gefühl, einer völlig fremden alten Frau gegenüberzusitzen. Einer Fremden, der auch er ganz und gar fremd war. Einer Frau, mit der ihn in Wahrheit wohl nicht einmal der Schmerz und die Enttäuschung darüber verband, um viele gemeinsame Jahre betrogen worden zu sein.

Sie hätten es auch ungeheuer schwer gehabt, sagte seine Mutter so, als wolle sie damit seine Erzählungen abwehren. Sie seufzte und sah ihren Sohn gar nicht an dabei: „In einem fremden Land, ohne die Sprache zu verstehen. Da ist man von vornherein immer und überall der allerletzte Dreck. Zum Schluß war überhaupt keine Arbeit mehr zu kriegen. Nicht einmal für diesen Hungerlohn."

Rupert schwankte zwischen Mitleid und plötzlich aufkommendem Zorn über ihr Desinteresse an seinem Schicksal. Ihr Anteil an seinem Leid wurde ihm erst bewußt angesichts ihres Widerwillens, sich seine Geschichte anzuhören. Das Lächeln gelang ihr kaum, als sie die Worte vom Bahnhof wiederholte, die ihr Sohn jetzt als Aufforderung empfand, mit der Schilderung der Vergangenheit aufzuhören: „Bist wirklich ein fescher Bursch geworden, Bertl. Und ihr auch", wandte sie sich an die Zwillingsbrüder. – Oder wollte sie sich damit selber beruhigen, sich sagen, daß letztlich doch alles gut gegangen sei mit ihren zurückgelassenen Kindern? Rupert staunte, welche Überlegungen ihm auf einmal ganz von selbst durch den Kopf gingen.

Die unruhig wirkende Schwester sprach überhaupt nur davon, schnellstens irgendwo einen Posten auftreiben zu müssen. Sie hätten schließlich alle so gut wie kein erspartes Geld. Tatsächlich fand sie bald in Bischofshofen eine Stelle als Kellnerin.

Rupert war von einem zwiespältigen Gefühl beherrscht, als er mit seinem Stiefvater beisammensaß, der ihn eingeladen hatte, *von Mann zu Mann* miteinander zu reden.

Jahrelang hatte er all seinen Haß auf diesen Menschen konzentriert: Jetzt saß er Fritz gegenüber. Er hatte sich in der Stube eine kleine Schreibecke eingerichtet. Die vielen Papiere, Zeitungen, die Füllfeder, das Tintenglas, die Bücher – Rupert war sehr beeindruckt. Aber vor allem hörte Fritz geduldig seinen Erzählungen zu. Hörte sich an, wie es ihm bei den Bauern ergangen war. Und Rupert glaubte nach und nach – noch immer mißtrauisch gegenüber seinen so unerwarteten Gefühlen – zwischen ihnen eine viel größere Verbundenheit zu spüren als zwischen sich und der Mutter. Fritz hörte zu, pflichtete ihm bei, als Rupert sagte, daß er im Grunde wie ein Hund gehalten worden sei. Und wie einen Hund habe ihn der Bauer damals aus der Stube gestampert.

Je öfter er mit seinem Stiefvater beisammensaß, desto größer wurde sein Vertrauen zu ihm. Völlig fasziniert war er, wie Fritz reden konnte. Mein Gott, er hatte überhaupt noch niemanden vorher *so* mitreißend und überzeugend sprechen gehört!

Eines Tages sagte er, sich weit vorbeugend, eindringlich: „Denk' doch daran, was du mir erzählt hast, von der Speckkammer. All der Schnaps, der Speck ... Und was habt *ihr* dafür bekommen? Ihr, die ihr all das erarbeitet habt: Ein paar lumpige Schilling und Kost und Quartier! – Dein Platz ist bei uns, Bertl!"

Rupert sah ihn fragend an.

Fritz lehnte sich zurück und lachte: „Bei den Kommunisten, Bertl, dort gehörst du hin, wenn dir nichts gehört! – Dort und nirgends sonst!"

In der Sowjetunion, erzählte er, da wären jetzt Leute wie er und Rupert die wirklichen Herren. „Keine Ausbeutung mehr! Kein Schinden und Rackern für andere! Schulen, Krankenhäuser für alle. Gleicher Lohn für gleiche Arbeit. Keinen Besitz zu haben, heißt dort nicht mehr, der letzte Dreck zu sein, mit dem alle machen können, was sie wollen, ganz im Gegenteil!"

Rupert hörte mit hochrotem Kopf zu. Immer wieder fiel das Wort *Gerechtigkeit*. Ein Wort, das ihm schon so lange zum allerwichtigsten geworden war. Seit er die unfaßbare Ungerechtigkeit und Demütigung kennengelernt hatte, der er mit neun Jahren an jenem Winternachmittag selbst ein Ende zu machen versucht hatte. Oft sah er sich selber noch von außen, wie einen anderen, wie er damals weinend und völlig verzweifelt mit dem Strick über den knirschenden Schnee hinausgerannt war zu dem schütteren Wäldchen und sich aufzuhängen versucht hatte. – Wenn die Kommunisten gegen diese ganze Ungerechtigkeit wären, dann wollte er dabeisein. Sofort!

„Ich werde hier etwas aufbauen, im Pinzgau", sagte Fritz. „Aber es ist gefährlich. Du weißt, Dollfuß hat die Partei verboten. Doch die Solidarität lebt, die kann der Millimetternich nicht verbieten, oh nein!" Es gelte zuallererst, Propagandamaterial, Schriften über den Kommunismus zu verbreiten. Mit ihnen den Unterdrückten und Uninformierten die Augen zu öffnen. Ob Rupert ihm dabei helfen wolle?

In Rucksäcken trugen sie alsbald sonntags die Schriften nach Zell am See, wo sie von Genossen übernommen und verteilt wurden. Fritz betonte unentwegt, daß es auf jeden ankomme. „Dann ist die Weltrevolution nicht mehr aufzuhalten!“ Und es gebe endlich Gerechtigkeit für alle auf dieser Erde.

Auf alles, was Rupert seinem Stiefvater erzählte, wußte dieser ein Beispiel aus der Sowjetunion oder aus seinen Schriften, vermochte die wahren Ursachen für Mißstände zu benennen und hatte Rat, sie zu beheben, sobald nur die Weltrevolution gesiegt hätte.

Rupert, der unter der Fremdheit zwischen sich und der Mutter litt, klammerte sich an Fritz, der ihm ein ganz neues Verständnis der Welt eröffnete. So viel des früher Unerklärlichen wurde plötzlich ganz klar – selbst der verrückte Knecht, von dem Rupert immer wieder erzählte, weil er sich dessen Verhalten einfach nicht erklären konnte, wurde in seinen widersprüchlichen Handlungen auf einmal begreiflich: Rupert sah in dem Mann nun auch den geschundenen, unterdrückten, ausgebeuteten, rechtlosen Menschen, der als bislang Schwächster auf dem Hof in Rupert einen noch Schwächeren in seine Gewalt bekommen und diesen Umstand reichlich ausgenützt hatte.

Rupert nahm sich immer wieder vor, Fritz bei günstiger Gelegenheit danach zu fragen, warum die Buben zurückgelassen worden seien; ganz einfach so, ohne ihnen vorher auch nur ein einziges Wort von der Abreise der Eltern zu sagen. Aber jedesmal scheute er vor dieser Frage zurück, verschob sie auf ein andermal, und hing an Fritz' Lippen, von denen Antworten auf nahezu alle Fragen kamen – mit Ausnahme dieser nicht gestellten.

„Es geht den Kapitalisten in Wahrheit immer nur ums Kriegführen“, hatte Fritz gesagt, „das ist und bleibt das beste Geschäft. Profit, Profit, Profit. Zuerst die Aufrüstung, mit der dann Krieg geführt und alles kaputtgemacht wird, danach kommt der Wiederaufbau. Jede Phase: Ein hervorragendes Geschäft, Bertl! Und Leute wie euer Vater, arme Hunde, die keinen Quadratmeter Boden ihr eigen nennen, sie dürfen für die *Heimat* kämpfen, irgendwo in Rußland, wohlgemerkt! Sie kommen nach vorne, haben die Ehre, als Kanonenfutter zu krepieren, damit die Kriegstreiber hinten volle Kassen haben und sich dumm und dämlich verdienen an all den Morden und dem Elend. Kein Mensch schert sich um die Frauen und Kinder, die zurückbleiben! Wirklichen Frieden garantiert nur der weltweit durchgesetzte Kommunismus! Da gibt es dann niemanden mehr, der am Krieg verdienen könnte!“

Ruperts Sicht auf die Welt hatte nun einen Rahmen bekommen. Am wohltuendsten empfand er die Einschätzung seiner eigenen Situation, zu der Fritz ihm verhalf: Er, als Proletarier, solle doch stolz sein und sich nicht immer nur als der letzte Dreck fühlen. Vor allem müsse er sich aber unbedingt weiterbilden. „Wissen ist Macht!“ wiederholte der Stiefvater unentwegt.

Als erstes riet Fritz ihm, sich nach einer anderen Arbeit umzusehen. Beim Bau der Gerlosstraße fand er sie. Rupert war jetzt Arbeiter, nicht mehr Knecht. Und in der freien Zeit las er begierig, was Fritz ihm empfahl. Auf der Baustelle dachten viele wie er. Und nicht wenige konnte er, Rupert, von dem überzeugen, wovon Fritz ihn überzeugt hatte.

Sein Tun bekam für Rupert einen Sinn, der darüber hinausging, sich bloß das nackte Überleben zu sichern.

Der zermürbende Rhythmus der Zeit – vorübergehend zu arbeiten, um danach wieder auf die Straße gesetzt zu werden, über keinerlei Sicherheit zu verfügen, stets nur den Interessen anderer ausgeliefert zu sein, die ständige Furcht vor dem Ausgesteuertwerden – begünstigte Ruperts Sehnsüchte nach jenen paradiesischen Zuständen, welche nach Fritz' Schilderungen in der Sowjetunion verwirklicht waren. Wie bewunderte er doch Stalin! Der sorgte dafür, daß die Menschen Arbeit hatten und Gerechtigkeit erlebten.

Fritz und die Mutter mußten bald die kleine Wohnung aufgeben, weil sie ihnen zu teuer war. Sie zogen in ein altes, nach verrottendem, schimmeligem Holz riechendes Austragbauernhaus, das jahrelang leergestanden war. Rupert, der mit seinen Brüdern vorübergehend auch dort wohnte, mußte erst einmal das verfaulte Schindeldach flicken, durch das es hineinregnete.

Baldi und Sepp fanden im Sommer keine Arbeit und mußten auf die *Walz* gehen – betteln. Sie kamen nicht weit. Überall stießen sie auf Schilder wie BETTELN VERBOTEN! Bei ihrer Rückkehr riet die Mutter, doch das Geld der Waisenrente zu beheben. „Ihr seid über achtzehn, braucht keinen Vormund mehr."

Die drei Brüder kauften sich daraufhin in Zell am See neue Fahrräder, je einen Sack Polenta und Mehl, einen Kübel Margarine; Zucker und Saccharin.

Vom restlichen Geld wünschte sich die Mutter eine Schlafzimmereinrichtung. Rupert war sofort einverstanden.

„Ach was", entgegnete Baldi mürrisch, „ein fauler Hund ist er, der Fritz, ein ganz fauler!"

Die Brüder saßen auf einem Zaun. „Unser Geld will er, das ist alles. Einmal hat er es sich eh schon geholt." Baldi schimpfte über Fritz und ließ Ruperts Einwände nicht gelten. „Pah! Ihr mit eurer Revolution! Arbeiterklasse! – Wo er doch eh nichts arbeitet, der Herr Revolutionär. Vom Zeitunglesen wird man halt nicht satt."

„Aber recht hat er mit dem, was er sagt", beharrte Rupert. „Die Revolution wird bei uns kommen wie in Rußland, das sag' ich dir. Und gerade solche wie du können froh sein darüber!"

Baldi machte eine wegwerfende Handbewegung. „Wenn du ihm dein Geld 'reinschoppen willst, von mir aus. Ich brauch' meines selber. Die *Walz* war das schrecklichste, was ich bis jetzt erlebt habe. Überall weggejagt zu werden. Die Hunde haben sie auf uns gehetzt. Die Hunde. – Da gehört eine andere starke Hand her, das sag' ich dir. Wie in Deutschland, das wäre was. Dort braucht jetzt keiner mehr betteln gehen!"

Die Schlafzimmermöbel wurden gekauft. Rupert und seine Brüder fanden wiederum keine Arbeit und mußten nun zu dritt auf die *Walz*. Mit dem Zug fuhren sie nach Golling, und von dort grasten sie zu Fuß die Bauern ab. Eine Woche von früh bis spät Holz hacken – und wie froh waren sie darüber! Am Morgen heiße Milch und Brot, mittags fettes Schweinefleisch, abends Milch; Schlafen im Stall. Und bei ihrer Ankunft der abschätzende Blick, ob sie all das auch wert wären. Nach ein paar Tagen bekam Rupert plötzlich starken Durchfall. Die Beine knickten ihm weg, aber es half nichts, auch wenn er die Hacke kaum noch halten konnte, er mußte weitermachen, denn diese Arbeit konnte ohnehin wieder für lange Zeit die letzte gewesen sein.

Durch Fritz hatte er ein neues Weltbild erlangt, das ihm innere Sicherheit gab. Der tatsächliche Verlauf seines Lebens hatte jedoch den Charakter des Provisorischen beibehalten: Nichts schien länger als ein paar Wochen zu halten. Hatten Baldi und er versucht, eine Lehre anzutreten – sein Bruder war bei einem Tischler, er bei einem Schmied untergekommen –, hieß es schon nach vierzehn Tagen: Lehrlingssperre! Und sie standen wieder auf der Straße. – Wie sehnte er sich doch nach etwas Sicherheit und Dauer, und wie unmöglich schien es ihm, dies zu erlangen. Immer öfter dachte er darüber nach, ob es nicht ein Ausweg wäre, nach Rußland zu gehen. Aber allein der Anblick dieser Schriftzeichen entmutigte ihn komplett.

Im Winter 1934 erfuhr er zufällig, daß in Zell am See gute Schützen gesucht würden. Unverzüglich bewarb er sich. Hatte ihn der zuständige Gendarmerieinspektor – breitbeinig, mit über der Brust verschränkten Armen – anfangs mißtrauisch beäugt und Rupert Angst gehabt, er würde über seine politischen Anschauungen befragt – er wollte seine Gesinnung nicht verleugnen, brauchte aber dringend Arbeit –, klopfte ihm der Mann nach dem Probeschießen anerkennend auf die Schulter und sagte in vertraulichem Ton: „Hervorragende Leistung! Solche Leute brauch' ich! – Wir verstehen uns." – Auch ein *Illegaler* also, schoß es Rupert durch den Kopf, ein *Illegaler*, der für die Bewachung einer Villa in Thumersbach zuständig war, in der angeblich der Landeshauptmann Rehrl abzusteigen pflegte. Ein wenig verlegen nestelte Rupert am grünen Leinen seines Rucksacks herum und war bemüht, dem Mann nicht mehr ins Gesicht zu sehen, der von den Schießkünsten des Bewerbers zutiefst beeindruckt war.

Rupert hatte ausschließlich Nachtdienst und niemals jemanden zu Gesicht bekommen. Weder Gäste noch Eindringlinge. 2,80 Schilling Lohn, das ging sich aus zum Überleben. Die Schaufenster mit den vielen schönen Sachen in Zell am See – wie gut hätten ihm doch diese Hose und das Sakko gepaßt! – waren für Rupert und seinesgleichen jedoch wirklich nur zum Anschauen da. Die Waren blieben unerschwinglich. So oft er in seiner freien Zeit auch daran vorbeigehen mochte. Einmal, als er wieder verfroren in eine Auslage starrte, sah er im Spiegelbild der Scheibe das Gesicht des Gendarmerieinspektors. Freundschaftlich legte der Mann seinen Arm um Ruperts Schulter und sagte leise: „Wären wir schon im Reich, könnten wir uns das alles kaufen. Dort geht's aufwärts, gibt es Arbeit." Rupert fröstelte noch mehr. Voll Zuversicht sagte der Inspektor: „Aber das kommt schon noch. Das kommt schon noch!"

Im Frühjahr war es auch mit dieser Arbeit wieder vorbei. Doch gute Schützen, sagte der Inspektor bei der Verabschiedung mehrdeutig, würden wohl bald wieder gebraucht werden. Rupert entgegnete nichts, packte seinen Rucksack und ging.

Wieder kamen Wochen der Arbeitslosigkeit. Rupert verbrachte sie mit Lesen, Diskutieren und dem Transport von Propagandamaterial. Fritz verriet nicht woher er es bezog.

Beim Bau der Großglockner Hochalpenstraße fand Rupert endlich eine Anstellung. Auch seine Brüder waren hier untergekommen: Der Halbbruder Franz, der als gelernter Maurer am besten verdiente; Sepp und Baldi verdingten sich wie Rupert als Hilfsarbeiter. Mit Schaufel, Krampen und Scheibtruhe werkten sie am oberen Naßfeld und am Hochtorbau. Neben Tausenden anderen Arbeitern.

Die Brüder sparten eisern, beteiligten sich nicht am abendlichen Kartenspiel bei Petroleumlicht, setzten ihren Lohn nicht in Alkohol um. Sie hatten die Mutter und den Stiefvater mit zu erhalten. Ständig quälte sie die Unsicherheit. Und im Winter waren sie erneut arbeitslos. Rupert nahm an jedem Eisstockwettschießen teil, waren doch an die Preisbänder in der Regel fünfzig Schilling angenäht.

Im Frühjahr 1936 arbeitete er beim Brückenbau in Lend, hatte beim Eisenbahner Brutar, einem quirligen kleinen Mann und glühenden Sozialisten, ein kleines Zimmer gemietet, und genoß die langen Gespräche über die Weltpolitik. Im Sommer wechselte er zu einer Brükkenbaustelle in Bad Hofgastein. Immer stärker wurde sein Wunsch nach einem sicheren Posten. Er wollte in den Staatsdienst – doch die Aussicht, unterzukommen, war für ihn gleich Null. Erst als er den Einberufungsbefehl erhielt, erfuhr er, daß er über eine Verpflichtung beim Österreichischen Bundesheer die Möglichkeit habe, nach dem Abrüsten in den Staatsdienst übernommen zu werden.

Er landete mit ein paar Kollegen, mit denen er sich schon während der Bahnfahrt nach Innsbruck angefreundet hatte, bei der Artillerie. Dort nützte er die Gelegenheit, die Abendschule zu besuchen. Mit knapp dreißig anderen jungen Männern. Die Lehrer mußten sie sich von ihrem Sold selbst bezahlen. Es war also nicht nur ihm so ergangen: Zwei Klassen Volksschule – und davon der Bauernarbeit wegen das meiste versäumt oder verschlafen. Nun drückten sie die Schulbank und schrieben mit ungelenker Schrift mühsam die Hefte voll, die Holz- und Landarbeiter, die gewohnt waren, zuzupacken mit Krampen und Schaufel oder Beil, und in deren Händen sich die mit ihren Taschenmessern angespitzten Bleistifte geradezu lächerlich ausnahmen.

Die Fortschritte Ruperts im Unterricht, hoben sein Selbstwertgefühl, das sich bislang ausschließlich auf das Gewehr- und Eisstockschießen gegründet hatte.

Inzwischen hatten sie die Grundausbildung überstanden und ritten mit den Pferden aus. Die meisten dieser Jungmänner träumten wie Rupert davon, endlich abzurüsten und eine sichere Stelle im Staatsdienst zu ergattern.

Eines Abends, Rupert befand sich auf Urlaub daheim im Pinzgau, wurde er plötzlich wieder von seiner Kindheit überrumpelt. Bei einer Hochzeitsfeier kam er am Nebentisch des Knechts vom Steinerbauern zu sitzen. Rupert trank. Wollte den Mann zunächst ignorieren. Wo er sich doch mit Fritz' Erklärungen abgefunden hatte. Aber je mehr er trank, desto öfter sah er zum Knecht. Und glaubte sich von diesem auf einmal hämisch angegrinst.

„Willst was?" stänkerte er plötzlich durch den Lärm des Gastzimmers. „Ob du was willst, weilst so schaust?"

Auch der Knecht hatte schon zuviel getrunken. „Sei ruhig, sonst ergeht's dir wie früher", schrie er zurück.

Rupert starrte in sein leeres Glas. Was ging ihn dieser Mann an, nach so vielen Jahren? Doch die Wut kam schubweise. Schwoll regelrecht an. Plötzlich sprang er auf, stürzte zum Knecht, zerrte ihn hoch und fauchte ihn an: „Eigentlich ist zwischen uns noch eine Rechnung offen, glaubst nicht?"

Noch ehe der andere etwas erwidern konnte, schleppte Rupert den ausgemergelten Mann, der fast kein Gewicht zu haben schien, hinter sich her aus dem Gasthaus. Niemand schenkte im ausgelassenen Trubel des Festes den beiden Männern die geringste Beachtung.

Auch war eine Rauferei alles andere als ungewöhnlich. Rupert riß den Knecht ganz nahe an sein Gesicht, warf mit einer heftigen Bewegung eine Haarsträhne aus der schweißnassen Stirn, und begann danach wie besinnungslos auf den Dienstboten einzuschlagen. Der versuchte anfangs zurückzuschlagen. Bald jedoch nur noch, schützend seine Arme über den Kopf zu halten. Rupert prügelte so lange auf den Mann ein, bis dieser, aus der Nase blutend, zusammengekrümmt vor ihm auf dem Boden lag. Jetzt erst starrte er den so hilflos Daliegenden entsetzt an, als wäre er gerade erst zu Bewußtsein gekommen. Doch das Mitleid wurde sofort wieder von Haß verdrängt. Er zerrte ihn zu sich empor, versetzte ihm noch einen letzten wuchtigen Kinnhaken, welcher die Kiefer des Knechts knirschen ließ, ehe er keuchend in das verschreckt zurückweichende, blutverschmierte Gesicht seines ehemaligen Peinigers sagte: „So, jetzt sind wir quitt. Und das eine merkst dir, wenn du wieder einmal ohne jeden Grund Kinder schlägst: Auch die werden irgendwann erwachsen!"

1938 rüstete Rupert ab. Nun stand ihm endlich der ersehnte Staatsdienst offen. Der Bahnhofsvorstand Maier in Schwarzach, ein Namensvetter und bedächtiger, gutmütiger Mann, stellte ihn umgehend ein, nachdem er zuvor, von Innsbruck kommend, in Zell am See angefragt hatte. Auch dort hätte man ihn genommen – doch beim Anblick der Schmalspurbahn, dieser *Pemperlbahn*, entschied er sich spontan, es noch woanders zu versuchen. Oft sollte er mit seiner Frau später noch darüber sprechen, daß sie sich wohl niemals begegnet wären, wenn sie damals nicht in den falschen Zug gestiegen, und er in Zell am See geblieben wäre. So aber teilte er mit einem Eisenbahnerkollegen im Gemeindegasthof der

Rosa Maierhofer ein Zimmer. Endlich hatte er die fixe Anstellung und das Gefühl, nun doch auch mit dem *Leben* beginnen zu können, so klein es auch wäre – alles hätte so schön sein können. Doch die politischen Ereignisse überstürzten sich: Es kam zu dem ihm verhaßten, von Millionen jedoch stürmisch begrüßten *Anschluß*. Zu den vielen, Rupert bereits bekannten *Illegalen* kamen noch viele, von denen es kein Mensch gedacht – und es bei einem anderen Verlauf der Geschichte wohl auch niemals irgend jemand erfahren hätte! Von einem Tag auf den anderen schien es fast nur noch begeisterte Nazis zu geben.

Der frühere Vorstand wurde pensioniert. Seine Stelle nahm Sieder ein, ein fanatischer Parteigenosse und zugleich Ortsgruppenleiter der NSDAP. Das Klima am Bahnhof wurde eisig. Einige Kollegen nahmen das Nazi-Parteibuch an, die meisten blieben jedoch, was sie waren, auch wenn das jetzt verboten war: Sozialisten oder Kommunisten, die sich an der Hoffnung aufrecht hielten, der Spuk könne unmöglich lange dauern.

Unter den neu Eingestellten befanden sich nur noch Nationalsozialisten. Einer von ihnen, *Illegaler* seit der ersten Stunde, wurde – Ruperts bester Freund!

Fritz mahnte zu größter Vorsicht: Sie durften sich kaum noch treffen. Rupert, dem die Gespräche mit dem Stiefvater fehlten, flüchtete in seiner Freizeit in die Berge. Jäger nahmen ihn auf die Jagd mit, und der Oberjäger riet ihm, die Jagdprüfung abzulegen. Aber nun hatten sie seit einigen Tagen Krieg!

Es war ein schöner Nachmittag im Oktober 1939. Rupert wollte sich mit dem Essen nicht lange aufhalten, um danach noch in den Wald zu kommen. Er betrat das Gastzimmer und sah sich nach einem Platz um, als ihm die Wirtin zurief, er solle sich doch zu ihrer Freundin setzen, um ihr ein bißchen Gesellschaft zu leisten…

DRITTER TEIL

Liebe im Dunkel am Ende des Tunnels

1

Während des Strickens hatte Eva immer wieder zur Uhr gesehen. So oft, daß sie manchmal schon befürchtet hatte, sie sei stehengeblieben. Doch wenn sie horchte, hörte sie das gleichmäßige Tick Tack der Wanduhr.

Heute sollte Rupert endgültig Bescheid bekommen. Sie drücke ganz fest die Daumen, hatte sie ihrem Mann in der Früh noch nachgerufen, als er in den Dienst gegangen war. Alles hatten sie sich bereits so schön ausgemalt, wenn es endlich klappte! Sie hatte abwechselnd zur Uhr und zum Fenster geschaut – wie schnell doch die Dämmerung hereingebrochen war. Die Scheiben der kleinen Fenster waren triefend naß. An solchen Nachmittagen wünschte sie sich ein Radio. Wie angenehm müßte es sein, neben dem Stricken Radio zu hören! Sie konnten sich noch kein Gerät leisten. Sie sparten seit einiger Zeit darauf, obwohl Rupert sagte, daß er auf die Siegesmeldungen der Wehrmacht ohnehin nicht neugierig sei. Aber die ausländischen Sender, welche jene Kollegen bei der Eisenbahn hörten, die nicht nur einen Volksempfänger, sondern einen *anständigen* Apparat besaßen, reizten ihn schon. Doch immer war etwas Wichtigeres anzuschaffen und damit das Ersparte jedesmal aufgebraucht gewesen.

Nachdem sie sich angezogen hatte, legte sie im Küchenherd noch ein großes Holzscheit nach. Das vorbereitete Erdäpfelgulasch rührte sie noch einmal um und rückte den Topf etwas weiter an den Rand der Herdplatte, um es warm zu halten. Im nahezu dunklen, nur von einer Funsel von Glühbirne ein klein wenig erhellten Vorhaus rannte ein vom Abort kommendes Kind des Bauern an ihr vorbei und drehte automatisch das Licht ab, ehe es in der Stube im Erdgeschoß verschwand.

Es war stockdunkel, als sie die Haustür des Blahofbauern hinter sich schloß. Am Tag zuvor hatte es bereits geschneit, und auch jetzt roch es nach Schnee und verfaultem Laub.

Aus dem Stall hörte sie durch die nur angelehnte Tür, wie die Bäuerin beim Melken gerade der *Fani* gut zuredete.

Ein kurzer, kalter Windstoß trieb ihr beim Weggehen den scharfen Geruch des Misthaufens zu.

Nach einem glücklich verbrachten Herbst hatten sie am 4. Jänner 1940 standesamtlich geheiratet. Evas Mutter war nicht dabei gewesen. Ausgerechnet diesen Tag hatte sie sich für einen Besuch bei ihrer Schwester ausgesucht. Drei Tage war das junge Paar auf Hochzeitsreise gewesen. In Innsbruck. Sie hatten sich ein sauberes kleines Zimmer geleistet, und Rupert hatte seiner Frau die Stadt, die er aus seiner Bundesheerzeit kannte, gezeigt; abends waren sie ins Kino gegangen oder hatten sich ein Stück der *Brennesselbühne* angeschaut. Noch oft erinnerte sich Eva daran, wie schön die Wintersonne in den Frühstücksraum der Pension gescheint hatte. Auf das helle Porzellan der Kaffeetassen. Verliebt hatten sie sich angeschaut und bei jeder Gelegenheit – wildfremden Menschen gegenüber – darauf hingewiesen, daß sie sich auf Hochzeitsreise befänden.

Drei Tage hatten sie nicht daran zu denken versucht, daß Krieg war und sie unter einer abscheulichen Diktatur lebten.

Da keine Eisenbahnerdienstwohnung frei gewesen war, hatten sie beim Blahofbauern in Schwarzach, etwa eine halbe Gehstunde vom Ort entfernt, ein Zimmer gemietet.

Eva war nach Salzburg gefahren und hatte eine Kücheneinrichtung, Geschirr und Wäsche gekauft. Von zuhause bekam sie eine Schlafzimmereinrichtung. Ein Bekannter Ruperts lieferte alles bei wildem Schneetreiben mit einem Pferdefuhrwerk den steilen Weg zum Blahofbauern hinauf.

Endlich für immer beisammen zu sein! Sie fühlten sich so sehr zusammengehörig, daß sie – unabhängig voneinander – gelegentlich sogar den Eindruck hatten, ihre jeweilige trostlose Kindheit wäre einzig und allein deshalb so ausgefallen, weil sie nicht beisammen gewesen seien. Als habe alles nur geschehen können, weil jeder für sich war! Ihre größte Angst galt deshalb dem Auseinandergerissenwerden – und genau das konnte jederzeit passieren, schließlich war Krieg!

Nun wohnten sie schon nahezu drei Jahre in dem einen Zimmer. Im Sommer halfen sie beide bei der Heuarbeit, Eva strickte für die Bauersfamilie. Dafür bekamen sie Eier und etwas Butter. Seine 90 Mark Monatslohn gab Rupert zur Gänze seiner Frau, behielt für sich nur die Nachtdienstzulage, von der er sich neben Zigaretten gelegentlich ein Kleidungsstück und für Eva kleine Geschenke zum Geburts- und Namenstag kaufte.

Ruperts Jagdleidenschaft war ungebrochen. Sie trieb ihn immer wieder zum Wildern in die Berge. Häufig ins Gasteinertal. Eigentlich konnte nur sein Freund Fred wirklich mit ihm mithalten. Gottlieb, Freds alter Freund aus Böckstein, verkraftete das kaum, und sie hatten immer wieder Auseinandersetzungen, die fast bis zur Rauferei gingen. Gottlieb war als Wilderer hauptsächlich deshalb so bekannt, weil er schon mehrmals erwischt und verurteilt worden war. Doch mit seinen Schießkünsten war es trotz seiner Angeberei nicht allzuweit her. Auch vertrug er es nicht, daß Fred am liebsten mit Rupert wilderte. Rupert seinerseits war gleichfalls am liebsten mit Fred, der jetzt beim Nachbarbauern ein Zimmer hatte, auf der Jagd. Fred und Rupert waren einander sofort sympathisch gewesen. Und das, obwohl Fred – wie alle jungen Eisenbahner, die nach dem *Anschluß* eingestellt worden waren – Parteimitglied war. Während der Zeit seiner Arbeitslosigkeit war er beigetreten; somit verfügte er über den nun so begehrten Status des *Illegalen*. Wenn Rupert wieder einmal auf Hitler fluchte, in Wut geriet über die Diktatur, und sagte: „Ich versteh' einfach nicht, daß du immer noch dabei bist!", so entgegnete Fred leichthin: „Alles, was ich wollte, war Arbeit, nichts anderes, verstehst du, Arbeit – und die hab' ich gekriegt. Politik interessiert mich überhaupt nicht. Auch hat mich das Verbotene gereizt. Ich bleib' bei der Partei, weil das für mich am bequemsten ist. Auch wär' ich schön blöd, gerade *jetzt* auszutreten! – Im übrigen weißt du, daß es mich nicht stört, daß du bei den Kommunisten warst und noch immer so denkst. Ganz und gar nicht." Rupert wußte, daß sie einander absolut vertrauen konnten.

Er nahm weiterhin an verschiedenen Wettschießen teil. Anläßlich einer Meisterschaft in Zell am See schoß er von 300 Ringen 298 Zehner und trug damit den Sieg davon. Bei der Preisverleihung wollte man ihm eine Hitlerbüste aus Bronze überreichen. Rupert nahm sie nicht, sah sich um und deutete auf die Figur eines Adlers: „Die ist besser – ich bin doch Jäger..." Lachend überreichte ihm der Mann das gewünschte Stück, boxte Rupert gegen die Schulter und zwinkerte ihm zu: „Weil du den Führer wahrscheinlich eh schon doppelt und dreifach daheim hast, du schlauer Fuchs, du ganz schlauer." – Kein Mensch kam offenbar auf die Idee, daß jemand, der so leidenschaftlich dem Schießen verfallen war wie Rupert, *nicht* automatisch für den *Führer* sein könnte.

Eva war heute aus lauter Ungeduld so früh weggegangen, daß sie schon fast beim Bahnhof angelangt war, als sie mit Rupert zusammentraf und sie sich in die Arme fielen. Er war wieder ganz durchfroren. Fast so kalt fühlte er sich an wie seine alte Aktentasche, die er unterm Arm trug und in der das leere Butterpapier knisterte, in das ihm Eva die Jausenbrote eingepackt hatte. Als Bremser auf dem offenen Bremsstand, bei diesen Temperaturen! Dabei hatten sie erst Ende Oktober. Er wirkte müde. Gestern hatte er wieder viel zu lange in die Nacht hinein für eine Prüfung gelernt. Auch hatten sie zuwenig Leute bei der Bahn – ein Arbeitskollege nach dem anderen mußte einrücken. Und gerade die eingefleischten Roten – der Schifer zum Beispiel –, diese leidenschaftlichen Eisenbahner, arbeiteten für drei! Ohne Dank vom Vorstand! Der hob ständig nur seine braunen Parteigenossen hervor, auch um die verhaßten Roten zu ärgern.

Viele Schwarzacher waren bereits gefallen. Täglich konnte auch Ruperts Einberufungsbefehl kommen – obwohl er bei der Eisenbahn so dringend gebraucht wurde.

Eva sah ihn erwartungsvoll an. Im Licht des Bahnhofs war der Atem sichtbar, als sie ungeduldig fragte: „Und? Kriegen wir sie?"

„Gehen wir schnell weg von da", erwiderte er, „sonst kommt womöglich der Sieder auch noch vorbei." Er legte ihr den Arm um die Schulter, sie faßte ihn um die

Hüften und preßte ihren Mann auch während des Gehens fest an sich. Er erzählte ihr nicht, daß ihn der Sieder hämisch angeschaut und gesagt hatte: „Für's Mutterkreuz scheint sich Ihre Frau wohl nicht sonderlich zu interessieren – immerhin sind Sie schon zwei Jahre verheiratet!" Wie hatte er sich zusammennehmen müssen, ihm nicht sofort eine Ohrfeige zu geben, dem Sieder, als er noch dreckig hinzugefügt hatte: „Wenn Sie diesbezüglich eine Aushilfe brauchen sollten, schick' ich jemanden vorbei."

Als der Weg schon anstieg zum Blahofbauern, blieb Rupert endlich stehen, umarmte seine Frau und sagte strahlend: „Ja, wir kriegen sie. Nächste Woche heißt es siedeln!"

Eva hüpfte vor Freude wie ein Kind, und sie küßten sich. Rupert fügte dann ernst hinzu, daß der Sieder gesagt habe, das sei ihm ganz recht, wenn er solche wie ihn in diesem Haus wüßte. Eva verstand. Sie hatten oft genug darüber gesprochen, daß in dem Haus, in dessen Dachboden sie nun zwei Räume beziehen sollten, die Urbans wohnten. Die verhaßte Ortsfrauenschaftsführerin, von der Ruperts Arbeitskollegen erzählten, daß sie an den Wohnungstüren lausche und jedesmal sofort zum Sieder renne, wenn einer der Eisenbahnerfamilien ein Wort gegen den Krieg oder gar gegen Hitler herausrutschte. Die Kollegen mußten täglich ihren Kindern einschärfen, sich nicht zu verplappern. – In was für eine Zeit sie nur geraten waren!

„Ach was, die Urban", sagte Eva. „Ich bin so glücklich. Zwei Zimmer, Bertl, zwei Zimmer für uns! Und du brauchst nicht mehr bei jedem Wetter eine halbe Stunde den steilen Weg gehen." „Ich freu' mich ja auch so." Er küßte sie. „Aber jetzt könnt' ich in den Ofen hineinkriechen, sag ich dir, so kalt ist mir. – Du hast doch recht gehabt, in der Früh, ich hätte mich heute schon wie im Winter anziehen sollen."

2

Eva kam gerade von unten mit dem Wasserkübel, als sie hinter sich Frau Urbans Stimme hörte: „Heil Hitler, Frau Maier! Das freut mich so, daß Sie die Wohnung bekommen haben. In einer Volksgemeinschaft sorgt der Führer halt für alle! Auch für solche", fügte sie etwas säuerlich hinzu, „die dafür nicht gerade dankbar sind." Eva nickte etwas verlegen und unsicher. „Ich wünsche Ihnen jedenfalls alles Gute in unserem Haus!"

Wie die meisten anderen Hausbewohner war Eva bemüht, der Urban aus dem Weg zu gehen, wann immer es möglich war. Erst gestern wieder, als sie sich mit ihrer Freundin Berta ‚zufällig' bei einem Spaziergang getroffen hatte – die Berta sammelte für die *Rote Hilfe* -, hatten sie darüber gesprochen. Es war fast genau ein Jahr her, daß die Urban den Rauter Karl angezeigt hatte. Die beiden hatten einander im Zug von Bischofshofen nach Schwarzach getroffen. In St. Johann, von den Nazis in *Markt Pongau* umbenannt, wo sie das Kriegsgefangenenlager sehen konnten, hatte der Karl gesagt: „Jetzt sind zweitausend Russen da, und die haben alle den Hungertyphus." Und er schimpfte auf den Krieg und Franco. Sagte, daß ihm die anderen erbarmten. – Schon am nächsten Tag hatte der Mann von der Urban, immerhin Karls Arbeitskollege bei der Bahn, dem Sieder davon berichtet, welche Ungeheuerlichkeit seine Frau wieder erlebt habe. Der Sieder hatte unverzüglich Anzeige erstattet. Und die Urban am Gendarmerieposten ihre Aussage über die „Verwerflichkeit der Einstellung des Rauter" zu Protokoll gegeben, das umgehend an die Gestapo weitergeleitet worden war. „Staatsfeindliche Äußerungen". Bald darauf hatte man den Karl abgeholt. KZ. Obwohl einer seiner Brüder bei den Nazis war. Drei Brüder – und alles vertreten: Nazi, Sozi, Kommunist. Jeder aus tiefster Überzeugung.

„Aber", hatte die Berta zu ihrer Freundin gemeint, „diese Schweine gewinnen den Krieg nicht!" Berta und ihr Mann hörten wie viele andere in der Eisenbahnersiedlung schon seit Kriegsbeginn Fremdsender. „Verlaß dich drauf, Eva, das ist bald vorbei."

3

Wieder standen Waggons mit gefangenen Russen im Bahnhof. Rupert kämpfte gegen die Tränen an. Wie damals, als er zum ersten Mal so einen Zug nach Spittal in Kärnten begleitet und gemeinsam mit dem ebenfalls lautlos weinenden Lokführer beobachtet hatte, wie die Gefangenen *entladen* wurden. Völlig entkräftete Menschen – alle, die nicht mehr gehen konnten, wurden wie Kohlensäcke auf Fuhrwerke geschmissen –, aus den geöffneten Waggons drang entsetzlicher Gestank und eine grün-braune Brühe aus Kot und Urin floß heraus.

Sieder verhielt sich auch jetzt wieder wie bei all diesen Transporten: Er trat mit einem überlegenen Grinsen aus seinem Büro, achtete darauf, daß Leute wie Rupert in seiner Nähe waren, um dann unüberhörbar laut und befriedigt zu rufen: „So, was haben wir denn da? – Ach ja, das ist wieder eine Muster-ohne-Wert-Sendung!"

Es war April 1943. Es lag noch nasser Neuschnee, aber es wurde von Tag zu Tag spürbar wärmer. Als Rupert nach Dienstschluß die kleine Dachwohnung betrat, stürzte Eva, die am Herd gestanden war, auf ihn zu. Während sie sich umarmten, begann sie zu weinen: „Deine Einberufung ist heute gekommen." Schluchzend fügte sie hinzu: „Jetzt sind wir noch nicht einmal sieben Monate in unserer Wohnung..." Rupert versuchte sie zu beruhigen, obwohl ihn die Nachricht traf wie ein Todesurteil, und sie beide doch schon die längste Zeit in Angst vor diesem Tag gelebt hatten. Natürlich dachte er an seinen Vater. Der *im Feld geblieben* war, wie es so beschönigend hieß für einen, der irgendwo von einer Granate zerfetzt, verblutet oder an einer Krankheit elend krepiert war. Damit hatte das Unglück seiner grauenhaften Kindheit angefangen. Damit war er in diesen Tunnel hineingeraten, als den er diese Kindheit im Rückblick empfunden hat, in diese lange Dunkelheit.

Sein Bruder Sepp war bereits gefallen – drei Kinder daheim.

Hatten Evas und Ruperts Leben in ihrer Vergangenheit aus einer Vielzahl ungewollter Erfahrungen bestanden, so verschmolzen diese beiden Leben, seit sie einander kennengelernt hatten, zu einer einzigen innig gewünschten Erfahrung. Die sahen sie nun massiv bedroht, eigentlich schon zerstört, obwohl sie versuchten, diese quälenden Ängste voreinander geheimzuhalten.

Fred versuchte Rupert Mut zu machen. Sobald er wieder zurück sei, gingen sie miteinander auf die Jagd. Sie saßen an diesem Abend beisammen am Küchentisch. Die Unterhaltung schleppte sich noch mit ein paar halbherzigen Späßen dahin, doch unversehens versiegte das Gespräch. Sie saßen schweigend unter dem schwachen, gelblichen Licht der Glühbirne und rauchten nervös. Eva kämpfte mit den Tränen.

Bis zum Einrückungstag fanden sie nachts kaum Schlaf. Sie lagen eng aneinandergepreßt im Bett, hörten automatisch auf die vom Bahnhof zu vernehmenden vertrauten Geräusche und versuchten sich gegenseitig auf eine rührend hilflose Art zu trösten; aber es gelang nicht wirklich, schien eher die Bestätigung der Fatalität zu sein. Auch wenn jeder für sich versuchte, den anderen nicht mit diesem Eingeständnis zu belasten, kamen sie doch beide zu dem Schluß, daß sie nach den langen Jahren der Lieblosigkeit der Zufall – Eva nannte es „Schicksal" – zusammengeweht und so glücklich werden hatte lassen; und jetzt fuhr ein abscheulicher Vulkan dazwischen, blies sie wieder auseinander, womöglich für immer!

Als sei es zuviel verlangt von zwei Menschen, nichts weiter zu wollen als ihr kleines Leben zu führen und beisammen zu sein. Hier in diesen beiden Dachzimmern mit dem Gemeinschaftsklo ein Stockwerk tiefer, ohne Wasser in der Wohnung.

Unter einem Dach mit den widerwärtigen Urbans, allerdings auch solidarischen Eisenbahnern.

Letztlich sollte es Eva sein, die Rupert aufmunterte und ihm versprach, so oft wie möglich zu schreiben, ihm Pakete mit Speck oder Mehlspeisen zu schicken und immer an seine wohlbehaltene Rückkehr zu denken.

Sie verabschiedeten sich in der Wohnung – eine Urban oder ein Sieder brauchten Eva und Rupert nicht weinen zu sehen, nein, denen wollten sie keinen Grund zur Schadenfreude geben, und all jene, die mit ihnen fühlten, konnten ihnen leider nicht helfen…

4

In der verhaßten Uniform der Deutschen Wehrmacht, seiner Ausbildung beim österreichischen Bundesheer entsprechend als Gebirgsjäger, war Rupert mit seiner Einheit zuerst eine Woche in Hall in Tirol, danach in Tesendorf bei Klagenfurt, von wo sie nach Norwegen aufbrachen. In der Tschechoslowakei hieß es auf einmal, ihr neues Ziel sei die Südfront. Immer wieder Verzögerungen, Warten und Bangen. Verunsichernde Gerüchte machten die Runde. Witze sollten ihnen helfen, nicht an das zu denken, was ihnen womöglich drohte: Verstümmelung, Gefangenschaft, mehr oder weniger qualvolles Krepieren.

Schließlich waren sie, die Gebirgsjäger, in der Ebene der Ukraine unterwegs, sahen die zerschossenen und von Bomben vernichteten Dörfer, gelangten an die Krim – in den Obstplantagen standen verlassene russische Panzer; in der Abenddämmerung unheimlich wirkende, stählerne Ungetüme, die durch den Umstand, unbemannt zurückgelassen worden zu sein, für Rupert nichts von ihrer Bedrohlichkeit einbüßten.

Er starrte bei jeder Gelegenheit auf die Fotografien, die er von seiner Frau mitgenommen hatte. Wieviel hätte er gegeben, daheim sein zu dürfen und sein normales Leben zu führen! Da hatten sein Stiefvater und er Gefängnisstrafen riskiert und Schriften über die russische Revolution verteilt, die schweren Rucksäcke kilometerweit zu Fuß in ihrem österreichischen Gebirgstal herumgetragen, und nun war er hierherbefohlen worden, um diese ihm völlig unbekannten Menschen umzubringen! Sofern sie nicht vorher ihn umbrachten! Tausende Kilometer von daheim entfernt, um *die Heimat* zu verteidigen. Wo weit und breit von dieser *Heimat* nichts zu sehen war, nur ausgebrannte Häuser, Grabhügel, Waffen, Gestank, Leichen...

Sie sahen die *Festung Sewastopol* am Schwarzen Meer, beobachteten das Sinken der von Deutschen bombardierten Schiffe; fassungslos wurde Rupert Zeuge, wie diese riesigen Schiffe einfach absackten und im Meer verschwanden. Es ging weiter auf die Insel Kertsch. Dann befanden sie sich in Schlauchbooten auf dem Fluß Kuban. Schließlich, es war inzwischen Anfang Juni geworden, begannen tagelange Märsche. Sie marschierten in ihren heißen Gebirgsjägeruniformen in voller Ausrüstung bei vierzig bis fünfzig Grad Hitze. Viele Männer erlitten Herzattacken oder brachen mit einem Hitzschlag zusammen.

Rupert hatte mit Hans, einem jungen Tiroler, Freundschaft geschlossen und vereinbart, daß sie gegenseitig ihre Frauen benachrichtigen würden, wenn einer von ihnen fallen sollte – als könnten sie nicht genausogut schon in den nächsten Stunden *beide* umkommen. Während des Marsches wurde seinem Freund schlecht, und Rupert lud sich auch noch dessen Rucksack auf, im Glauben, es bis zur nächsten Rast zu schaffen. Nach einiger Zeit nahm er nur noch wahr, daß er auf dem Boden lag und sich ein Sanitäter um ihn kümmerte. Sie beide waren allein. Kein Mensch von ihrer Batterie zu sehen. Der Sani, der ihn versorgt hatte, stieg auf sein Motorrad und empfahl Rupert, einfach seiner Spur zu folgen, dann stoße er wieder auf seine Leute. Langsam marschierte er erneut los. Der Schweiß floß ihm in Bächen übers Gesicht; sein ganzer Körper war klatschnaß. Der Haufen hatte sich, als er seine Truppe endlich eingeholt hatte, gesammelt, um zu übernachten. Herrschte untertags grauenvolle Hitze, kühlten die Nächte stark ab. Erst bei Tageslicht bemerkten sie, daß sie sich bereits im Einsatzgebiet befanden.

Sie wurden verteilt. Die erste Arbeit, die Rupert angeschafft wurde, war, einem Gefallenen eine Grube zu schaufeln. Er hob jedoch, einer plötzlichen Eingebung folgend, zuerst für sich selbst ein Loch aus – in das er auch schon springen mußte, kaum daß er mit dem Grab für den Gefallenen begonnen hatte, da er von russischen Soldaten unter Feuer genommen wurde.

Es war nirgends auch nur die Spur jenes Wochenschau-Heldentums zu bemerken, das den Menschen im *Reich* vorgeführt wurde; nur Dreck, Läuse, Geschrei, Flüche, Angst – und Leichen. Rupert klammerte sich an die Briefe, die von Eva kamen. Und hatte Mitleid mit all jenen, die vergeblich darauf warteten, aufgerufen zu werden, wenn die Post verteilt wurde.

Einmal lagerten sie in einem Talkessel, den die Russen von oben gut einsehen konnten; die Kameraden wurden ihnen weggeschossen wie Schießbudenfiguren. Nachts machte sich ein Trupp Rumänen auf, um die Russen mit Maschinengewehren und Handgranaten anzugreifen – kein einziger kam zurück! Dabei waren diese jungen Bauernburschen felsenfest vom Erfolg ihres Einsatzes überzeugt gewesen. Bei ihrem Aufbruch hatten sie die Handgranaten in die Höhe gestreckt und siegessicher gegrinst.

Die Verluste nahmen von Tag zu Tag dramatisch zu. Die Luftwaffe, auf deren Unterstützung sie gehofft hatten, blieb aus. Nur ab und zu war für kurze Zeit ein deutsches Flugzeug zu sehen, das bald wieder abdrehte und verschwand.

Dafür griffen die Russen pausenlos und von allen Seiten an – als ginge tatsächlich die Welt unter, donnerten die Stalinorgeln, die Panzer beschossen sie, und es blieb ihnen nichts anderes übrig als zu laufen. Um ihr

Leben zu rennen. Verletzte, die liegenblieben, wurden unter den Panzerketten zermalmt; überall schien jemand zu schreien, der nicht mehr weiterkam. Alles, was brennbar war, brannte. Und Rupert rannte. Mit wunden Füßen. Rannte in diesem Lärm, Dreck und Gestank. Von seinem Freund Hans sah er nichts mehr und fürchtete schon, er sei womöglich gefallen. Als er kaum noch weiter konnte, traf er auf das Pferdegespann mit den zwei Lebensmittelwagen, das im Morast steckengeblieben war. „Hilf mir abhängen!“ schrie der Mann, Koch ihrer Batterie. Rupert, völlig erschöpft, packte an. Zugleich freute er sich über sein Glück, nun, wo er kaum noch weiterkonnte, eine Mitfahrgelegenheit gefunden zu haben. Als der zweite Wagen abgehängt war, sprang der Kamerad auf den vorderen und galoppierte davon. Rupert brüllte ihm nach, er solle ihn doch mitfahren lassen, er schaffe es nicht mehr, habe kaputte Füße, doch der Mann ließ ihn einfach im Nieselregen zurück. Rupert, verzweifelt und ausgebrannt, war bereit, aufzugeben. Was sollte das auch für einen Sinn haben, sich weiterzuschleppen und am nächsten Tag draufzugehen!

Er setzte sich unter einen Baum und döste trotz des Kampflärms sogleich ein. Als er aufwachte, war er in Gedanken wieder bei Eva, ihren Briefen und inständigen Bitten, auf sich aufzupassen und gesund heimzukommen. So raffte er sich auf und marschierte weiter. Der Fährte seiner Batterie nach. Stapfte vor sich hin. Mit Dreck und Tränen im Gesicht. Und Zorn, in diesen verfluchten Krieg geschickt worden zu sein gegen Menschen, die bestimmt wie er nichts weiter wollten als ihr Leben zu führen.

Immer wieder mußte er mit wachsender Verbitterung daran denken, daß der Erste Weltkrieg das Unglück seiner vermurksten Kindheit mitverschuldet hatte und jetzt der Zweite dabei war, das Glück mit Eva zu zerstören.

Jeder seiner Schritte mit den offenen, blutenden Füßen schmerzte entsetzlich. Doch er ging. Und ging. Sah nur vor sich auf den Boden. Stieß Schritt für Schritt seine schweren Stiefel, diese gottverfluchten Knobelbecher in den Morast. Als er gerade alle Kraft zusammennahm, sie wieder aus dem Dreck herauszubekommen, spürte er plötzlich einen mächtigen Schlag im Genick und stürzte sogleich zu Boden. Während des Fallens schoß ihm der Gedanke durch den Kopf, daß es ihn jetzt also auch erwischt hatte. Daß es aus war. Aus und vorbei.

5

Wie jedesmal, wenn sie ihm begegnete und es keine Möglichkeit gab, ihm auszuweichen, auf die andere Straßenseite zu wechseln oder die Richtung zu ändern, verkrampfte sich Eva. Der Ortsgruppenleiter Sieder trat an diesem schönen Sommersonntagnachmittag auf sie zu. „Heil Hitler, Frau Maier!“

„Heil Hitler“, murmelte Eva, da Sieder Berta schon einmal angebrüllt hatte, ob sie nicht wisse, wie man grüße oder ob sie vielleicht Sehnsucht nach ihren Genossen im KZ habe.

„Schon Nachricht von Ihrem Mann?“ sah er sie auf seine im Grunde desinteressierte, aber dennoch lauerndheimtückische Art kalt an. Eva verbiß sich die Antwort in letzter Sekunde. Fast wäre es ihr herausgerutscht, daß sie sich Sorgen mache, da sie schon längere Zeit nichts mehr von Rupert gehört habe. Nein, dem Sieder nicht, dem wollte sie überhaupt nichts von ihren Gefühlen verraten. Sie preßte die Lippen aufeinander. Hämisch, erschien es ihr, als er sagte: „Sie wissen gar nicht, wie ich Ihren Gatten beneide! An der Front, als Kämpfer mit der Waffe in der Hand, seinen Mann stehen zu dürfen, für Führer, Volk und Vaterland! – Aber was soll's", seufzte er, „unsereiner ist an der Heimatfront einfach unabkömmlich. Man kann halt nicht alles haben. Man muß auch verzichten können!" Er grinste so dreckig, wie Rupert es oft beschrieben hatte und beobachtete scharf Evas Reaktion, als er sagte: „Wir haben immerhin jede Menge Muster-ohne-Wert-Sendungen abzufertigen! – Übrigens, die Frau Ortsfrauenschaftsleiterin wird sich in den nächsten Tagen bei Ihnen melden. NSV. Nationalsozialistische Volkswohlfahrt. Damit Ihnen so allein nicht langweilig wird. Eine Arbeit, die auch nicht umsonst zu machen ist, wohlgemerkt. Und eine grüne Witwe ohne Kinder weiß ja sowieso nicht was tun den ganzen Tag, habe ich nicht recht? Wünsche noch einen erholsamen Sonntag. Heil Hitler!"

Die Urban drängte sich mit ihrer Aktentasche geschäftig in die Wohnküche und sah sich sofort mit zusammengekniffenen Augen im ganzen Raum um, als könne sie irgend etwas Unrechtes entdecken. Alle hätten sie jetzt am Endsieg mitzuwirken, sagte sie dann. „Und der ist nicht mehr weit. Auch wenn es manche nicht glauben wollen!" Die *Wunderwaffe*, die der *Führer* bauen lasse, stünde kurz vor der endgültigen Fertigstellung und dem siegreichen Einsatz. Eva habe vierundzwanzig Stunden Dienst, danach vierundzwanzig Stunden frei. Und weit sei es auch nicht bis zum Bahnhof. Besser hätte sie es doch gar nicht treffen können.

Nach einer Pause holte sie tief Luft. „Mein Mann sieht sich ja so leid, nicht an die Front zu dürfen. Leider

UK." Die Augen der Frau leuchteten: „Mit der Waffe in der Hand die Heimat verteidigen zu dürfen, wissen Sie, was das für ein Gefühl sein muß! Wie der Führer selbst für unser Volk zu kämpfen. Die schutzlosen Mütter und Kinder verteidigen, gegen die bolschewistischen Untermenschen aus dem Osten." Nach einer weiteren Pause, die beiden Frauen standen mitten im Raum, sagte die Urban begeistert: „Wissen Sie, wo ich vorgestern war?" Eva sah sie stumm an. „In Zell am See. Und wissen Sie, wer dort war? – Der Propagandaminister Dr. Goebbels höchstpersönlich! Eine faszinierende Persönlichkeit. Er hat eine Jause gegeben. Zeller Kinder haben Gedichte aufgesagt. Es war so berührend und voller Hoffnung. Die Kinder wissen genau, in welch großer Zeit sie leben! Diese jungen Menschen sind es, die unser Volk tragen. Im Hotel Central, im Gastgarten, hat das stattgefunden. Ich habe den Minister ganz aus der Nähe gesehen!" Ihr Blick verklärte sich und sie schwieg. Plötzlich verengten sich ihre Augen und sie zischte: „Ein Führerbild fehlt in dieser Wohnung. Wenn Sie eines bestellen wollen, dann sagen Sie es mir. Es täte diesen Wänden gut."

Gemeinsam mit einer Kollegin – Rita war eine sympathische, ruhige Frau, zu der Eva bald Vertrauen faßte – machte sie von nun an NSV-Dienst in dem eigens dafür geschaffenen Zubau am Bahnhof. Teekochen und Verbandwechseln, immer wieder den Verwundeten die blutigen, eitrigen und verdreckten Verbände abnehmen und neue anlegen. Und von den Männern zugeflüstert bekommen, wie grauenvoll es an der Front sei. Viele schreckten nachts schweißgebadet aus dem Schlaf hoch. Einige fingen plötzlich wie Kinder zu weinen an. Eva brachte Tee und versuchte die Verstümmelten zu beruhigen. In dem überbelegten Raum stank es ganz erbärmlich. Immer wieder griffen Männer wie Kleinkinder nach ihr und versuchten sie festzuhalten.

Eva war von dem Leid sehr bedrückt. Sie bekam Atembeklemmungen. Von Tag zu Tag wuchs auch ihre Angst um Rupert. Sie wartete noch immer auf eine Nachricht von ihm. Ihre letzten beiden Briefe waren unbeantwortet geblieben. Während sie in die leeren, illusionslosen Augen der Männer blickte, waren ihre Gedanken unentwegt bei Rupert. Und sie dachte daran, was sie von Berta erfahren, was der englische Rundfunk gemeldet hatte. Hoffte, daß das nur stimmen möge! Die Berta und ihr Mann versäumten keine Sendung, obwohl die Urban durch die Stiegenhäuser schlich und an den Türen der Eisenbahnerwohnungen horchte. Und der Sieder durch bestimmte Fragen versuchte, den einen oder anderen, den er in Verdacht hatte, Feindsender zu hören, dazu zu verleiten, sich zu verraten. Peter, Bertas Mann, glaubte aus so einer Fangfrage allerdings auch herausgehört zu haben, daß der Sieder selber BBC gehört haben mußte. Vor einigen Tagen, bei einem ihrer „zufälligen" Zusammentreffen auf der Straße, hatte die Berta Eva erzählt, daß sich der Peter geweigert habe, sich eine SA-Uniform zu holen – der Sieder habe zu wenig Leute und versuche nun, um den Schein zu wahren, auch die von ihm als *politisch unzuverlässig* eingestuften Männer, die er mit KZ-Drohungen in Schach zu halten versuchte, zu zwingen, die braune Uniform anzuziehen. Heute, auf dem Weg in den Dienst, hatte ihr die Berta aufgeregt mitgeteilt, daß der Peter – obwohl bislang unabkömmlich – die Einberufung an die Front erhalten habe. *Das* seien also die Folgen gewesen, die ihm der Sieder angedroht habe.

Evas Gefühle waren zwiespältig, wenn sie von den

hohen Verlusten der Deutschen erfuhr – sie freute sich über das offenkundig nahende Ende des Krieges, aber es konnte auch Rupert unter den Gefallenen sein. Sie war in größter Sorge: Er hatte noch immer nicht geschrieben. Die Knie zitterten ihr vor Aufregung, wenn sie den Briefträger kommen sah. Voll Erwartung und Angst. In der Nacht hatte sie geträumt, sie sei benachrichtigt worden, daß Rupert für Führer, Volk und Vaterland den Heldentod gestorben sei.

6

Obwohl schon ziemlich spät, war es noch ungewohnt hell, als der Haufen zerlumpter, stinkender und fluchender Männer erschöpft das Nachtlager aufschlug. Es gab nichts zu essen. Der Koch war gefallen. Ein Treffer hatte ihn mit seinem Gespann erwischt. Es mußte erst ein neuer bestimmt werden.

Hans, der seinen Freund beim Rückzug aus den Augen verloren hatte, hörte sich bei den anderen nach Rupert um. „Den hat es auch erwischt", sagte einer. „Ich hab' ihn fallen sehen. Ich konnte nicht mehr hinlaufen, da wir so unter Beschuß standen."

Ausgelaugt und traurig tastete Hans nach dem zerknüllten, schmutzigen Zettel in seiner Brusttasche, auf den ihm sein Freund die Adresse geschrieben hatte, um das Versprechen einzulösen, das er Rupert gegeben hatte, und Eva zu schreiben, daß ihr Mann leider gefallen sei. Sie sollte diese persönlich gehaltenen Zeilen vor der offiziellen Benachrichtigung bekommen. Hans, ein Dachdecker aus dem Oberinntal, war ein ungeübter Schreiber und überlegte jedesmal lange, bevor er einen Satz niederschrieb. Der zudem nie so ausfiel, wie er ihn sich gedacht hatte. Im Kopf hatte er längst, was er mitteilen wollte; aber wie schwer war es doch, aufs Papier zu bringen, daß Rupert immer von Eva gesprochen und bei jeder Gelegenheit ihre Briefe aufs neue gelesen und ihre Fotos angesehen habe. Es las sich holprig und unbeholfen. Auch viel kühler als beabsichtigt. Nein, er war nicht zufrieden mit dem, was er schrieb – aber er konnte es nicht besser. Wie gerne hätte er geschrieben, dieser gottverdammte Krieg, dieser verfluchte Krieg, den hier keiner wollte. – Jedesmal, wenn einer auf Heimaturlaub ging, verabschiedete er sich mit den Worten: „Mich sieht Rußland nie wieder! Ich komme nicht mehr zurück!" Und alle waren sie wieder gekommen, allen war das Risiko der Desertion dann doch zu hoch erschienen.

Hans war mitten im Schreiben, als neben ihm eine zerlumpte Gestalt zu Boden fiel und sich die Stiefel von den blutenden Füßen zu ziehen begann. Und er erschrak, als er den Mann erkannte. Dachte einen Augenblick bestürzt, jetzt habe es ihn erwischt; er sei also auch verrückt geworden wie so manch anderer auf diesem Feldzug. Denn der Mann neben ihm war – Rupert!

„Aber..." stammelte Hans, als er sich gefaßt hatte, und steckte den Brief heimlich weg, „man hat gesehen, wie du...wie du gefallen bist..."

„Gefallen schon", versuchte Rupert müde einen Scherz, „aber nicht liegengeblieben." Und er erzählte, wie er nach dem Schlag in den Nacken zu Boden gegangen war und mit seiner Hand vorsichtig zu der heißen Stelle getastet hatte, darauf gefaßt, ins offene Fleisch zu greifen. Doch die Hand war trocken geblieben. Bei vorsichtigem Herumtasten hatte er schließlich festgestellt, daß der Rockkragen fehlte. Nichts weiter war passiert! „Nur der Rockkragen, Hans, kannst du dir das vorstellen. Der Rockkragen! Nichts sonst." Rupert konnte es jetzt noch nicht fassen.

Nacheinander kamen die anderen und betasteten die Stelle. Schüttelten die Köpfe. „Also solches Schwein zu haben..."

Rupert konnte es ja selber kaum glauben. *Dieses* Glück! Aber er war viel zu erledigt, um sich angemessen freuen zu können. Es würde wohl einige Zeit dauern, bis er wirklich erfaßte, *welches* Schwein er doch gehabt hatte, welch unglaubliches Glück!

Als er von Hans dann auch noch erfuhr, daß es nichts zu fressen gegeben habe, da der Koch gefallen sei, war er schon zu müde, um zu erzählen, daß er dem geholfen habe, den zweiten Lebensmittelwagen abzuhängen – und ihn der Mann zum Dank dafür im Dreck zurückgelassen habe! Wo er doch mit seinen blutenden, kaputten Füßen so gerne aufgesessen und mitgefahren wäre. In den sicheren Tod, offenbar! Nein, das war alles zuviel. Er schlief in seiner Kleidung ein, ohne nach dem Sanitäter verlangt zu haben, obwohl die Füße – blutige Klumpen – fürchterlich schmerzten.

Am nächsten Tag wurden Ruperts Füße verarztet, und sie setzten den Rückzug fort. Sie wurden jetzt von kleinen russischen Flugzeugen angegriffen. Da säßen Frauen als Pilotinnen drinnen, hieß es.

Von Novosibirsk waren sie schon über 250 Kilometer gerannt. Immer mehr Männer fielen. Auch der zweite Koch war tot. Der Leutnant suchte wieder einen. „Gefreiter Maier, was ist mit dir? Deine Füße sind sowieso im Eimer – machst du es?"

„Nicht so", entgegnete Rupert.

„Was meinst du damit?"

„Wir brauchen einen Bunker für die Küche."

„Läßt sich machen. Übernimmst du sie dann?"

„Jawohl!" Rupert deutete Haltung an. Kaum einer achtete noch wirklich darauf. Der Bunker wurde in die Erde gegraben. Rupert hatte zwar überhaupt keine Lust zu kochen, doch was half es. Er hoffte darauf, daß seine Füße vielleicht heilen würden. Zwei Kameraden wurden ihm als Gehilfen zugeteilt. Das Kochen gelang ihm besser, als er gedacht hatte. Immerhin waren 120 Personen zu verpflegen. Vor allem sein Gulasch wurde gelobt. Dabei konnte er sich an nichts anderes halten als an seine Erinnerung. Er versuchte sich zu vergegenwärtigen, wie Eva gekocht hatte. Er hatte nie mitgeholfen, immer nur zugesehen. Er dachte also wieder an Eva – und hatte nun sogar einen *militärischen Grund*, das zu tun. Sah sie Zwiebeln schneiden und anrösten, sich mit dem Handrücken die tränenden Augen auswischen, sah sie das Fleisch würzen...

Es verstrichen einige Wochen. Langsam begannen Ruperts Füße zu verheilen. Eines Vormittags fühlte er sich so wohl wie schon lange nicht mehr. Die Wunden waren weitgehend ausgeheilt, und er stand erstmals mit nicht verbundenen Füßen gutgelaunt mit den Kameraden im Küchenbunker.

Die Gehilfen waren beim Erdäpfelschälen und Zwiebelschneiden, Rupert erhitzte einen großen Klumpen Schweinefett. Der Kamerad, der die Erdäpfeln schälte, ersetzte ihnen das Radio, weil er ständig vor sich hin sang, ein Lied nach dem anderen, Schlager, Volkslieder – kein Tag, an dem er sich wiederholte, außer, sie hatten *Wunschkonzert*. Er begann gerade mit einem neuen Lied, als sie ein lautes Pfeifen hörten. Eine Granate schlug ein in ihren Bunker! Dem singenden Gehilfen riß ein Splitter den Bauch auf, und dem zweiten wurde wie von einer unsichtbaren Hacke der Kopf gespaltet. Alles in einem Bruchteil von Sekunden. Rupert zitterte am ganzen Körper, er war voll Erde und Sand aber – unversehrt! Er starrte auf die beiden Männer, auf das Blut, hörte gedämpft das Schreien des Kameraden mit dem Splitter im Bauch, sah den zweiten mit dem gespalteten Kopf blutend auf dem Bunkerboden liegen, ebenfalls mit Erde und Sand bedeckt, starrte zitternd auf die herbeilaufenden Sanitäter, die sie notversorgten und auf den Bahren zum Sanitätswagen trugen, um sie ins nächste Lager zu fahren. Dann spürte er, wie ihm der Schweiß ausbrach und ihm schlecht wurde. Kurz bevor er sich übergeben mußte, knickten ihm die Beine weg, und er wurde ohnmächtig.

Ein halber Meter zwischen Leben und Tod! Rupert brauchte lange, bis er sich wieder halbwegs fing. Man reichte ihm eine Wodkaflasche. Seine Hand zitterte. Der ganze Körper wurde wie von einem Schüttelfrost gebeutelt. Das Glas der Flasche schlug gegen seine Zähne, als er sie ansetzte. Hans mußte ihm die Zigarette anzünden, an der er gierig sog.

Wenn seine Kindheit für Rupert ein Tunnel war, ein finsterer Tunnel, so war das verdammte *Dritte Reich*, dieser verfluchte Krieg, das Dunkel am Ende des Tunnels!

„Es ist immer dasselbe“, sagte Rupert am Abend bei der Lagebesprechung, „der Rauch ist es. Der Rauch verrät uns. Wir brauchen einen langen Kamin, der vom Bunker wegführt.“

Der Leutnant ließ diesen Kamin bauen. Er bewährte sich.

Die Wochen verstrichen in diesem sinnlosen Krieg. Die Männer fielen. Die Weihnachtszeit rückte heran. Rupert las Evas Briefe. Und schrieb ihr, wann immer er Zeit erübrigen konnte.

Sie wechselten die Stellungen. Doch der Wahnsinn blieb. Der eine bekam ein Paket mit Speck von zuhause, freute sich darauf, damit das Abendessen aufzubessern – abends durfte des Lichtscheins wegen nicht mehr gekocht werden –, doch am Nachmittag hatte ihm ein Volltreffer bereits den Kopf vom Hals gerissen; das Speckpaket lag auf seinem Platz. Jetzt erst sahen die anderen, daß auch zwei Kinderzeichnungen dabei waren; seine Kinder hatten einen Christbaum gezeichnet und mit unbeholfenen Blockbuchstaben hingeschrieben: PAPA BITTE KOMM BALD HEIM!

Inzwischen waren sie voller Läuse und Flöhe. Mit Kerzenflammen versuchten sie, die Kleidungsnähte zu versengen, in die die Läuse ihre Nissen legten. Es war ein weiterer aussichtsloser Kampf. Auch erkrankten schon viele am Wolhynischen Fieber. Und eines Tages war es auch bei Rupert so weit. Äußerlich war nichts zu sehen – nur die Gelenke, die Schienbeine schmerzten entsetzlich. Jedesmal, wenn sie ein erneuter Schub erfaßte, schrien die Kranken ganz fürchterlich. Auch Rupert. Der Sanitätswagen brachte sie in eine Kapelle, aus der man die Stühle herausgerissen und Stroh auf den Boden gebreitet hatte. Hier wurden die Kranken von einem Arzt betreut. Er verabreichte Tabletten und Spritzen. Die Krankheit werde von Läusen und Ungeziefer übertragen, erfuhren sie. Einige Kameraden gesundeten und mußten zurück zur Einheit. Rupert kam nach Litzmanstadt in ein Lazarett. „Wenn ich gesund bin", fragte er den Arzt, „könnte ich da nicht Genesungs- und Pflichturlaub nehmen? Ich bin jetzt fast ein Jahr an der Front und war noch keinen einzigen Tag zuhause."

„Das kann ich nicht entscheiden, aber ich werde nachfragen."

Eines Morgens erschien der Arzt in Begleitung eines Offiziers, der Rupert die beiden Urlaube genehmigte. „Aber vorher müssen Sie noch zu Ihrer Division nach Garmisch. – Fahren Sie über Berlin nach Garmisch."

Rupert dachte jedoch nur daran, auf schnellstem Weg zu Eva zu kommen. Deshalb beschloß er, über Wien zu fahren und rief von Salzburg aus in Schwarzach an. Eva erwartete ihn am Bahnsteig. Ein ganzes Jahr hatten sie sich nicht gesehen. Sie sollte ihn nach Garmisch begleiten. Vorerst blieb ihnen eine Nacht in ihrer Dachwohnung. Und schon in dieser Nacht flüsterte Rupert Eva ins Ohr: „Wenn du einverstanden bist, dann sehen mich die nicht mehr an der Front! Dort Menschen umzubringen, die mir nichts getan haben oder von Menschen umgebracht zu werden, denen ich nichts zuleid getan habe …"

Eva stimmte sofort zu. Allein in Anbetracht des Elends der Verwundeten, die sie auf dem Bahnhof zu versorgen hatte.

„Noch hab ich meine gesunden Glieder. Diesen Irrsinn mach ich nicht mehr mit! Und hoffentlich viele andere auch. Sich von diesen Mördern in den Tod schicken zu lassen. Oder als Invalide heimzukommen. Für nichts und wieder nichts!" Auch werde es nicht mehr lange dauern. Die Deutschen seien am Ende. Das höre Berta auch immer von BBC London, pflichtete Eva bei. Von der geheimnisvollen *Wunderwaffe* erwähnte sie nichts.

Die Aprilsonne begann schon zu wärmen, als Rupert und Eva am nächsten Morgen über Innsbruck nach Garmisch fuhren. Er meldete sich in der Kaserne und wurde zusammengebrüllt, was ihm denn da eingefallen sei, nicht befehlsgemäß über Berlin und München gefahren zu sein. „Von Rechts wegen“, schrie ihn der Vorgesetzte an, „gebührte Ihnen dafür drei Tage Bau!“ Aber er ließ Rupert dann doch gehen. Glücklich fuhr er mit seiner Frau nach Hause.

Schwarzach, der Bahnhof – mit Ausnahme des Zubaus für die Verwundetenversorgung hatte sich während seiner Abwesenheit nichts verändert –, kamen Rupert dennoch merkwürdig fremd vor. Auch über die beiden Zimmer ihrer Dachwohnung schien sich irgend etwas gebreitet zu haben, das sie auf ihn so sonderbar unvertraut wirken ließ. Er selbst hatte das Gefühl, ein Fremder zu sein in dieser Umgebung, die er zwar eindeutig wiedererkannte, die ihm jedoch nicht mehr so zu *passen* schien wie zum Zeitpunkt seiner Abreise. Er bewegte sich langsamer, bedächtiger in dieser Umgebung. Schließlich war er noch vor gar nicht langer Zeit fiebernd und mit fürchterlichen Schmerzen völlig verlaust auf dem Stroh in dieser ausgeräumten russischen Kapelle gelegen, inmitten anderer ebenfalls vor Schmerzen schreiender Männer.

Erst nach und nach verloren die Gegenstände und Räume ihre Fremdheit, nahm er sie wieder als vertraut und zu ihm gehörig wahr.

Er fühlte sich matt, befand sich also wirklich nicht grundlos auf Genesungsurlaub. Seit der Entschluß feststand, nicht mehr an die Front zurückzukehren, zermarterten sich Rupert und Eva die Köpfe, wie die Desertion zu bewerkstelligen sei. Er konnte sich ja nicht einfach hier im Keller verstecken!

Wenn Eva im Dienst war, dachte Rupert stundenlang angestrengt nach. Er wollte in die Schweiz flüchten. Über jenes Gebiet, das er während seiner Bundesheerzeit ziemlich gut kennengelernt hatte. Eine Tante der Mutter lebte in St. Gallen. Falls sie noch am Leben war. Er hatte keinen Kontakt mit ihr.

7

Als erstes beriet er sich mit seinem Freund Fred – der Nazi mit der niedrigen Mitgliedsnummer, um die ihn so viele beneideten und dem Rupert vertrauen konnte wie sonst nur eingefleischten kommunistischen Genossen, bestärkte ihn sogleich in seinem Vorhaben, zu desertieren! Sie saßen in Freds Kammer. Mußten ihre Röcke anbehalten, da der Ofen kaputt und es jetzt im April am Abend noch sehr kühl war. Rupert entging nicht, daß seinen Freund einmal mehr sofort das Verbotene und Abenteuerliche an der Sache reizte. Wie beim gemeinsam betriebenen Wildern im Gasteinertal. Fred hatte auch eine Idee, wo Rupert sich vielleicht verstecken könnte. Ein Ort, der sicherer wäre als der Versuch, sich in die Schweiz durchzuschlagen. „Ich habe in Kärnten einen Halbbruder", sagte er, „der hat einen Hof in einer gottverlassenen Gegend. In der Nähe eines Grabens – dort hab ich schon gewildert", grinste er seinen Freund an, „ein Schütze wie du braucht in dieser Gegend nicht zu verhungern! Und wenn du im Wald bleibst, ist es gut, wenn du den Hof als Depot hast. Für den Nachschub. Die Eva und ich können dich von hier aus versorgen – in gut einer Stunde Bahnfahrt ist man drüben in Kolbnitz. Vom Bahnhof dann noch rund eine Stunde zu Fuß zum Hof."

„Dein Halbbruder… Ob er das Risiko eingehen wird?"

„Ich fahre hinüber und rede mit ihm, überlaß das mir."

Ruperts und Evas Unruhe nahm von Tag zu Tag zu. Nachts lagen sie die meiste Zeit wach. Hörten das laute Ticken des Weckers und die Geräusche vom Bahnhof.

In zwei Tagen würde Rupert mit Fred nach Kolbnitz fahren. Eva hatte Dienst. Rupert beschäftigte sich mit Gartenumstechen. Vergeblich versuchte er, sich abzulenken. Er sah die russischen Kriegsgefangenen, diese ausgehungerten Gestalten, denen einige der Frauen, die ohnehin selber nicht genug zu essen hatten, an bestimmten Stellen Brot oder gekochte Erdäpfel hinterlegten. Auch Eva versteckte den Männern hinter einem bestimmten Mistkübel Lebensmittel. Man trieb die Gefangenen in die Baracke nahe des Bahnhofs, wenn sie von der Arbeit aus Lend zurückkamen. Der Klausner, ihr Aufseher, ließ es zu, daß die Russen sofort nach Eßbarem suchten, wenn sie vom Bahnhof in Richtung Baracke gingen. Es gibt solche und solche Nazis, sagte sich Rupert. Auch der Bürgermeister Egger war im Vergleich zum Sieder harmlos. Ängstlich starrten ihn die Russen an, da Rupert in der Wehrmachtsuniform steckte. – Wenn die wüßten, dachte er!

In Napplach saßen Fred und Rupert mit Richard und dessen junger Frau Rosi in der Rauchküche des niedrigen Bauernhauses um den Tisch. Nach Freds erstem Besuch hatte Richard sich die Sache überlegen wollen. Fred hatte bestimmt, Bertl beim nächstenmal gleich mitzunehmen. Auf Richards Stirn glänzte der Schweiß. „Das ist… es ist einfach viel zu gefährlich, Fred! Die machen kurzen Prozeß mit einem, wenn sie dahinterkommen. – Und gerade du, als ehemaliger Illegaler willst mich dazu bringen."

„Du bist beliebt hier", sagte Fred eindringlich, „du kommst in viele Häuser, beim Milchmessen. Du erfährst doch sofort, wenn irgendwo ein Verdacht auftaucht. Das Haus liegt günstig. Nachts kann der Bertl ungesehen aus der Teuchl herunterkommen und Nachschub abholen."

Richard sah, ein bißchen in die Enge getrieben, zu seiner jungen Frau. Die blickte unsicher auf den Tisch. Plötzlich sagte Fred: „Sobald ich *meine* Einberufung bekomme, bin ich auch da. Das kann nicht mehr lange dauern. Willst du dann wieder nein sagen?"

Rupert bot Richard eine Zigarette an. Man war sich sympathisch, keine Frage. Ganz so sei es nicht, begann Richard, daß er völlig unverdächtig sei. Der alte Nachbarbauer komme oft zum Feindsenderhören – die Rosi gehe dann ums Haus nachschauen, ob eh niemand in der Nähe sei. Selbst der alte Pfarrer frage beim Milchholen, was es denn Neues gebe. Und es wäre klar, was er meine. „Wer weiß, vielleicht haben mich die längst in Verdacht."

Fred drängte: „*Ich* komm' sicher, wenn es soweit ist. Und ob du da ein paar Monate früher oder später... Der Bertl ist übervorsichtig, da brauchst du keine Angst haben. Und wer weiß, vielleicht ist der Krieg in einem Monat schon vorbei."

„Verloren ist er längst", warf Rupert ein und wunderte sich selbst, wie wenig Zuversicht aus seinen Worten zu hören war.

Richard sah wieder zu seiner Frau. Die bedeutete ihm ihr Einverständnis. „Aber wenn irgend etwas schiefgeht", sagte er, „wir haben von nichts gewußt, das muß klar sein!"

Das Ehepaar war einverstanden, daß Rupert und Eva Sachen herüberbringen und einstweilen im Haus lagern würden. Rupert quälte dennoch die Angst, daß sich alles im letzten Moment wieder zerschlagen könnte. Sie stießen mit dem Vogelbeerschnaps an, den Rupert mitgebracht hatte. „Ich versteh' nicht", sagte Fred leichthin, als habe er das Gespräch schon vergessen, „daß ihr hier die Vogelbeeren einfach stehen läßt für die Vögel und daraus keinen Schnaps brennt."

Auf der Heimfahrt mußte Fred Rupert beruhigen. „Wenn der Richard einmal zusagt, dann hält das. Verlaß dich drauf!"

Rupert überlegte von nun an fieberhaft, wie alles im Detail zu bewerkstelligen sei. Eine Gefahr schien sich auf die andere zu türmen. Neue Probleme tauchten auf. An manchen Tagen, wenn Eva im Dienst war und er, eine Zigarette nach der anderen rauchend, grübelnd in der Wohnküche saß, glaubte er nur noch Schwierigkeiten und Hindernisse wahrzunehmen. Mutlos wollte er dann schon aufgeben und wieder an die Front zurückkehren. Vor allem deshalb, weil ihn die schrecklichsten Ängste um Eva zu quälen begannen. Daran habe er viel zuwenig gedacht, sagte er sich, was diese verfluchten Schweine mit der Frau eines Deserteurs anstellen würden. Bei der Vorstellung, die Gestapo würde Eva foltern, bekam er asthmatische Anfälle.

Er begann eine Liste alles dessen anzulegen, was er unter keinen Umständen vergessen durfte – und plötzlich hatte er die Idee mit dem Brief. Den Einfall mit der falschen Spur, die sie legen mußten. Ohne langes Nachdenken war er plötzlich in seinem Kopf gewesen. Alle Gedanken stürmten dann gleichzeitig auf ihn ein: Eva mußte sich vorbereiten. Sie mußten zumindest versuchen, die Verhöre zu *proben.* Aber wenn sie gefoltert wurde! Daran durfte er nicht denken. Tat es aber doch. Niedergeschlagen empfing er dann seine Frau und sagte, er sehe sich einfach nicht aus. Doch Eva bestärkte ihn, standhaft zu bleiben. Wenn sie an all die zerschossenen und verbrannten Männer dachte, die sie zu versorgen hatte. Oder daran, was ihr Rupert erzählt hatte. Wie knapp er schon mehrmals durch pure Zufälle mit dem Leben davongekommen war. Und wieviel Leid und Elend er über Menschen brachte, die ihm nichts getan hatten.

„Eva, ich glaube, es ist trotzdem besser, ich rück' wieder ein."

„Wegen mir nicht, Bertl!" entgegnete sie fest.

8

„Wir werden Ihnen die Nägel einzeln von den Fingern und Zehen abziehen, wenn Sie nicht zugeben, wo Ihr Mann ist. Sie haben alles genau geplant. Sie hatten einen ganzen Monat Zeit dafür!"

Eva war müde. Es traten ihr die Tränen in die Augen, wenn ihr Mann sie mit diesem veränderten, harten Ausdruck im Gesicht anherrschte. Rupert ließ sich erschöpft auf den Sessel sinken. Er zündete sich nervös eine neue Zigarette an. An die zwanzig *Verhöre* hatten sie schon hinter sich. Und jedesmal war ihnen ein Fehler aufgefallen. „Auch wenn sie freundlich zu dir sind", schärfte er seiner Frau ein weiteres Mal ein, „das ist nicht ehrlich gemeint, laß dich davon nur nicht täuschen, sie wollen einzig und allein etwas herauskriegen, das ist alles. Wenn es zwei sind, spielt einer oft den Brutalen und der andere den Freundlichen. Laß dich auf nichts ein. Bleib immer bei deiner ersten Aussage."

Täglich hatte er sie nun mit teils gleichen, teils neuen Fragen drangsaliert. Es fiel ihm nichts mehr ein. – Er hatte nur das bedrückende Gefühl, daß diese Vorbereitung nicht ausreichen würde. Er war überreizt. Nervös. Angespannt. Viel näher beim Aufgeben als beim Weitermachen. Eigentlich, sagte er sich, war er doch überhaupt nicht der geeignete Mensch für so ein Vorhaben. Der Fred, ja, der wäre es. Aber er!

Es war ein strahlend schöner Tag, als sie zum vierten Mal mit prall gefüllten Rucksäcken und Taschen nach Kolbnitz fuhren. Wäsche, Kochgeschirr, Lebensmittel – was hatten sie nicht schon alles hinübergeschafft, nach Napplach. Ruperts Gewehr, zerlegt und im Kleiderbündel versteckt, Munition.

Als sie den steilen Weg vom Bahnhof zur Möll hinuntergingen, zwitscherten laut die Vögel. Der strahlend blaue, wolkenlose Himmel – wenn sie doch nur Frieden hätten und dieser grauenvolle Nazi-Spuk endlich überstanden wäre! Was könnte das für eine schöne Wanderung sein! So aber beherrschte sie die Angst, jemand könne mißtrauisch geworden sein und sie fragen, weshalb sie denn so oft mit ihren Rucksäcken und Taschen da unterwegs wären. Sie gingen etwas schneller, über die Möllbrücke hinüber, dann im Schatten des Waldes den Weg entlang. Er war taunaß. Links der dichte Wald, rechts dann die Erlenau. Ein einzelner Heustadel.

An dieser Stelle sollte Rupert, wenn er dann in der Teuchl wäre, jeden ersten Montag im Monat auf Eva warten, im Schutz des Waldes. Mit seinem Fernglas könne er sie bereits von oben den Weg vom Bahnhof herunterkommen sehen. Das hatte er schon ausprobiert. Wäre er nicht da, solle sie die Lebensmittel zu Richard und Rosi bringen. Natürlich auch, wenn ihr jemand folgte. Sie hatten sich alles bestmöglichst überlegt, und Rupert wurde dennoch das belastende Gefühl nicht los, etwas Wichtiges vergessen zu haben. Seit einiger Zeit bewegten sich seine Überlegungen im Kreis.

Hoch droben stand heute die Danielskapelle in strahlendem Weiß. Unbekümmert um das, was vorging in dieser Welt. Keinen Augenblick konnten Rupert und Eva vergessen, daß sie nicht zum Vergnügen hier waren.

Der Tag, an dem Rupert wieder einrücken mußte, kam näher. Immer schneller, wie es ihnen schien, verging die Zeit. Ihre Nervosität nahm zu. Sie waren schon in Lend gewesen, beim Weichensteller Brutar, in dessen Wohnung Rupert vor Jahren ein winziges Zimmer gemietet hatte, als er beim Brückenbau in Lend beschäftigt gewesen war. Der kleine, verschmitzt-gutmütig wirkende Mann, dieser überzeugte Sozialist, mit dem Rupert so viele Stunden über die Weltpolitik gesprochen hatte, wollte genau wissen, wie es stand in Rußland. Ob das, was der englische Sender meldete, auch stimmte. Und rieb sich die Hände, als Rupert berichtete, daß es nur noch um Rückzug ging. Daß er es für unmöglich halte, daß die Deutschen den Krieg gewinnen würden. Vorausgesetzt, daß es sich bei dieser *Wunderwaffe*, die den *Endsieg* bringen sollte, tatsächlich nur um Propaganda handelte.

Rupert könne kommen, natürlich, sagte Brutar, und er wünsche sich, daß möglichst viele Soldaten nicht mehr mitmachten, bei diesem verfluchten Krieg. Rupert würde also am vereinbarten Abend in seiner Wehrmachtsuniform ankommen, sich bei den Brutars umziehen, in der Eisenbahneruniform nach Loifarn gehen und dort auf einen Güterzug aufspringen, um in einer leeren Bremshütte nach Kolbnitz zu fahren.

Berta, diese gute Haut, war sofort bereit gewesen, zum gegebenen Zeitpunkt nach Landeck zu fahren, um von dort den Brief aufzugeben, den Rupert und Eva eigens für die Urban geschrieben hatten, um eine falsche Spur zu legen.

Der Mieringbauer, mit dem Rupert, Eva und Fred den Plan nochmals durchgesprochen hatten, hatte zum Abschied gesagt: „Wenn es dir einmal schlecht geht, Bertl, kannst du jederzeit zu mir kommen."

Evas Eltern würden genausowenig erfahren, wie Rupert seinen Stiefvater eingeweiht hatte – so gerne er es auch getan hätte, es erschien ihm zu gefährlich, einen weitum bekannten Kommunisten zum Mitwisser zu machen.

Am Vortag seiner Abreise verabschiedete er sich von seinen Arbeitskollegen. Der Sieder kam dazu und Rupert brauchte alle Beherrschung, ihm nicht sofort an die Gurgel zu springen, als er schadenfroh bemerkte: „Ich beneide Sie, Maier, wirklich, *wie* ich Sie darum beneide, wieder an die Front zu dürfen! An vorderster Stelle mitzuwirken am Endsieg! – Unsereins muß sich halt opfern und der Heimatfront dienen!"

Rupert dachte daran, was er zu Eva gesagt hatte, dabei ans winzige Fenster der Dachstube tretend: „Dort, schau, genau von dort knall' ich ihn ab, den Sieder, wenn Dir etwas passieren sollte, das verspreche ich Dir! Das überlebt dieses Schwein nicht!"

Weinend waren sie sich lange in den Armen gelegen. Beide völlig übernächtigt und aufgeregt. Eva wollte ihre Angst nicht zeigen und Rupert vermied es ebenfalls, seine Befürchtungen auszusprechen. Sie standen im Halbdunkel der Wohnküche und hielten sich fest. Sie hatten nichts gegen das Grauen dieser Zeit als ihre Liebe, war ihr Eindruck; eine Liebe, die sie einerseits vor diesem Grauen retten wollten und von der sie andererseits hofften, gerettet zu werden. Sie wußten sehr genau, wie wenig das war. Wo so viel Mißtrauen, Lüge und das Lauern auf eine Schwäche beim Mitmenschen, aus der sich ein Vorteil schinden ließe, zu herrschen schien, und schon ein bißchen Menschlichkeit einen das eigene Leben kosten konnte.

9

Eva beobachtete aus ihrem Fenster, wann der Briefträger das Nachbarhaus erreichte und ging rechtzeitig vors Haus. Ihre Hand zitterte, als sie den Brief in Empfang nahm, ins Stiegenhaus trat und ihn öffnete. Wie sehr hatte sie befürchtet, nicht überzeugend genug weinen zu können, wenn sie den gemeinsam mit Rupert an ihrem Küchentisch geschriebenen Brief lesen würde, als ihr beim ersten Blick auf die Zeilen ganz ohne ihr Zutun die Tränen in die Augen schossen und sie laut zu weinen anfing. Und es gar kein gespieltes Weinen war, als sie schluchzend ganz langsam die Stiegen hinaufging. Im dritten Stock, wo die Urbans wohnten, setzte sie sich heulend auf die Treppe. Es dauerte auch nicht lange, da kam die Urban schon heraus. „Ja was ist denn, Frau Maier, haben Sie schlechte Post bekommen?"

„Ja. Der Bertl..."

Sogleich stürzte die Urban auf Eva zu, entriß ihr ohne ein weiteres Wort den Brief samt Umschlag und starrte auf das Papier.

Meine liebste Eva!

Es fällt mir so schwer, daß ich Dir diesen Kummer machen muß, aber ich finde keinen anderen Ausweg, daß ich mir mein Leben erhalten kann. Ich habe eine andere Route gewählt und bin jetzt in Landeck gelan-

det. Ich will über die Grenze gehen in die Schweiz zu meiner Großtante. Von meiner Zeit beim Bundesheer in Innsbruck kenne ich diese Strecke gut und wenn Gott mir hilft, werde ich es schaffen.
Liebste Eva, bitte verzeihe mir, daß ich Dir nichts davon gesagt habe! Ich wollte Dich damit nicht in Gefahr bringen!
Sollte ich gefangen werden, dann möchte ich mich für alles bedanken. Die Zeit mit Dir war die schönste in meinem Leben! Leider waren es erst vier Jahre. Aber so Gott will, kommst Du nach dem Krieg zu mir in die Schweiz.
Bitte sei mir nicht böse, ich konnte Dir von meinem Plan einfach nichts verraten, um Dich nicht in Gefahr zu bringen. Es ging nicht anders. Verzeihe mir!

Dein Dich immer liebender
Bertl

Kaum hatte die Urban das Schreiben gelesen, rannte sie nach einem Blick auf den Umschlag damit in ihre Wohnung, um sich Schuhe anzuziehen und in ihren Mantel zu schlüpfen.

„Aber mein Brief..." schluchzte Eva und streckte vergeblich die Hand danach aus.

Die Urban sagte nichts, als sie an ihr vorbei die Stiegen hinunterlief. Eva wußte, wohin. Sie ging in ihre Wohnung, und es dauerte nicht lange, bis die Urban kurz klopfte, sofort eintrat und sie noch ganz außer Atem hysterisch anfauchte: „Frau Maier! Sie müssen auf der Stelle zum Ortsgruppenleiter! Sofort! Ziehen Sie sich an und gehen Sie hinüber!"

Zitternd machte Eva sich mit weichen Knien auf den Weg. Drohend rief ihr die Urban noch nach: „Das wird Folgen für Sie haben! Da können Sie sich auf etwas gefaßt machen, Frau Maier! – Die Frau eines Fahnenflüchtigen, pfui Teufel!“ Sie knallte erbost ihre Wohnungstür zu.

10

Es war stockdunkel, als Rupert, zusammengekauert in dem Bremshäuschen des Güterzugs, seinen Rucksack, den er während der Fahrt zwischen die Beine geklemmt hatte, schulterte und sich etwas außerhalb von Kolbnitz, wo der Zug an Geschwindigkeit verlor, bereit machte für den Absprung.

Der Weg nach Napplach war menschenleer. Wie vereinbart, verbrachte Rupert die erste Nacht bei Richard und Rosi im Haus.

Noch vor dem Morgengrauen brach er in den Graben, die Teuchl, auf. Seine Wehrmachts- sowie die Eisenbahneruniform hatte er auf dem Hof versteckt. Gewehr, Munition, Kochgeschirr, ein gußeisener Rost für die Feuerstelle und Lebensmittel ließen den Rucksack schwer werden. Dazu trug er noch zwei vollgepackte Taschen.

Er erlaubte sich keine längere Rast, sondern stieg höher und höher. Der Himmel war bedeckt. Die Gegend tatsächlich *gottverlassen.* Trotzdem schrak Rupert bei jedem der seltenen Geräusche zusammen.

Der Platz, den er suchte, mußte in der Nähe einer Quelle liegen, es durften keine Pilze oder Beeren wachsen, keine Holzschlägerung bevorstehen. Stets schien zumindest *ein* Erfordernis nicht gewährleistet zu sein, sobald er an einer auf den ersten Blick passenden Stelle Halt machte. Rupert war übervorsichtig. Gleichzeitig bedrückte ihn die Ungewißheit, was wohl mit Eva passiert war. Er malte sich die schlimmsten Dinge aus – wie man sie abführte, nach Salzburg brachte, wo sie von der Gestapo gefoltert wurde. Fast glaubte er, ihre Schreie zu hören.

Er schwor sich nur eines: Wenn auch alles aus wäre, den Sieder würde er vorher noch umlegen, er würde ihn von jener Stelle aus abknallen, die er Eva gezeigt hatte.

Rupert irrte tagelang umher. Kein Platz schien ihm sicher genug zu sein. Kaum hatte er eine Stelle gefunden, wo er glaubte, bleiben zu können, da entdeckte er in einiger Entfernung ein großes Feld mit Heidelbeerstauden. Er wagte es noch nicht, sich ein Reh zu schießen. Machte auch kein Feuer. Aß nur vom mitgebrachten Proviant; Brot, Speck und Äpfel. Trank das klare Wasser aus der hohlen Hand. Nachts schlief er unter Bäumen. Er fror. In der Früh war seine Kleidung jedesmal unangenehm feucht. Die wenigen Stunden des Schlafes in unbequemen Lagen – immer wieder schreckte er hoch, nie schlief er länger als zwei, drei Stunden durch –, steigerten seine Nervosität. Kopfschmerzen machten ihm zu schaffen. Die Glieder taten ihm weh. Er litt unter Verspannungen. Befürchtete, womöglich in den ersten Tagen schon krank zu werden. Und seine Gedanken kreisten immer wieder um Eva. Er begann sich Vorwürfe zu machen: Niemals hätte er sie in diese Gefahr bringen dürfen! Die *geprobten* Verhöre – lächerlich! Als ob er eine Ahnung davon hätte, was denen einfallen würde!

Als ein Gewitter im Anzug war, suchte er Unterschlupf unter einem Felsen. Der Regen wurde heftiger. Als Bub übernachtete er in einer Hundehütte, jetzt hatte er es zu einem modrig riechenden, dreckigen Erdloch gebracht! Und beide Male auf der Flucht! So gerecht war es auf dieser Welt! Rupert kauerte sich auf die Erde; übernächtig, döste er im Sitzen ein, während es blitzte und donnerte. Plötzlich wurde er wach, als hinter ihm ein Sturzbach aus Geröll und Wasser – der Regen hatte den Felsen ausgeschwemmt –, in seinen Unterstand eindrang und ihn in kürzester Zeit mit Schlamm überschwemmte; seine Vorräte, seine Kleidung, alles war naß und voller Dreck. Rupert traten vor Wut und Verzweiflung die Tränen in die Augen. Er ballte die Fäuste. Und hätte am liebsten geschrien. Doch er mußte schleunigst seine Sachen zusammensuchen und in den wild prasselnden Regen hinaus; es blitzte und donnerte ununterbrochen und war, jetzt am späten Nachmittag, schon fast dunkel. Er schleppte sein Hab und Gut unter einen weit ausladenden Baum. Ließ sich an dessen Stamm zu Boden sinken und weinte wie ein kleines Kind. Alles war komplett durchnäßt, er fror, und es wollte nicht und nicht aufhören zu regnen. Längst boten die Äste des Baums nur noch geringen Schutz. Der Regen prasselte in einem fort. Frierend kauerte Rupert auf dem Boden. Er war völlig mutlos. Je schlechter er sich selbst fühlte, desto schlimmer bedrängten ihn die Ängste um seine Frau. Immer wieder machte er sich Vorwürfe, sie überhaupt dieser Gefahr ausgesetzt zu haben. Die würden kurzen Prozeß mit ihr machen, diese Gestapo-Schweine. Die hatten sie vielleicht schon nach Dachau gebracht! Und wenn die Deutschen den Krieg doch nicht verlieren würden, wenn es doch noch zum Einsatz dieser *Wunderwaffe* käme, daran durfte er gar nicht denken! Und tat es natürlich zwanghaft gerade dann, wenn er sich am schlechtesten fühlte, jede Hoffnung als illusorisch empfand.

Irgendwann vor vier Uhr früh ließ der Regen nach; Rupert versuchte sich durch Bewegung zu wärmen. Seine Sachen waren komplett durchnäßt. Und keine Sonne zum Trocknen in Sicht. Nur dichter Nebel, der rasch vom Tal aufstieg und alles einhüllte. Wenn er jetzt krank wurde, hier, allein in dieser Einschicht! – Eva! Ihr zuliebe mußte er durchhalten. Er selbst fühlte nur noch wenig Lebenswillen. Wie sollte diese Desertion gut ausgehen, wenn sie bereits so fatal anfing. Sein Hals kratzte. Die Nase troff. Hoffentlich bekam er kein Fieber!

Am ersten Montag jeden Monats, hatten sie vereinbart, würde Eva kommen. Nachschub bringen. Wenigstens ein paar Stunden mit ihm beisammen sein. Jetzt war er gut zwei Wochen in der Teuchl. Hatte während dieser Zeit noch mit keinem Menschen gesprochen. Überhaupt kein Wort laut gesagt. Keine warme Mahlzeit zu sich genommen. Kein möglicher Lagerplatz schien ihm sicher genug zu sein. Er irrte herum. Mitte der dritten Woche packte ihn plötzlich eine neue Panik: Er fürchtete, seine Stimme zu verlieren! So fing er an, leise Selbstgespräche zu führen. Wie fremd hörten sich seine eigenen Laute an! Er redete mit sich, redete mit Eva, und bemerkte auf einmal, daß er so sprach, als wäre sie tatsächlich anwesend – wurde er womöglich auch noch verrückt?! Er beantwortete ihre Fragen, erzählte, berichtete ihr; nachts wachte er auf: Er hatte sie im Traum gerade begrüßt.

Er wagte es noch nicht, zu Richard und Rosi hinunterzugehen, um sich weitere Sachen zu holen. Hatte auch Angst, dort eine Nachricht von Fred vorzufinden, daß Eva verhaftet worden wäre. Solange er keinen geeigneten Platz gefunden hätte, wo er sich einen Unterstand, einen Bunker bauen könnte, der ihm zumindest vor Regen Schutz böte, hätte es ohnehin keinen Sinn, das ganze Zeug mit sich herumzuschleppen.

Und er war weiterhin mit keinem Platz zufrieden, bis er eines Tages, verzagt, wie er war, in einem Selbstgespräch an einer Stelle anlangte, die sich dann als geradezu ideal erweisen sollte: Wasser in der Nähe, weder Pilze noch Beeren, und nur Jungwald, also keine Gefahr, daß Holzfäller auftauchen könnten. Hier würde er bleiben.

Noch in der selben Nacht brach er auf, um zum Hof hinunterzugehen und sich wie ausgemacht von Richard Werkzeug zu holen; man würde ihm den Haustorschlüssel versteckt und alles bereitgelegt haben. Er hoffte nur, daß der Hund, mit dem er sich vertraut gemacht hatte, wirklich so reagieren würde, wie alle es von ihm erwarteten: Daß er einen Bekannten begrüßen und nicht einen Eindringling verbellen würde...

11

Sieder saß hinter seinem Schreibtisch. Er bedeutete Eva mit einer knappen Kopfbewegung, sich auf den davor stehenden Stuhl zu setzen. Er warf noch einen kurzen Blick auf den vor ihm liegenden Brief, legte seine Hand flach darauf und fixierte Eva: „Lügen Sie nicht, Frau Maier! Sie wissen ganz genau, wo Ihr Mann ist!"

„Ja, aus dem Brief", nahm Eva allen Mut zusammen und hielt seinem unangenehm bohrenden Blick stand.

Sieders Augen wurden klein. Eva begann zu weinen. Aber sie wich ihm nicht aus. Sieder sprach ganz leise – und das klang bedrohlicher und unheimlicher, als wenn er geschrien hätte, als er sagte: „Halten Sie mich nicht für dumm, Frau Maier! Ihr Mann war jetzt ein ganzes Monat zuhause. Sie hatten Zeit genug, sich das alles auszudenken." Er machte eine Pause, dann fügte er so schneidend und kalt hinzu, daß Eva eine Gänsehaut bekam: „Sie wissen es! Aber verlassen Sie sich darauf, wir werden es herausbekommen!"

Am folgenden Morgen, Eva war gerade dabei, den Herd einzuheizen, um sich Malzkaffee zu kochen, holte sie ein Hilfsgendarm ab, um sie auf den Posten zu bringen.

„Ich geh' schon alleine", sagte sie. „Ich bin keine Verbrecherin, ich komme nach."

Der Inspektor machte eher einen gemütlichen Eindruck auf sie. Aber Rupert hatte sie gewarnt. Bloß kein Vertrauen haben! Es ist alles nur vorgetäuscht.

Der Mann, der bei ihrem Eintreten am Fenster gestanden war, zog sich die Uniformjacke gerade, setzte sich und bat Eva, Platz zu nehmen. Auf den Brief weisend, sagte er etwas verärgert: „Zum Ortsgruppenleiter hätten Sie gar nicht zu gehen brauchen – *wir* sind immer noch die erste Instanz in so einer Angelegenheit."

Das Schriftstück noch einmal eingehend betrachtend, sagte er unvermittelt: „Warum haben Sie sich das eigentlich so ausgedacht und nicht anders?"

Eva sah ihn verwundert an.

„Sie wissen doch, daß das nicht stimmt, was in dem Brief steht! Aber mich würde interessieren, warum Sie gerade auf die Schweiz gekommen sind?"

Eva flossen ganz von selbst die Tränen übers Gesicht.

„Wo ist er genau?"

„In ... in Landeck ... oder jetzt schon in der Schweiz, ich weiß das doch auch nicht. Wie soll ich es denn wissen. Er hat mir doch nichts ... nichts hat er mir gesagt. Kein Wort!"

Das Verhör, hatte Eva das Gefühl, werde etwas halbherzig geführt. Zumindest hatten Rupert und sie mit viel Schlimmerem gerechnet. Sie meinte sogar seitens des Inspektors ein klein wenig Sympathie zu verspüren. War sich aber nicht sicher, ob es ehrliche oder nur vorgetäuschte war. Ihr fiel plötzlich die Berta ein, die ihr damit Mut gemacht hatte, als sie ihr sagte: „Die wissen doch auch, daß der Krieg nicht mehr zu gewinnen ist. An allen Ecken und Enden werden die Deutschen zurückgedrängt." Irgendwie hatte Eva den Eindruck, als habe der Inspektor gar kein so großes Interesse daran, ihr wirklich auf die Schliche zu kommen. Als beschäftige ihn Wichtigeres als dieser Fall. Er besah sich erneut den Poststempel. Hielt den Umschlag gegen das Licht des Fensters. Landeck. Kein Zweifel. Nichts manipuliert. Der Brief war jedenfalls in Landeck aufgegeben worden.

Die Berta war ganz knapp vor Abfahrt des Zuges angerannt gekommen, außer Atem hatte sie beim Schaffner die Fahrkarte gelöst. Nach Bischofshofen. War also zuerst mehrere Stationen in die Gegenrichtung gefahren und erst von dort hatte sie einen Zug nach Landeck genommen. Der Sieder hatte natürlich sofort überprüft, ob in den letzten Tagen in Schwarzach jemand eine Fahrkarte nach Landeck gekauft hätte. Eva selbst hatte NSV-Dienst gehabt. Auch das wußte Sieder längst. Der Inspektor überflog mit Widerwillen im Gesichtsausdruck das Protokoll, das der Sieder angefertigt hatte. Er ließ Eva schließlich heimgehen. Nicht ohne ihr mit drohendem Unterton nachzurufen: „Wir sprechen uns noch!"

Bereits am nächsten Tag kam der Hilfsgendarm wieder. Der Inspektor war bleicher als am Vortag. Nervöser. Verärgert. Eva hatte sofort den Eindruck, daß Sieder dahintersteckte. Dem hatte das Ergebnis des gestrigen Verhörs bestimmt nicht gereicht. Sie hatte Angst davor, daß jemand von der Gestapo kommen oder daß man sie nach Salzburg bringen würde. Kaum daß sie saß, sagte der Mann ungehalten: „Jetzt geben Sie es schon zu, Frau Maier! Sie wissen, wo er ist. Und wir kriegen es sowieso heraus."

Eva begann wieder zu weinen. „Sie haben ja den Brief. Mehr weiß ich doch auch nicht. Wie soll ich denn mehr wissen, wenn er mir nichts gesagt hat."

Der Inspektor stellte sich ans Fenster und rauchte nervös eine Zigarette. Entweder war sie ihm persönlich sympathisch, oder er glaubte auch nicht mehr wirklich an die Nazis, hatte Eva wieder das Gefühl. Auch war offenkundig, daß er sich mit Sieders Befehlen nicht abfinden wollte. Der Mann ging zum Schreibtisch, klopfte auf das Papier und sagte: „Soll ich Ihnen das glauben, Frau Maier?"

Eva hielt ihre Hände hilflos im Schoß und nickte schluchzend. „Er wollte mich damit doch schützen, schreibt er, daß er mir nichts gesagt hat."

Rita, die NSV-Kollegin, mit der Eva ihren Dienst versah, diese warmherzige, hilfsbereite Frau, um gut fünfzehn Jahre älter als Eva, tröstete sie. Wenn der Inspektor die Angelegenheit nicht an die Gestapo weiterleite, habe sie wohl kaum etwas Schlimmeres zu befürchten. Sicherheitshalber wiederholte Eva auch Rita gegenüber, daß sie nichts wisse, ihr der Bertl kein Wort gesagt habe. Um sie nicht in Gefahr zu bringen, wie er geschrieben hätte.

Sie kaufte also, den Rucksack und zwei Taschen angefüllt mit Lebensmittel, eine Fahrkarte nach Hofgastein. Um zu ihren Eltern zu fahren, wie sie einflocht. Es war bekannt, daß sie aus Hofgastein stammte. Im Zug, auf der harten Holzbank, blieb sie dann einfach sitzen, fuhr weiter bis Kolbnitz. Dem Schaffner schien das nicht aufzufallen. Später hatte sie ihr Strickzeug dabei, da sie während der Fahrt durch den Tauerntunnel nicht wußte, wo sie hinsehen sollte, wenn der Schaffner durchging.

Eva fühlte sich gut an diesem Morgen. Anfang Juni, es war frühsommerlich warm, vereinzelt blühten noch Obstbäume. Lautes, unbekümmertes Vogelgezwitscher versetzte sie in eine Stimmung, als könne überhaupt nichts schiefgehen. Der Inspektor hatte allem Anschein nach die Sache tatsächlich auf sich beruhen lassen und nicht an die Gestapo weitergeleitet. Vielleicht auch, um dem Sieder eins auszuwischen. Einmal, Eva war auf dem Weg in ihren Gemüsegarten gewesen, hatte sie der Sieder gestellt und drohend angefaucht: „Glauben Sie nicht, daß die Angelegenheit schon erledigt ist! Glauben Sie nur das nicht!“ Ihre Knie hatten geschlottert, und sie hatte sich in der folgenden Nacht bis drei Uhr früh schlaflos in ihrem Bett gewälzt.

Ganz allgemein begannen einige Nazis im Ort unruhig zu werden. Die Alliierten waren überall im Vormarsch. Berta hatte wohl recht, wenn sie sagte, daß auch die Bonzen Fremdsender hörten. Seit Ruperts Desertion bekanntgeworden war, wurde Eva von verschiedenen Leuten demonstrativ nicht mehr gegrüßt. Manche wechselten sogar auf die andere Straßenseite, wenn sie ihr begegneten. Es gab Menschen, die schienen offenbar Angst zu haben, sich allein durch einen Gruß der Komplizenschaft verdächtig zu machen. Andere wiederum erkundigten sich heuchlerisch, ob sie denn noch immer nichts von ihrem Mann gehört habe. Nein so was, gerade jetzt vor dem Endsieg noch fahnenflüchtig zu werden, da sei ihr schon etwas Schlimmes passiert.

Berta machte ihr Mut. Auch Fred erklärte sich zu jeder Hilfestellung bereit. Er wisse nicht, wie lange er noch als unabkömmlich gelte bei der Bahn. Sobald seine

Einberufung käme, sei er beim Bertl drüben, das versichere er ihr.

Eva war erfüllt von der Vorfreude auf Rupert. Einen ganzen langen Monat hindurch hatten sie nichts voneinander gehört. Jetzt, so voller Zuversicht, zweifelte sie nicht im geringsten daran, daß es Rupert gut ging. Es war so wunderschön in Kolbnitz. Wolkenlos blau. Eva wäre dazu aufgelegt gewesen, Rupert übermütig zuzuwinken, der sie mit seinem Fernglas schon sehen mußte, wie sie die steil abfallende Straße vom Bahnhof zur Möll hinunterging. Doch sie wollte nicht leichtsinnig werden. Sah sich auch unauffällig nach Verfolgern um. Beim vorgetäuschten Schuhebinden etwa stellte sie fest, daß sie allein war. Wie gerne wäre sie trotz des schweren Rucksacks und der prall gefüllten Taschen gelaufen, nachdem sie die Möll überquert hatte. Weit und breit war niemand zu sehen. Also ging sie zumindest schneller. Etwa fünfzig Minuten brauchte sie, bis sie die vereinbarte Stelle erreichte. Dort hörte sie auch schon den Pfiff. Wild begann ihr Herz zu hämmern. Unauffällig, obwohl ihr niemand gefolgt war, sah sie zum Wald. Und erschrak so, daß ihr die Taschen fast aus den Händen gefallen wären! Der ungekämmte, verwahrlost wirkende Mann, der da unter den Bäumen hervortrat, war bleich, hatte gerötete Augen und eingefallene Wangen; die Bartstoppeln entstellten sein Gesicht. Er hustete. Sah sich ängstlich nach allen Seiten um, nahm ihr schnell Taschen und Rucksack ab und flüsterte ihr zu, ihm zu folgen. Sie tauchten in das Dunkel des Waldes ein. Rupert hastete ihr voran, sie hatte Mühe, nachzukommen. Was war nur los mit ihm? Um Himmelswillen, was war geschehen? Nach etwa zehn Minuten blieb er endlich stehen, drehte sich um, stellte Taschen und Rucksack ab, und sie fielen sich in die Arme. Küßten sich. Hielten sich fest. Danach bemerkten sie, daß sie beide weinten. Er sprach so gehetzt, als er ihr leise erzählte, daß er solche Angst um sie gehabt habe und es ihm sauschlecht gegangen sei, sauschlecht! Er habe nur daran denken können, was man bloß mit ihr anstellen würde. Von Tag zu Tag seien seine Befürchtungen unerträglicher geworden.

Eva berichtete ihm knapp, daß alles gutgegangen sei, daß er sich überhaupt keine Sorgen zu machen brauche. Daß allem Anschein nach kein Bericht an die Gestapo geschickt worden war. „Der Brief. Ich glaube, der Brief hat den Inspektor überzeugt. Auch versteht er sich mit dem Sieder nicht, habe ich den Eindruck." Rupert begann sich nach und nach etwas zu beruhigen. Er habe schon mit dem Bunkerbau angefangen, unter einem Palven endlich nach langem Suchen einen idealen Platz gefunden. Ob sie ihn dorthin begleiten, diese Nacht bei ihm bleiben wolle, da das Wetter so schön sei. Über eine Stunde müßten sie aber sehr steil bergauf gehen. Während des Gehens erzählte er ihr Einzelheiten und wollte auch von ihr alles im Detail wissen. Sie berichtete ihm von der Urban, daß die sich haargenau so verhalten habe, wie sie es erwartet hätten.

Nur ganz kurz entspannte sich Ruperts Gesicht, als er schmunzelte: „Nun hat also das fanatischste Nazi-Weib aus ganz Schwarzach bei dieser Desertion mitgeholfen."

„Und der Inspektor, glaube ich, tut am liebsten das Gegenteil von dem, was der Sieder von ihm verlangt."

Bei der Berta bedanke er sich so, sagte Rupert. Ohne auch nur eine Sekunde zu zögern, hatte sie schließlich zugestimmt. Und das, wo alle derart große Angst hatten. Jetzt hoffe er, von Zeit zu Zeit bei Richard und

Rosi Neues zu erfahren, wie es stünde, wann dieser verfluchte Krieg endlich aus sein werde.

Nein, langweilig sei ihm überhaupt nicht. Der Bunkerbau halte ihn ständig auf Trab. Später wolle er sich auch einmal ein Reh schießen. Bis jetzt habe er praktisch nur gejausnet. Und von früh bis spät irgend etwas zu tun gehabt. Sie solle nicht erschrecken, es sei alles natürlich äußerst primitiv, so wie er jetzt hause. Er könne ihr gar nicht sagen, wie sehr er sich nach einem richtigen Bett sehne, einer Waschgelegenheit oder wenigstens nach einem Abort.

Eva wunderte sich, daß Rupert sein Versteck so mühelos wiederfand. Derart entlegen, wie es war. „Da bist du sicher", flüsterte sie, als sie auf der Decke vor dem Bunkereingang lagen und sich umarmten. Er halte es fast nicht aus ohne sie. Ihr ergehe es ebenso. Hoffen wir, daß das bald vorbei ist. Dann kann uns nichts mehr trennen. Überhaupt nichts! Dann wird alles schön werden, so wunderschön. „Am besten wäre es", sagte er, „wenn einfach keiner mehr hingehen würde. Immer sehe ich die Panzerketten vor mir, wie die einen Kameraden in den Dreck gefahren haben. Der Panzer hat sich auf dem Stand um die eigene Achse gedreht und den Mann zermalmt."

Er sei oft so mutlos. Verbittert. Vor allem jetzt, wo ihm vieles durch den Kopf gehe. „Nach allem, was ich in meiner Kindheit mitgemacht habe, wollte ich das immer noch nicht glauben, aber es ist so: Der Nächstbeste läßt dich umbringen, wenn er nur die Gelegenheit dazu hat. Und glaubt, dadurch für sich einen winzigen Vorteil herausschinden zu können. Ich…" Sie schloß ihm mit ihren Lippen den Mund.

12

Schwester Ehrentrudis war verwirrt. Im Laufschritt unterwegs durch die Gänge des Krankenhauses Schwarzach, versuchte sie zur Besinnung zu kommen. Was ihr jedoch schon bei der Morgenandacht in der Kapelle einfach nicht gelingen wollte, schaffte sie auch nicht im Getriebe des Krankenhausalltags. In jeder Operationspause lief die OP-Schwester ziellos umher. Auf der Flucht vor dem, was einer Ordensschwester auf gar keinen Fall passieren durfte!

Ihre beste Freundin war vor kurzem aus dem Orden ausgetreten, um einen Mann zu heiraten, den sie als Patient kennengelernt hatte. Gestern, Sonntag, beim Spaziergang der beiden Frauen nach Schernberg, hatte Schwester Ehrentrudis ihrer Freundin mit heißem Gesicht gestanden, daß es sie jetzt auch erwischt habe. So schlimm erwischt, daß sie unablässig an ihn denken müsse und im Grunde bereit sei, ebenfalls auszutreten. Noch dazu, wo sie höre, wie glücklich ihre Freundin in der Ehe sei. Doch in ihrem Fall sei alles leider aussichtslos: Der betreffende Mann sei beim Wildern angeschossen worden und noch dazu verheiratet! Verzwickter ginge es gar nicht. Nein, so viel sie auch für ihn empfinde, sie müsse sich wohl damit abfinden, daß es hoffnungslos sei. Sie warte auf ein Zeichen. Gott würde für sie entscheiden. Darauf vertraue sie ganz fest.

Gottlieb Maier setzte sich im Bett auf und zwinkerte seinem Freund Fred zu: „Bildhübsch, sag ich dir. Das wär' schon was." Er denke daran, ob sie ihn nicht irgendwo im Schwesterntrakt verstecken könne. Nun, wo feststehe, daß er diesmal für das Wildern statt einer Gefängnisstrafe die Einberufung zu einer Strafkompanie an die Front ausgefaßt habe. Ein sicheres Todesurteil.

Fred hatte allerdings einen besseren Vorschlag. Er weihte Gottlieb ein, daß Rupert keineswegs in der Schweiz sei. „Dort, wo der Bertl ist, wär' noch Platz für dich. Die Lisbeth könnte dich von Böckstein aus versorgen, ohne zu sehr aufzufallen."

Gottlieb starrte geradeaus. Fred sagte: „Für diese Kindereien ist jetzt wirklich nicht die Zeit, Gottlieb. Jetzt heißt es zusammenhalten. Ihr werdet euch schon vertragen!"

Schwester Ehrentrudis sollte erleichtert sein: Gott hatte entschieden. Aus. Schluß. Und sie sagte sich, daß es so am besten sei. Vor allem, nachdem sie beobachtet hatte, daß Gottlieb auch mit einer weltlichen Schwester anbandeln wollte. Aber als er sich – trotz der schon gut ausgeheilten Schußwunde am Bein noch hinkend – bei einem Spaziergang im Garten des Krankenhauses bei ihr unterhakte, und sie seine Berührung spürte, eine ihr verbotene und von ihr dennoch herbeigesehnte, schien ihr das Herz stehenzubleiben. Er hatte auch gar nicht so überlegen und unbekümmert gewirkt wie sonst, ganz im Gegenteil, geradezu ängstlich hatte er sie immer wieder hilfesuchend angesehen, mit einem berührend kindlichen Ausdruck im Blick, angesichts des Ungewissen, das ihn nun erwarten würde. Es gehe nämlich auch dabei um Leben und Tod, sagte er. Nicht nur in der Strafkompanie. Sich irgendwo in den Bergen zu verstecken. Nein, hatte die Schwester schnell ihren Finger auf den Mund gelegt, mehr solle er ihr nicht verraten. Der Primar Krönn sei ein fanatischer Nazi und versuche die Schwestern dauernd mit Fangfragen zu überlisten. Erst vorgestern hatte er Ehrentrudis einen Nazi-

Witz erzählt und sie forschend angesehen, wie sie darauf reagiere. Und sie hatte zu einer Notlüge greifen müssen und unschuldig behauptet, das verstehe sie nun aber gar nicht, wie er das denn gemeint habe – das komme wohl daher, daß sie sich in der Politik überhaupt nicht auskenne, weil sie sich dafür nicht interessiere. Aber sie wolle Gottlieb helfen. Und wer immer sich dort noch versteckt halte, könne ebenfalls mit ihrer Hilfe rechnen. Schmerzpulver wäre ihr möglich zu geben. Und das eine oder andere Mal Zigaretten. Ihre Brüder seien an der Front, sie brauche die Raucherkarten nicht. Ab und zu schenkten ihr Patienten Kleinigkeiten – Schnaps etwa, all das könne sie ihm überlassen.

Die Frau seines Namensvetters hier aus Schwarzach, Eva Maier, sagte er, könne ihm alles zukommen lassen, was sie für ihn habe. Ihr Mann sei nämlich schon dort, wo er hinzugehen beabsichtige.

Schwester Ehrentrudis' Augen wurden naß. Sie drehte den Kopf so, daß er nur den Flügel ihrer Haube sehen konnte. – Sie *durfte* einfach nicht glauben, daß Gott es nicht gut mit ihr meine! Er hatte eine bestimmte Aufgabe für sie vorgesehen. Und der würde sie entsprechen. Voll und ganz.

Als die beiden Gendarmen in Böckstein in aller Frühe bei Lisbeth Maier klopften, um ihren Mann abzuholen, sagte sie erstaunt: „Der ist doch schon eingerückt. Der hat doch an die Front müssen. Strafkompanie!"

Dem traute man das schon zu, abzuhauen, ohne seiner Frau ein einziges Wort zu sagen. Dem Gottlieb schon. Auf dem Gendarmerieposten unterschrieb Lisbeth das Protokoll. Und machte sich von nun an vorerst zweimal im Monat auf den Weg nach Napplach.

Die Bahnwache ängstigte sie. Beim ersten Mal, als sie bei ihrem Mann im Bunker übernachtet hatte, fuhr sie dann noch nach Mühldorf, um einen Rucksack voll Äpfel zu kaufen, falls jemand fragen sollte, was sie denn in Kärnten zu tun gehabt hätte. Später fuhr sie immer zuerst in die Gegenrichtung, nach Schwarzach, von dort zurück und durch bis Kolbnitz. Meist nur mit einer kleinen Tasche – Fred reichte ihr einen vollen Rucksack durchs Zugfenster.

13

Die beiden Männer schaufelten schwitzend mit bloßen Oberkörpern; Rupert sah auf und strahlte Gottlieb an, der grinste: „Das wird noch eine Villa, was, Bertl?"

Sie setzten sich, um zu jausnen. Seit vier Tagen waren sie nun beisammen. Es war gut gegangen. Rupert schlief jetzt besser als vor Gottliebs Ankunft. Beide hatten das Thema Jagd vermieden. Rupert, froh, nicht mehr allein sein zu müssen, wollte keinesfalls damit anfangen. Gottlieb schien sich ebenfalls bewußt zurückzuhalten. Sie scheuten sich, damit jene Konflikte aufleben zu lassen, die ihnen in der Vergangenheit zu schaffen gemacht hatten. Die Rivalität als Jäger, als Wilderer. Rupert wußte nicht nur, daß er der bessere Schütze war, er könnte es auch jederzeit beweisen. Und es würde ihm schwer fallen, nicht damit zu prahlen, sobald Gottlieb seinerseits wieder mit seinen Jagdkünsten angeben würde. Verrückt, dachte sich Rupert, in ihrer jetzigen Lage auch nur einen einzigen Gedanken an diese Konkurrenz aus der Vergangenheit zu verschwenden! Und doch tat er es. Auch bei Gottlieb hatte er den Eindruck, daß es ihm nicht leicht falle, das Thema unerwähnt zu lassen.

Das Wetter war schön, und sie waren von früh bis spät mit dem weiteren Ausbau des Bunkers beschäftigt. Zwei einfache Pritschen aus Holzstangen machten sie nach ihrer Fertigstellung so glücklich, daß sich die beiden Männer spontan umarmten. Im vorderen Teil des Bunkers hatten sie die Feuerstelle aufgebaut. Nachts schlichen sie des öfteren zum Hof von Richard und Rosi hinunter. Die sagte zu Rupert, als sie einmal um den Küchentisch saßen: „Du fängst ja schon an zu stinken – laß mir das nächstemal dein Gewand da, ich wasche es für dich!"

Bevor sie wieder zu ihrem Versteck aufstiegen, stahlen sie aus den Gärten der umliegenden Häuser Gemüse. Nirgends so viel, daß es besonders auffallen oder die Besitzer zu sehr verärgern würde. Rupert war es wieder, der zur Vorsicht mahnte. Gottlieb sah das auch ein. Obwohl er zuerst gereizt gewirkt hatte, ganz so, als habe er das Gefühl, daß Rupert sich als Chef aufspielen wolle. Auch Rupert spürte, wie wenig belastbar ihre Beziehung war und schlug schnell einen besänftigenden Ton an.

Sie schleppten Bretter und Nägel für den Bau einer Vorratskiste hinauf. Rupert schlug vor, alle ihre Lebensmittel zusammenzulegen und dann gerecht aufzuteilen. Gleichgültig, wer von seiner Frau mit mehr oder Besserem versorgt werden würde. Und so beiläufig wie möglich kündigte er eines Abends an, am nächsten Tag zu versuchen, ein Reh zu schießen. Schnell fügte er hinzu: „Wir können uns abwechseln." Er wolle so hoch aufsteigen, wo mit Sicherheit kein Jäger mehr hinkomme. Das Anpirschen sei das Entscheidende. Möglichst nahe heranzukommen. Rupert lag auf seiner Pritsche und sprach halblaut, während er ganz langsam und genußvoll rauchte. Wenn er daran denke, wie er in der Arbeitslosenzeit für einen Freund im Pinzgau gewildert habe. Drei Kinder und nichts zum Beißen daheim! „Dieser verdammte Ständestaat!“ Er stieß laut den Rauch aus. Nie im Leben werde er vergessen, wie er den Hirsch, den er der adeligen Großgrund- und Waldbesitzerin fast direkt vor der Nase weggeschossen, dann bei Vollmond einen Bach hinuntergeflößt habe. Wo ihm das Tier dann vom Wasser weggerissen worden und in einer Schlucht gekreist sei, im Sog eines Strudels, während das Vollmondlicht im Wasser geblinkt habe. Rupert durfte sich nicht hineinsteigern. Und nichts passierte ihm leichter als das, sobald es um die Jagd ging. „Wenn ich etwas schieße, gibt es Gulasch. Das wurde in Rußland am meisten gelobt, als ich Koch war. Schlaf gut, Gottlieb“, sagte er. Dieser brummte etwas, als sei er schon fast eingeschlafen.

Beim Morgengrauen stieg Rupert auf. Testete immer wieder die Windrichtung. Kein Wild in Sicht. Nichts. Sein Gewehr schußbereit, war er schon nahe daran, aufzugeben. Doch beim Gedanken an Gottlieb packte ihn der Ehrgeiz. Er erinnerte sich daran, wie Gottlieb ihn einmal vor einer ganzen Wirtshausrunde bloßgestellt hatte. Rupert sei doch überhaupt nicht dieser gewaltige Schütze, als der er immer auftrete. Er streifte weiter durch den Wald. Bald wurde es Mittag. Stundenlang war er vergeblich auf der Pirsch gewesen. Auf einmal war ihm die Vorstellung unerträglich, mit leeren Händen zu Gottlieb zurückzukommen. Verbissen machte er weiter. Es war bereits früher Nachmittag, als er das Reh vor die Flinte bekam und mit einem sicheren Schuß erlegte. Laut hallte der Knall durch die vollkommene Stille in der Teuchl. Mit dem bekannten

Hochgefühl, erfolgreich gewesen zu sein, rannte er zu dem Tier, legte es sich über die Schultern und stieg ab.

Nach mehrmaliger Rast, steuerte er ihr Lager nicht direkt an. Nahm einen anderen Weg. Wollte zuerst mit seinem Fernglas überprüfen, ob alles in Ordnung wäre. Auch wenn er sich überhaupt nicht vorstellen konnte, warum es das nicht sein sollte. Nur einen kurzen Kontrollblick wolle er durch das Glas werfen, sagte er sich. Und ihm stockte der Atem, als er den Bunkereingang scharfgestellt hatte – und eindeutig *zwei* Männer ausmachte! Ja, im Halbschatten der Höhle saß Gottlieb. Und, mit dem Rücken nach außen – ein unbekannter Mann! Hielt der Gottlieb in Schach? War ihr Versteck entdeckt worden? War auf seinen Schuß hin ein Jäger aufgestiegen und dabei zufällig auf Gottlieb oder den Bunker gestoßen? Sollte er den Fremden erschießen, wären noch weitere Personen in der Nähe? Fieberhaft überlegte Rupert. Mit dem Tier auf dem Rücken fühlte er sich zu unbeweglich. Er legte es ab, versteckte es im Jungwald und begann sich anzuschleichen, sein Gewehr im Anschlag. Der Unbekannte erhob sich, stand auf und es sah danach aus, als halte er eine Waffe. Rupert konnte es nicht genau erkennen. Er richtete sich halb auf, legte kniend an. In diesem Augenblick hörte er hinter sich ein Geräusch und spürte im nächsten Moment den Lauf eines Gewehres im Rücken, gleichzeitig befahl eine ihm nicht bekannte Männerstimme: „Waffe hinlegen! Aufstehen!“

14

In jeder freien Minute strickte Eva für verschiedene Bauern – sie bekam Speck dafür, Brot, Butter, Eier und gelegentlich eine Mehlkarte, die sie zu Rosi nach Napplach bringen wollte, damit diese dort für Rupert einkaufte. Sie hatte schließlich für zwei Personen zu sorgen, ihre Rationen waren jedoch nur für eine berechnet. Und sie mußte unendlich vorsichtig sein. Seit Gottlieb auch in der Teuchl war, steckte ihr die Schwester Ehrentrudis immer wieder etwas zu, damit sie es ihm bringe.

Als sie nach dem 20. Juli bei Berta in der Wohnküche saß und Hitler wieder aus dem Radio bellen hörte, war sie völlig entmutigt. Als sei der tatsächlich nicht umzubringen, hatten die beiden Frauen das Gefühl. Da könne anscheinend geschehen was wolle, Hitler bleibe am Leben. Vor ihm gingen offenbar alle anderen drauf. Auch Berta, die zuversichtlichere von beiden, sprach an diesem Abend kaum. All jene Nazis im Ort, denen schon eine gewisse Unsicherheit angesichts des wohl zu verlierenden Krieges anzumerken gewesen war, nachdem vom Einsatz der *Wunderwaffe* nichts zu hören war, schwenkten nach dem fehlgeschlagenen Attentat sofort wieder um. „Die rennen immer zum größeren Haufen", sagte Berta, „ganz wurscht, wo der hinrennt."

Eva war klar, daß Rupert nicht die geringste Chance hätte zu überleben, wenn man ihn fände. Und wer sagte ihr, daß das Versteck tatsächlich so unauffindbar war, wie sie sich eingeredet hatte! Man würde ihn kurzerhand über den Haufen schießen. Einfach abknallen. So wie die Deserteure von Goldegg Weng. Und der Krieg wollte nicht und nicht zuende sein. Obwohl die Alliierten im Vormarsch waren, ging es Eva viel zu langsam.

Überall wurden diese trostlosen Volkssturmeinheiten aufgestellt, in die Alte und Kinder gehetzt wurden. Eva hatte auch wieder ihre Regel bekommen und fühlte sich einsam und deprimiert. Saß da und weinte. Berta schien heute gleichfalls kaum Kraft zu haben, ihre Angst zu bewältigen. Seit ihr Mann eingezogen worden war, nachdem er sich geweigert hatte, eine SA-Uniform anzuziehen, rechnete sie täglich mit dem Schlimmsten. Zudem hatte er ihr vor seiner Abfahrt angekündigt, daß er auch desertieren werde.

Eva konnte das Elend um sich kaum noch ertragen. Die stöhnenden, fluchenden, weinenden oder nur verstört schweigenden Männer – zerschossen, verbrannt, amputiert.

Es war gegen Ende Juli, ein Wettersturz hatte nach heißen Tagen empfindliche Abkühlung gebracht, als Eva auf einen Sprung zu einer Freundin ging, die den Bahnhofskiosk betrieb. „Ja Eva“, sagte die sofort, „was ist denn los mit dir? Du bist ja ganz rot im Gesicht. Hast du Fieber?“

Eva fühlte sich zwar nicht gut, glaubte jedoch nicht, Fieber zu haben. Wieder bei der Arbeit, griff ihr auch Rita mit ernstem Gesicht auf die Stirn. Sie gab ihr das Thermometer. – Es waren vierzig Grad! Sie müsse sofort ins Spital, bestimmte Rita. „Womöglich bist du gar mit Typhus angesteckt worden von den Soldaten!“ Sie wünschte Eva alles Gute und sah ihr besorgt nach.

Im Krankenhaus fragte sie zuerst nach Ehrentrudis, die als OP-Schwester zwar nicht zuständig, aber die einzige war, die sie kannte. Auf dem Weg ins Zimmer flüsterte Ehrentrudis ihr zu, sie solle um Himmels willen nicht erwähnen, daß sie die Frau vom Maier wäre. „Der Primar Krönn ist so fanatisch, man weiß nicht, was dem einfällt.“

Ein junger Arzt meinte im Vorbeigehen wichtigtuerisch: „Eindeutig: Typhus!“ Die Diagnose schien ihn zu befriedigen. Für eine Untersuchung nahm er sich jedoch nicht die Zeit.

Später verabreichte man Eva Spritzen. Sie fühlte sich matt und machte sich große Sorgen, jetzt ihre monatliche Fahrt nach Napplach nicht einhalten zu können. In einer Woche wäre es wieder soweit. Rupert würde sich ängstigen. Als Berta zu Besuch kam, sagte sie sofort: „Dann fahr halt ich hinüber.“ Eva war erleichtert und schlief ein. Nach drei Tagen war das Fieber weg – und Eva gesund! Sie konnte es sich selbst nicht erklären. Im Spital war man nur froh, wieder ein Bett frei zu haben.

Im Stiegenhaus begegnete ihr die Urban. Sie blieb stehen und sagte triumphierend: „Jetzt haben sie es also erreicht, die Fahnenflüchtigen vom Böndlsee. Alle werden sie ausgesiedelt, die Bauern von Weng, alle in die Ostgebiete! Die Waggons sind schon angefordert worden!“ kreischte sie immer lauter. „*Sie* können auch stolz sein auf Ihren Mann! Sehr stolz! Den Führer und das ganze deutsche Volk in dieser schweren Stunde allein zu lassen! Sich in der Schweiz ein schönes Leben zu machen, während andere bluten“, spuckte sie auf den Boden und rannte die Stiegen hinunter. Danach kam sie noch einmal herauf, um atemlos hervorzustoßen: „Nach dem Endsieg ... dann ... glauben Sie nicht, daß Sie so davonkommen werden! Dann wird aufgeräumt, aber ordentlich, darauf gebe ich Ihnen mein Ehrenwort!“

Benommen sperrte Eva die Wohnungstür auf. Sie fühlte sich noch sehr geschwächt und wollte sich setzen. Da schrak sie zusammen, als sie eine Männerjacke über einen der Küchensessel gehängt sah. Rupert! Er war doch nicht etwa ... Schnell schloß sie die Tür und sperrte ab. „Rupert?“ fragte sie leise in den Raum hinein. „Bist du da?“ Keine Antwort. Auf Zehenspitzen schlich sie mit laut pochendem Herzen und weichen Knien zum Schlafzimmer, öffnete vorsichtig die Tür: „Rupert?“ Nichts rührte sich. Sie glitt zu Boden, sah unter die Betten, in den Kasten – nichts. Niemand da. Sie ging wieder in die Wohnküche und plötzlich erinnerte sie sich daran, daß sie die Jacke vor ihrer Erkrankung fertig gestrickt und völlig darauf vergessen hatte. Jetzt hing sie genau so über der Sessellehne, wie Rupert immer seine Jacken hingehängt hatte! Der Blick verschwamm ihr. Sie weinte lautlos. Die Jacke müßte vor ihrer nächsten Fahrt nach Napplach noch zum Mieringbauern gebracht werden. –

Sie wußte doch, wie die Urban war, und dennoch schnürte ihr die Begegnung von vorhin die Brust zu. Eva rang nach Atem. Weit öffnete sie das Fenster. Sog tief die frische Luft ein. Wollte denn überhaupt nichts gelingen, was gegen diese Mörder unternommen wurde, ging alles schief? Die Angst um Rupert war sofort wieder im Vordergrund. Seit die Deserteure vom Böndlsee umgebracht worden waren, Anfang Juli, und jetzt auch das Attentat gescheitert war, fiel es ihr von Tag zu Tag schwerer, an einen guten Ausgang von Ruperts Desertion zu glauben. Diese Geschichte mit der Aussiedlung der ganzen Bevölkerung, von der die Urban gesprochen hatte. Alles schwirrte ihr durch den Kopf. Sie mußte sich auf den Diwan legen. Wie es dem Bertl wohl in der Zwischenzeit ergangen war? So ganz ohne jede Nachricht sein zu müssen, war entsetzlich. Dabei hatte sie nach ihrer ersten Fahrt nach Napplach sogar mit dem Gedanken gespielt, Rupert könne ihr doch schreiben. Warum denn nicht? Seine Vorsicht war ihr damals übertrieben vorgekommen. Die Stille in der Wohnküche wurde immer größer und bedrängender. Überdeutlich spürte sie die Einsamkeit. Sie lag auf dem Diwan und brauchte einige Zeit, bis sie das leise Klopfen an der Tür wahrnahm. Berta schlüpfte herein, um ihr aufgeregt zu berichten, daß sie am Vortag, kurz nach ihrem Besuch bei Eva im Spital, ein Fremder angesprochen habe. Er sei der Xandl und komme von ihrem Mann; der Peter habe ihm gesagt, sie könne ihn nach Kärnten in ein sicheres Versteck zu anderen Deserteuren bringen. „Er wird am nächsten Montag schon im Zug sitzen, in Kolbnitz aussteigen und uns unauffällig nachgehen."

15

Die Männer schüttelten sich die Hände. Rupert war noch bleich. Und lachte erleichtert, als er sich mit dem Jackenärmel den Schweiß von der Stirn wischte: „Der Fred bringt uns ja die halbe Armee herauf – da kann der Krieg sowieso nicht mehr lange dauern."

Bei hellichtem Tag waren sie aufgestiegen. Fred hatte nicht länger bleiben können, da er Dienst hatte. Drei Freunde hatte er mitgebracht: Kurt, einen Bahntischler aus Kitzlochklamm, dessen Freund Willi – der Bauernsohn aus Taxenbach war ein wenig herumgestreift, um die Gegend zu erkunden, und hatte dabei Rupert *gestellt* –, und Wastl, ein Freund von Fred aus Gastein, der im Bunker lag und seinen Rausch ausschlief. Nachdem Rupert mit leeren Händen gekommen war, sagte Gottlieb höhnisch: „Geschossen hast auch jede Menge – er ist nämlich *der* Meisterschütze, müßt ihr wissen."

Rupert entgegnete nichts, stand auf und holte das Reh aus dem Versteck. Gottlieb verzog sein Gesicht zu einem gezwungenen, säuerlich ausfallenden Grinsen: „Meisterschütze, sag' ich doch die ganze Zeit."

„Das nächstemal bist eh du dran“, versetzte Rupert ungehalten und versprach, daß es noch diese Nacht Gulasch geben werde. Solange es hell war, wäre der abziehende Rauch zu gefährlich. „Warm gekocht kann immer nur nachts werden.“ Danach begann er, das Wild aufzubrechen – einige exakte Schnitte mit dem Messer und er konnte, mit der Faust zwischen Fleisch und Fell stoßend, mühelos die Decke des Tieres ablösen.

Das treffe sich ja wunderbar, daß Kurt Tischler sei – mit dem Bau ihrer Vorratskiste waren sie noch nicht weitergekommen, auch müsse sie nun größer angelegt werden. Da komme alles hinein und werde gerecht aufgeteilt, bestimmte Rupert. Auch bräuchten sie nun Stockbetten im Bunker. Am besten wäre es, keine Zeit zu verlieren.

Gottlieb reagierte mit einer wegwerfenden Handbewegung, sagte aber nichts.

Rupert tranchierte das Fleisch und legte es in zwei Blechkübel, die er danach im Bunker eingrub.

Ihr Versteck lag auf über 1000 m Seehöhe, und bei Schlechtwetter wurde es auch im Sommer empfindlich kalt. Nach dem Wettersturz war die Stimmung unter den Männern gereizt. Es regnete, sie saßen auf ihren Pritschen und rauchten. Rupert hänselte Gottlieb, da dieser schon das dritte Mal ohne Jagdbeute heimgekommen war. „Muß halt doch wieder ich gehen. Sonst verhungern wir.“ Zuvor hatte es zwischen Rupert und Wastl Streit gegeben, der heimlich die halbe Schnapsflasche leergetrunken hatte. „Zumindest unter uns sollte alles gerecht aufgeteilt werden“, ereiferte sich Rupert. „Wenn das schon zuviel verlangt ist, muß die Kiste halt versperrt werden.“

„Er ist der Häuptling“, stichelte Gottlieb.

Als es nach vier Tagen endlich zu regnen aufhörte, sagte Kurt, im Morgengrauen vor dem Bunker stehend: „Ich muß einmal hinaus. Ich halt das Gefängnis nicht mehr aus. Gib' mir deine Pistole, Bertl. Wenn mir etwas über den Weg läuft, schieß ich es. Ich brauch' endlich Luft!"

Als es Nacht wurde – Rupert hatte kein Wildgewürz mehr, Eva würde welches mitbringen, das Fleisch schmeckte schal, die Männer verzogen mißmutig ihre Gesichter –, nahm ihre Nervosität zu: Kurt war noch immer nicht zurückgekommen. Willi war an der Reihe, das Geschirr abzuwaschen. Er scheuerte schweigend den großen Topf.

„Nie hättest du ihm die Pistole geben dürfen", warf Gottlieb Rupert vor. „Er hat vom Jagen keine Ahnung. – Wenn man ihn geschnappt hat, sind wir dran, das verspreche ich euch!"

Rupert schwieg. Er fühlte, einen Fehler gemacht zu haben. Gerade er, der Übervorsichtige!

Mit Ausnahme Wastls, der sich anscheinend nur hinzulegen brauchte, um einzuschlafen, blieben diese Nacht alle wach. Unausgeschlafen und schlecht gelaunt stiegen sie noch vor dem Morgengrauen auf, um Kurt zu suchen.

Lisbeth, Gottliebs Frau, versuchte vergeblich, Rudi aufzumuntern. Der ehemalige Schuldirektor war kleinlaut und verunsichert. Seine Frau hatte sich geweigert, ihn zu unterstützen, wenn er nicht mehr zur Wehrmacht zurückkehre. Nein, nein, sie habe viel zu große Angst, wolle von all dem nichts wissen. Er bringe sie damit nur unnötig in Gefahr! „Soll dir halt die Zieglerin helfen", hatte sie ihn angeschrien, „wenn sie dich schon in all das hineinreitet!" Die Frau Ziegler, ehemalige sozialdemokratische Gemeinderätin, versprach, Rudi zu versorgen. Sein Freund Albert, der Fahrdienstleiter aus Badgastein, wollte ihn gleichfalls unterstützen. Der Konsumleiter aus dem Angertal, der Lisbeth immer ohne große Worte Brot und Lebensmittel zusteckte, würde auch zu gewinnen sein. Und Lisbeth selbst, die ihn nun nach Napplach gebracht hatte, wollte weiterhin behilflich sein. Doch jetzt, nachdem sie gut angekommen waren, fand Lisbeth den Einstieg in die Teuchl nicht mehr. Sie strich sich das Haar aus dem verschwitzten, stark geröteten Gesicht. Immer wieder glaubte sie den richtigen Weg gefunden zu haben, bis sich herausstellte, daß er doch nicht stimmte.

Rudi zitterte vor Schwäche. Unbeholfen in praktischen Dingen, bereitete es ihm große Mühe, der Frau überhaupt zu folgen. Er trug seine Wehrmachtsuniform und Gepäck – hätte zu seiner Einheit fahren sollen und war auf dem Weg dorthin ausgestiegen. Nun wurde auch Lisbeth immer nervöser und verzweifelter. Sie rannte jeweils ein Stück den steilen Berg hinauf, ehe sie umkehrte, da sie nicht auf jene vertrauten Stellen stieß, die sie sich beim letztenmal eingeprägt hatte. Das Jammern helfe auch nichts, herrschte sie Rudi an. Schon gar nicht, den Weg zu finden! Als er gehorsam schwieg und bedrückt zu Boden sah, tat es ihr sofort leid. Aber sie mußte weitersuchen. Nach einer Rast, den verzweifelten Mann neben sich, versuchte sie es wieder. Mehr als fünfzehn Minuten marschierten sie auf gut Glück durch das Waldgelände, bis sie einen Baum erreichten, den sie sich gemerkt hatte, da sie vor seiner auffälligen Wurzel, die sich wie ein prall gefüllter Feuerwehrschlauch auf dem Waldboden schlängelte, scharf nach rechts abbiegen mußten. „Endlich! Rudi, jetzt sind wir richtig!"

Als sie sich dem Bunker näherten, pfiff Lisbeth mehrmals. So, wie sie es mit Gottlieb ausgemacht hatte. Doch nichts rührte sich. Es war niemand da. Sie trugen ihr Gepäck in die Höhle. Rudi solle sich hinlegen, empfahl Lisbeth. Es wäre ohnehin besser, wenn er sich im Bunker aufhalte. Sie müsse halt hierbleiben und so lange warten, bis jemand käme. Schließlich war Rudi in Wehrmachtsuniform und keinem der anderen Deserteure bekannt. Lisbeth hatte Angst, die Männer würden ihn erschießen, wenn sie ihn allein anträfen.

Aber wo sie nur waren? „Vielleicht sind sie gar nicht mehr in diesem Versteck", klagte Rudi. „Ihre Sachen sind da", entgegnete Lisbeth und bereitete eine Jause. Rudi saß hilflos auf einer der Pritschen. Sie mußte ihm gut zureden, obwohl sie befürchtete, daß er nicht durchhalten würde. „Für die Jagd bin ich ganz und gar nicht zu gebrauchen. Ich kann kein Blut sehen. Und handwerklich bin ich auch eine Niete. Es ist so ein Jammer mit mir. – Oft denke ich, es wäre besser, ich würde gar nicht mehr leben!"

„Aber Rudi, nimm es doch nicht so schwer", versuchte sie ihn aufzumuntern, „der Gottlieb ist Jäger, der Bertl – Handwerker haben sie auch genug! Jemand muß auch den Fleischtopf abwaschen!" Er sah sie schweigend und trostlos an.

Sie hatten das Gebiet längst durchstreift, in das Kurt aufzubrechen vorgehabt hatte, ohne auch nur eine Spur von ihm zu entdecken.

„Wenn man ihn gefaßt hat", sagte Willi, „erwartet man uns vielleicht schon bei Richard und Rosi."

„Oder sie überrumpeln uns in der Nacht im Bunker", warf Gottlieb ein.

Sie waren ratlos. Selbst in dem Umstand, daß die

Gegend so menschenleer war, sahen sie plötzlich ein Indiz dafür, daß eine große Aktion gegen sie geplant werde.

„Die schicken den ganzen Volkssturm herauf", sagte Wastl unbestimmt.

„Vielleicht wäre es besser, diese Nacht nicht im Bunker zu verbringen", schlug Rupert etwas kleinlaut vor. Er teilte Speck und Brot aus. Die kleine Schnapsflasche machte die Runde. Und Rupert verbiß sich die Ermahnung, die er auf der Zunge gehabt hätte, als sie bei Wastl hängenblieb und leer zu ihm zurückkam. Er sagte: „Wenn die nach uns suchen, verraten wir uns mit jedem Schuß. Wir können uns nicht einmal mit Fleisch versorgen."

Sie beschlossen, sich noch ein Stück in die entgegengesetzte Richtung, nach Osttirol, vorzuwagen. Obwohl es dort sehr gefährlich zu werden begann, da es sich um Almgebiet handelte.

„So blöd wird er doch nicht gewesen sein, da herumzurennen", murmelte Rupert.

„Und mit deiner Pistole herumzuschießen", warf Gottlieb spitz ein.

Als sie nach gut zehn Minuten Marsches die ersten Geräusche hörten, gingen sie sofort in Deckung. Rupert, Gottlieb und Willi hatten ihre Gewehre im Anschlag. Das krächzende Singen kam näher – und mit ihm Kurt! Er war betrunken. Schien einen Moment lang sogar nachdenken zu müssen, von wo er die Männer eigentlich kenne, die ihm in den Weg traten. Grinste etwas dümmlich und sagte: „Na ja, schön is heut'..."

Die Vorwürfe, die dann auf ihn niedergingen, beeindruckten ihn wenig. „Nicht nur uns, auch unsere Familien bringst du damit in Lebensgefahr", schalt ihn Rupert. „Wo hast du übrigens meine Pistole?"

Es dauerte lange, bis Kurt, nachdem sie seinen Kopf in einen Bach gesteckt hatten, soweit war, daß er einigermaßen zusammenhängend erzählen konnte. Und was er erzählte, brachte ihm erst recht neue Vorwürfe ein. Hatte er sich doch tatsächlich einem Unbekannten angeschlossen, dem er bei seinem Aufstieg begegnet war! War mit ihm bei einer Sennerin gewesen, hatte dort die Nacht durchgezecht und Karten gespielt. Am frühen Morgen hatte er dem Mann die Pistole gegeben, nachdem dieser ihm gesagt hatte, er kenne einen abgelegenen Hof, wo sich die Selch außerhalb des Wohnhauses befinde. Dort könne er einsteigen und Speck holen. Kurt solle auf ihn warten. Er bringe ihm jede Menge Fleisch. Und die Pistole. – Der Mann war nicht zurückgekommen.

„Natürlich hab' ich dem gesagt, daß wir desertiert sind und er uns doch in unserem Bunker besuchen solle", reagierte Kurt, je nüchterner er wurde, desto gereizter auf die Vorhaltungen. „Ja haltet ihr mich für einen kompletten Trottel oder was?"

In einer windigen, regnerischen Nacht machten sich alle sechs Männer auf den Weg zu Richard und Rosi. Der wortkarge Rudi stolperte hinterdrein. Kaum daß der Hund angeschlagen hatte, trat Richard bereits vor das Haus und beruhigte das Tier, das daraufhin Rupert schwanzwedelnd begrüßte. Die Männer ließen sich beschnüffeln, streichelten ihm über den Kopf, an Rupert und Gottlieb sprang er immer wieder hoch und versuchte ihnen über die Gesichter zu schlecken. Sie traten in das niedrige, langgestreckte Haus, das so gar keine Ähnlichkeit mit jenen Bauernhäusern hatte, die ihnen aus dem Pinzgau und Pongau vertraut waren; kein Holz, keine Balkone, ebenerdig, wirkte es auf sie eher wie eine gemauerte Baracke.

„Und? Wie steht's?" – Wie immer galt ihre größte Neugier dem Kriegsverlauf. Den Nachrichten der Engländer.

„Es kann nicht mehr lange dauern. Von *Endsieg* keine Rede!" sagte Richard. „Die Alliierten sind überall im Vormarsch."

Rosi bewirtete sie und Rupert übergab ihr ein großes Stück Rehfleisch. „Das nächste schießt uns nämlich der Gottlieb", stichelte er. Der schien einen Moment unsicher zu sein, ob das spöttisch gemeint gewesen wäre oder nicht und nickte deshalb nur bekräftigend.

Als sie in der Rauchküche um den Tisch saßen und sich zuprosteten, sahen Kurt und Rosi sich ganz eigentümlich an. Seine Bewegungen verlangsamten sich, als er das Schnapsglas auf den Tisch zurückstellte, Rosi blickte schnell nach der Katze, die um ihre Beine strich und hob sie zu sich auf ihren Schoß. „Tischler bist also", sagte sie ungefähr in Kurts Richtung. Und während sie das Tier streichelte, versuchte sie ganz beiläufig zu sagen: „Einen Tischler könnten wir hier im Haus auch gut gebrauchen, was, Richard? – Würdest du dir zutrauen, eine Schlafzimmereinrichtung zu machen?"

„Warum nicht. Wenn ihr Material und Werkzeug habt."

„Dringender bräuchte ich aber schon einiges für das Bienenhaus", bemerkte Richard. „Doch jedesmal von der Teuchl herunter und wieder hinauf..."

„Er könnte doch auch in der Werkstatt schlafen", unterbrach Rosi schnell ihren Mann. Der kratzte sich am Kinn, überlegte und nickte dann bedächtig. „Aufpassen muß man halt. Aufpassen. Verflucht aufpassen." Denn manchmal, erzählte er, habe er den Eindruck, die Leute aus dem Dorf wüßten schon irgend etwas von dem, was in der Teuchl vorgehe. Aber es sei halt so schwer abzuschätzen, da kaum einer das sage, was er denke. „Und auf einmal rennt jemand und macht eine Anzeige."

Richard bemerkte nicht, daß Rosi und Kurt sich einen Blick zuwarfen. Kurt sagte: „Mir wär's recht. Ein bißerl Abwechslung", lachte er verkrampft. „Das vergönnen die mir sowieso nicht", spielte er auf seinen Ausflug an, den noch niemand erwähnt hatte.

„Handwerk hat immer noch goldenen Boden", meinte Wastl, der sich schon zum drittenmal nachschenkte und mit schwerer Zunge wieder von seinem Onkel zu erzählen begann, der in Böckstein Pfarrer sei. Auf sein Wohl sollten sie anstoßen. „Der ist bei jeder Gaudi dabei. Aber das Beste kommt erst. Als wir wieder eine Nacht durchgesoffen haben, hat der Onkel die Messe nicht mehr lesen können, in der Früh. Unmöglich. Ist mir eingeschlafen, in der Sakristei. Da hab' ich mir in meinem Dusel das Meßgewand angezogen. Ihr könnt euch gar nicht vorstellen, was man sich da alles umbinden muß. Hab' eh nur das Nachthemd drübergezogen. Und bin hinaus. Selber noch alles andere als nüchtern. Bin einfach hinaus und hab' die Messe gelesen. Was heißt die Messe lesen, hab' einfach irgend etwas vor mich hingemurmelt. Und kein Mensch hat was gemerkt. Kein Mensch, sag' ich euch, kein Mensch! Prost!"

Als Rosi noch einmal Brot und Speck brachte, streifte sie wie unabsichtlich Kurts Schulter; er berührte mit seinem Knie leicht ihr Bein. Sie errötete ein wenig, und ihr Atem ging schneller. Wie zufällig begegneten sich ihre Blicke noch oft in dieser Nacht, ehe die Männer wieder aufbrachen.

Richard lag schon lange schnarchend neben ihr, als sie noch immer an Kurt dachte. Und daran, daß Richard oft die halbe Nacht mit den Bauern beisammenhockte, wenn er sie aufsuchte, um den Fettgehalt ihrer Milch zu messen. Er war leutselig und beliebt, schlug die Einladung auf ein Gläschen nie aus und lehnte es selten ab, noch zu einem Kartenspiel zu bleiben. Viel zu oft kam er sehr spät und nicht gerade nüchtern nach Hause. Rosi gefiel das nicht. Sie war noch jung. Sie mochte Richard. Aber sie hatten so schnell geheiratet, daß sie inzwischen den Eindruck hatte, kaum dazugekommen zu sein, sich richtig zu verlieben.

Rupert hielt Eva in den Armen. „Gott sei Dank bist du gesund! Mein Gott, wenn es wirklich Typhus gewesen wäre…" – Auch er sehne sich so nach ihr. Die wenigen Stunden einmal im Monat, die so schnell vergingen. Dazwischen ständig die Angst um sie. Und die Enttäuschung darüber, wie schwer es war, Gleichheit und Gerechtigkeit wenigstens unter der Handvoll Männer im Bunker zu verwirklichen. Er war kein Redner wie sein Stiefvater Fritz. Und so machte es auf die anderen kaum Eindruck, sobald er mit den kommunistischen Idealen anfing. Wenn man dem Wastl den Schnaps nicht wegsperrte, soff er ihn einfach aus, scherte sich einen Dreck um ihre Abmachung, nach der alle gleich viel bekommen sollten. Rupert verwahrte den einzigen Schlüssel für das Vorhängeschloß, das sie von Richard geholt und mit dem sie nun ihre Vorratskiste versperrt hatten. Nachdem Kurts Mutter, diese winzige Frau, die unter dem riesigen Rucksack fast nicht mehr zu sehen war, ihrem Sohn erstmals Lebensmittel gebracht hatte, machte dieser sogleich den Vorschlag, es solle doch jeder von seinem eigenen Proviant leben. Diese Aufteilerei sei doch auch nicht gerecht. „Der eine kriegt viel, der andere wenig, der dritte gar nichts – und am Ende haben alle kaum etwas!" Vorher, als er selber nichts gehabt habe, beklagte sich Rupert jetzt gegenüber Eva, hätte Kurt das Teilen aber nicht gestört.

Während Berta mit Xandl ins Bauernhaus zu Richard und Rosi gegangen war, um den Neuen vorzustellen, hielten Rupert und Eva einander die ganze Zeit fest. Unweit des Weges, aber sicher vor Spaziergängern, hatten sie ihren Platz. Nur der Gedanke an sie und die Front lasse ihn hier durchhalten, sagte Rupert. In der Teuchl sei er immerhin selber am Leben und müsse nicht andere umbringen. Eva strich über seinen Bart, der inzwischen Ruperts Gesicht völlig verändert hatte, und erzählte nicht, wie niedergeschlagen sie gewesen war, als das Attentat auf Hitler gescheitert war, sondern stimmte ihrem Mann zu, als der sagte, es *könne* einfach nicht mehr lange dauern, mit diesem verfluchten Krieg. Nur um ihn zur Vorsicht zu mahnen, erwähnte sie die Vorfälle um Goldegg. Rupert nickte: „Die machen kurzen Prozeß! Ich weiß. Deshalb dringe ich ständig darauf, nicht zu übermütig zu werden. Die Todesgefahr besteht bis zur letzten Minute des verfluchten Krieges!" – Kurt hätte sie mit seiner Leichtsinnigkeit alle das Leben kosten können!

16

Eva hatte dienstfrei an diesem heißen Augusttag und wollte noch schnell in ihren Gemüsegarten gehen, da sie am Nachmittag dem Blahofbauern bei der Heuarbeit helfen würde, als sie durch ein offenstehendes Küchenfenster aus dem Nachbarhaus das verzweifelte Weinen einer Frau hörte.

Frau Schifer saß völlig aufgelöst in der dämmrigen Wohnküche – erst am späten Nachmittag würde die

Sonne dieses Fenster erreichen – auf ihrem Stuhl, ein Blatt Papier auf dem Schoß, als Eva nach kurzem Klopfen eintrat, sich der Frau gegenübersetzte und ihre zitternden, von den Tränen nassen Hände ergriff. „Das Todesurteil. Jetzt wollen sie den Heinzi auch umbringen. Wegen der paar Flugblätter. Einen so jungen Burschen. Diese … wie die Ratzi, im Frühjahr haben sie die Ratzi umgebracht, jetzt den Heinzi …"

Eva versuchte leise, die Frau zu trösten. Die Russen seien nicht mehr weit. „Die kommen vielleicht gar nicht mehr dazu, Frau Schifer. Es kann jederzeit vorbei sein mit dem Krieg. Verloren ist er sowieso schon."

Frau Schifer sah sie mit verweinten Augen an. Unversehens wurde ihr ganzer Körper neuerlich von heftigem Schluchzen geschüttelt. „Die kennen kein Erbarmen. Nichts. Diese … diese … Mörder!"

„Die werden bald anderes zu tun haben, als junge Burschen umzubringen, Frau Schifer. Da geht doch längst alles drunter und drüber. Wo die Alliierten überall im Vormarsch sind."

Die Frau sah sie dankbar an. Versuchte sich an diesen Trost zu klammern. Erzählte Eva plötzlich von den Jugendlagern am Böndlsee, den zuletzt *Konsum*-Lager genannten Zusammenkünften, nachdem die Kinderfreunde und Roten Falken verboten worden waren, wo der Heinz – bevor er in die Lehrwerkstätte der Eisenbahn nach Linz gekommen war – mit der Ratzi, der Rosa Hofmann beisammen war. „So ein lustiges Mädchen", schluchzte sie wieder auf, „und im März haben sie sie umgebracht! Nein, die werden auch den Heinzi … auch den Buben werden sie umbringen!"

Geduldig bemühte sich Eva immer aufs neue, der Frau Mut zu machen. Und bemerkte, wie deren Bereitschaft, sich auch an eine winzige Hoffnung zu klammern, wuchs. Fest drückten die Frauen einander die Hände. „Da fangen schon viele an, umzudenken, Frau Schifer. Die kriegen es mit der Angst. Der Krieg ist doch verloren. Die wissen, daß sie bald selber vor Gericht kommen werden. Und halbe Kinder wegen ein paar Flugblattln umzubringen, da werden die sich hüten, Frau Schifer! Wenn sie überhaupt noch Zeit dazu haben."

„Es ist doch noch gar nicht so lang her, da ist er unterm Tisch herumgekrochen und hat gespielt..."

Sie saßen schweigend am Küchentisch. Eva hielt die Hände der Frau fest umschlossen. Drückte sie immer wieder. Einige Stubenfliegen summten laut um sie herum. Die Küchenuhr tickte. Vom Bahnhof hörten sie das Zusammenstoßen von Waggons beim Ankuppeln. Und Eva erinnerte sich, wie begeistert Rupert vom Schifer gewesen war, der ihm als Verschubmeister das gefährliche Ankuppeln so gut beigebracht hatte. „Und was für ein feiner Mensch", hatte Rupert geschwärmt, „offen und ehrlich, ein Genosse durch und durch. Einer, der für andere durch Dick und Dünn geht."

Von irgendwem, erzählte die Frau Schifer dann, müßten sie die Namen erfahren haben. Denn der Heinz hatte einrücken müssen. Die Sache lag schon längere Zeit zurück. In Agram hatte man ihn aus der Truppe heraus verhaftet und nach Berlin gebracht. „Auch den Fredi, den Berger Fredi, haben sie verhaftet, der mit ihm in Linz war."

Als Eva wieder in diesen grellen heißen Tag hinaustrat, erfaßte sie ein leichter Schwindel. Sie hatte auf einmal selbst alles Zutrauen in jene Tröstungen eingebüßt, an die sich die Frau Schifer zuletzt dankbar zu klammern versucht hatte. Panikartig erfaßte sie das Gefühl, es sei alles vergeblich gewesen. Alles umsonst. Die Nazis würden irgendwie, und sei es mit dieser *Wunderwaffe*, den Krieg gewinnen. So wie Hitler das Attentat überlebt hatte. Vielleicht hatte man den Bertl auch schon verhaftet. Sie ging ganz langsam in den Garten und mußte sich setzen. Hockte zusammengekrümmt auf der niederen Umrandung des Gemüsebeets. Der Schweiß stand ihr auf der Stirn. Sie litt unter Atemnot. Diese schroffen Wechsel von Zuversicht und Hoffnungslosigkeit erlebte sie inzwischen häufig. Von einer Minute auf die andere konnte sich alles ins Gegenteil verkehren. Oft fühlte sie sich so stark. Geradezu unermeßlich stark. Und gleich darauf verzagt und hilflos. In Panik bei dem Gedanken an Rupert. Dann sah sie ihn schon vor sich, wie man ihn mit dem Gewehrkolben schlug, zu einem Lastwagen trieb und abtransportierte oder kurzerhand niederschoß.

Der Dienst bei der NSV fiel ihr immer schwerer. Die zerschossenen, verbrannten, verstümmelten jungen Männer; die *Helden* dieser *Großen Zeit* verfolgten sie bis in den Schlaf.

In jeder freien Minute strickte sie, wenn sie nicht bei der Heuarbeit half. Sie spielte mit dem Gedanken, den Dienst aufzukündigen. Dann hätte sie noch mehr Zeit zum Stricken, auch wenn sie dadurch ihr Gehalt verlor.

Eines Abends klopfte es, und Fred stand vor der Tür. Er trat ein, faßte sie an den Schultern und sagte: „Es ist soweit. Meine Einberufung ist gekommen. Ich fahr jetzt auch hinüber."

Die Amerikaner bombardierten die Stadt Salzburg. Eva wurde von verschiedenen Menschen, die sie bislang nur haßerfüllt angestarrt oder angeekelt weggesehen hatten, mit unsicherem Ausdruck im Gesicht zumindest andeutungsweise wieder gegrüßt. Andere hingegen zeigten ihr noch deutlicher, daß sie sie verabscheuten. Eines Tages betrat sie das Friseurgeschäft und hörte während des Wartens drei eingefleischte NSDAP-Frauen Witze über den *Führer* machen. Plötzlich überkam sie der Übermut – sie dachte, auch *die* glauben also nicht mehr an den *Endsieg* –, und sie fragte, ob sie nicht auch einen Witz erzählen dürfe. Aber natürlich. Die drei gutgenährten Parteigenossinnen lachten ihr ins Gesicht. Und Eva fragte die Frauen, während sie die Hitze ihrer Wangen spürte, ob sie denn wüßten, was auf Hitlers Grabstein stehen würde. Sie verneinten und Eva sagte:

„Der Befreier
von Butter und Eier
von Kleiderkarte und Schuh
Gott geb' ihm die Ewige Ruh."

Die drei Frauen lachten Eva vergnügt an und setzten ihr eigenes Witzeerzählen fort. Am nächsten Morgen klopfte es an Evas Wohnungstür, und ein Gendarm holte sie ab. Sie müsse sofort auf den Posten kommen. Eva erschrak. Rupert! Fast wäre ihr die Frage herausgerutscht, ob man ihn denn gefangen hätte.

Der Gendarm blieb reglos stehen und wartete, bis Eva sich die Schuhe angezogen hatte. Ihre Hände zitterten so stark, daß sie das Schuhband, das sie bei einem Schuh noch einfädeln mußte, nur mit größter Mühe durch die Öse führen konnte. Womöglich haben sie Rupert schon erschossen, dachte sie. Um Himmelswillen! Dann war alles aus! Dann sollte man sie auch gleich umbringen!

Auf dem Gendarmerieposten empfing sie der Inspektor verärgert: „Was haben Sie denn jetzt wieder angestellt, Frau Maier! – Was ist Ihnen denn *da* eingefallen, Himmelherrschaftnocheinmal!"

Eva war erleichtert, daß es nicht um Rupert ging. Sie

erzählte, daß doch die drei Frauen auch Hitler-Witze gemacht hätten. Die hätten doch vorher schon...

„Ja *die*", unterbrach sie der Inspektor, „die sind alle groß in der Partei, Frau Maier. *Die* dürfen das! Aber *Sie*! Wer sind denn schon *Sie*! – Sie kann das an den Galgen bringen!" Er rauchte nervös, während er hinter seinem Schreibtisch auf und ab ging und aus dem Fenster sah, als erwarte er jemanden.

Er dämpfte den Rest seiner Zigarette aus und sagte: „Sie können gehen, Frau Maier. Aber seien Sie gescheit und passen Sie auf, was Sie sagen!"

Alle Gegensätze schienen so unglaublich dicht beieinander zu liegen: Der Inspektor, der sie heimschickte, nervös auf die Straße schauend, als könnten jederzeit alliierte Truppen anrücken, dann Berta, die es kaum glauben wollte, daß der Mann keine Meldung gemacht, die Anzeige nicht an die Gestapo weitergegeben hatte, wo sie doch ständig von Genossen erfuhr, mit denen kurzer Prozeß gemacht wurde. Und später die unglaubliche Geschichte vom Heinzi Schifer, der in seiner Verzweiflung dem Gauleiter Scheel geschrieben hatte. Worauf der doch tatsächlich die Eltern zu sich zitiert und danach die Angelegenheit Hitler persönlich vorgetragen und eine Begnadigung erwirkt hatte! Der Heinzi war an die Front gekommen und nicht an den Galgen. Wie freute Eva sich darüber, auch für seine Mutter! Alle in diesem Staat schienen auf einmal vollkommen unberechenbar zu sein – in jeder Beziehung. Der Sieder oder die Urban könnten einen mühelos ins KZ bringen, daran gab es keinen Zweifel. Dann aber wieder der Bahnpolizist, auch ein Nazi, der Eva einlud, doch in sein Gasthaus im Lungau zu kommen, er könne eine tüchtige Kraft brauchen. Hier werde sie ohnehin nur vom

Sieder sekkiert und von der Urban. Auch schaffe sie den NSV-Dienst, dieses tägliche Elend, kaum noch, wie sie ihm erzählt habe. Gerne, liebend gerne hätte sie angenommen – doch wie sollte sie dann ihre monatlichen Fahrten zu Rupert fortsetzen! Rupert! Jedesmal, wenn sie Anzeichen für das unmittelbar bevorstehende Kriegsende ausmachen zu können glaubte, entdeckte sie sogleich wieder gegenteilige Hinweise. Es *konnte* einfach nicht mehr lange dauern – aber sie waren deshalb überhaupt noch nicht in Sicherheit, geschweige denn gerettet.

17

Die Stimmung unter den Männern war miserabel. Hatte es Ende August bereits geschneit, so waren den prächtigen Herbsttagen jetzt naßkalte gefolgt. Es roch dumpf-modrig und nach Ausdünstungen in ihrem Bunker. Kurt war die meiste Zeit bei Rosi und Richard; auch Fred schlief lieber in einem Bett auf dem Hof seines Halbbruders. Vor allem, hatte er gesagt, könne er sich einfach nicht daran gewöhnen, in der freien Natur zu scheißen! Und das dann so einzugraben, daß zufällig Vorbeikommenden nichts auffiel. Ob Rupert nicht vielleicht doch *zu* übervorsichtig wäre?

Rudi war niedergeschlagen und schien die anderen mit seiner Mutlosigkeit anzustecken. Hatten sie früher des öfteren Karten gespielt und ausführlich von ihren Frauen geschwärmt, ihre Abenteuer geschildert oder in allen Einzelheiten ihre Lieblingsessen beschrieben, mit denen sie sich nach Ende dieses verfluchten Krieges sofort vollstopfen würden, so fehlte ihnen mittlerweile auch dazu die Lust.

Sie saßen mit ihren ausgebeulten Hosentaschen auf den Pritschen – im linken Hosensack trugen sie Laub, im rechten Nadeln mit sich. Überall, wo die groben Sohlen ihrer Schuhe Spuren hinterließen, streuten sie sofort Laub oder Nadeln, je nachdem, unter welchem Baum sie sich befanden.

Sie waren nervös. Ungewaschen. Rupert die meiste Zeit auf der Jagd. Gottlieb kam häufig ohne Beute zurück. Rupert hänselte ihn. Sie stritten sich. Auch die Streitereien waren im Grunde immer die gleichen.

Sie gingen einander von Tag zu Tag mehr auf die Nerven. Wilderer, Abenteurer oder schlichtweg Männer, die keine Lust hatten, sich umbringen zu lassen, saßen beisammen, um die Zeit abzuwarten, bis sie dieses Versteck wieder verlassen durften, um endlich ihr eigenes Leben zu leben – und Rupert wollte zumindest hier, auf diesen wenigen Quadratmetern in einer gottverlassenen Gegend, unter den paar Männern Gleichheit schaffen. Solidarität verwirklichen, mit dieser Lebensmittelkiste. Aber seit gestern hatte er keine Hoffnung mehr, daß dies gelingen würde. Fühlte sich betrogen. Vor allem um seine Ideale.

Er war, schwer bepackt mit einem Reh, abends zum Bunker zurückgekehrt. Vorsichtig wie immer, hatte er sich angeschlichen. Und schon von weitem den Zigarettenrauch gerochen. Und das, obwohl ihr gemeinsamer Vorrat an Glimmstengeln schon seit Tagen aufgebraucht war! Gottlieb und Kurt lagen genüßlich rauchend auf ihren Pritschen: Sie hatten ihre Zigaretten also nicht in die gemeinsame Vorratskiste gelegt, aus der alles gerecht verteilt wurde, gleichgültig, wieviel jeder einzubringen vermochte, und sich von Rupert daraus trotzdem ihre Rationen zuteilen lassen. Sie hatten die eigenen Zigaretten gehortet! Und rauchten sie in seiner Abwesenheit.

Müde, erschöpft, wie er war, verschwitzt und abgekämpft, hatte er das Reh vor den Bunker geworfen und die beiden angeschrien. „Wenn das so ist, braucht ihr auch nicht mehr mitzuessen!“ Er, der starke Raucher, hatte sämtliche Zigaretten, die Eva ihm brachte, geteilt. Mit allen geteilt, gleichgültig, ob die selber jemals eine einzige Zigarette bekommen würden oder nicht. – Und jetzt das!

Er redete nicht mehr mit den beiden. Er fühlte sich wieder so hilflos wie als Kind, wenn der Knecht ihn ohne Grund verdroschen hatte. Ohnmächtig und gleichzeitig dermaßen wütend, daß er die zwei am liebsten verprügelt hätte. Er drehte sich weg und schwieg. Einen ganzen Tag lang. Da standen Gottlieb und Kurt plötzlich auf, nahmen sich Werkzeuge und herrschten Rupert an: „Bauen wir uns halt einen eigenen Bunker! – Und damit du es genau weißt, dein Kommunismus interessiert uns einen Scheißdreck! Wir wollen nicht krepieren, das ist das einzige. Uns nicht niederschießen lassen, alles andere ist uns wurscht! Deine Aufteilerei kann uns gestohlen bleiben!“ Sie zogen los und begannen etwa fünfzig Meter entfernt zu graben.

Rupert war bewußt, daß es nicht die paar Zigaretten waren, die ihn so quälten. Seine Enttäuschung war so groß, daß er am liebsten sofort auf und davon gelaufen wäre. Wie schön wäre es doch, in Schwarzach mit Eva in den beiden Dachzimmern sein zu dürfen! Nichts weiter von seinem Schicksal zu verlangen, als ein ganz normales Leben zu führen! Er malte sich aus, wie es wäre, wenn er vom Dienst heimkäme und Eva ihn erwartete. Wenn sie Kinder hätten. Je unerträglicher ihm dieses Bunkerleben wurde, desto öfter flüchtete er in diese Phantasien. Er haßte diese beiden Egoisten. Haßte sie, weil sie an nichts von dem interessiert waren, was ihn so sehr begeisterte, seit ihm der Stiefvater die ersten kommunistischen Schriften zu lesen gegeben hatte.

Hier zu sein bedeutete, entkommen, mit dem Leben – vorerst – davongekommen zu sein, sagte er sich; und doch hatte er immer öfter den Eindruck, gleichzeitig in einer Falle zu sitzen.

Mittlerweile lag jeden Morgen Raureif, und sie erwachten fluchend mit kalten, steifgefrorenen Gliedern. Alle wollten sie eigentlich nur eines: weg! Das Hierbleiben wurde zur Qual. Sie sprachen kaum noch miteinander, reagierten gereizt, schon bei Kleinigkeiten aufbrausend, und jeder machte sich Gedanken, wie es weitergehen sollte, ohne mit den anderen darüber zu sprechen. Gemeinsam beschlossen sie nur noch, einander nichts von ihren jeweiligen Plänen zu verraten! Falls einer beabsichtige, sich von der Gruppe zu trennen, solle er es tun.

Es wurde nicht ausgesprochen, aber jedem der Männer war klar, daß nicht nur ihre Geduld füreinander aufgebraucht war, sondern auch die Bereitschaft, füreinander einzustehen. Dieser Umstand und das Gefühl, daß sie kein wirkliches Vertrauen mehr zueinander hatten, schmerzte Rupert am allermeisten. Zumal er sich selber von dieser Empfindung inzwischen nicht mehr ausgenommen wußte. Sie verrohten. Flegelten sich bei geringstem Anlaß derb an. Deckten sich gegenseitig unablässig mit Vorwürfen ein. Es war einfach zum Davonlaufen – und der Zwang, beisammenzubleiben, verschärfte das Klima.

Als es zu schneien begann, der Winter endgültig hereingebrochen war in ihrer hochgelegenen Einöde, wurde ihnen rasch klar, daß sie weg müßten.

An ein Überwintern in ihrem Bunker war nicht zu denken.

Gottlieb, Willi, Fred und Wastl begleiteten Rupert auf die Hirschjagd. Vergeblich waren sie schon stundenlang durch den verschneiten Wald unterwegs gewesen, als sie an eine Lichtung kamen und Willi Rupert plötzlich einen Stoß versetzte und entsetzt mit dem Kopf nach vorne deutete. Auch Rupert stockte vor Schreck der Atem: Ein Jäger, der sie längst gesehen hatte, kam schnurstracks auf sie zu. Es blieb ihnen nichts anderes übrig, als sich möglichst unauffällig zu verhalten. Bei ihnen angelangt, grüßte sie der Jäger und fragte beinahe so, als würde er ein Gedicht aufsagen: „Tut ihr Hirschlein jagen – seid ihr Mühldorfer Jäger?“

„Woll, woll“, bemühte Rupert sich um Kärntner Dialekt.

„Weidmanns Heil!“ wünschte der Mann und ging nach ihrem Dank an ihnen vorbei.

Willi brachte sofort sein Gewehr in Anschlag und wollte den Jäger von hinten erschießen. Rupert warf sich gegen ihn und stieß ihn um.

Willi rappelte sich aus dem Schnee auf und fauchte ihn böse an: „Was fällt dir ein! Spinnst du komplett? – Der geht jetzt auf die Gendarmerie und meldet, was er gesehen hat! Der war doch bestimmt selber aus Mühldorf!“

Auch die anderen schalten Rupert, daß in Wahrheit *er* es sei, der sie alle in Lebensgefahr brächte, nicht sie. Dagegen wäre Kurts Almgeschichte doch harmlos gewesen, über die er sich so maßlos aufgeregt hatte.

Fred schlug vor, der Spur des Jägers zu folgen und ihn zu beobachten. „Wenn er schneller geht, ist klar, was er vorhat!“

Und tatsächlich sahen sie, wie der Mann, kaum daß er auf den Wald zuging, immer größere Schritte machte und fast zu laufen anfing.

„Da hast du es!“ sagte Willi böse. Gottlieb pflichtete ihm bei: „Wir werden bald den Volkssturm aller umliegenden Orte heroben haben, das garantiere ich euch! – Aber wir haben ja so einen Obergescheiten bei uns, der immer alles besser weiß!“

„Glaubt ihr“, versuchte Rupert sich zu rechtfertigen, „daß das anders gewesen wäre, wenn der Jäger nicht mehr heimgekommen wäre? Dann erst recht hätte man ihn gesucht!“

„*Ihn*, ja, aber nicht *uns*!“ schimpfte Willi.

Sie stritten noch eine Zeitlang herum, ehe sie Ruperts Vorschlag zustimmten, zuerst in die andere Richtung, nach Mühldorf, zu gehen, dort im Wald die Dunkelheit abzuwarten, um anschließend der Möll entlang zurückzukehren und so ihre Spuren zu verwischen bzw. falsch zu legen. Völlig erschöpft gelangten sie spätnachts wieder bei ihrem Versteck an. Die folgenden Tage lagen sie angespannt auf der Lauer, bereit, sich den Fluchtweg freizuschießen, falls nach ihnen gesucht werden würde und man sie entdeckte. Eigentlich rechneten sie alle damit, daß der Volkssturm das Gebiet systematisch durchkämmen werde. Sie konnten es kaum glauben, daß nichts dergleichen geschah. Nach und nach beruhigten sie sich. Doch die allgemeine Gereiztheit blieb. Der Zusammenhalt war längst weg. Es verging kein Tag ohne Streit. Jede Kleinigkeit genügte für eine heftige Auseinandersetzung, die mehrmals beinahe in eine Schlägerei ausartete. Ein Zerwürfnis folgte dem anderen. Wenn Kurt da war, zogen sie ihn wegen seines Verhältnisses mit Rosi auf, um das sie ihn insgeheim beneideten. Rudi, der den Kochtopf und ihr Menagegeschirr zu reinigen hatte, verdrückte sich wortlos in eine Ecke des Bunkers, nachdem Gottlieb ihn angefahren hatte, er tauge doch ohnehin zu nichts sonst, solle dafür wenigstens das Geschirr sauberer abwaschen. Der Umgangston wurde täglich noch rauher und rücksichtsloser, je unwohler sie sich in der Kälte fühlten. Was störte sie eigentlich *nicht* aneinander?

Die Nachrichten, die sie von Richard bezogen, waren eindeutig: Der Krieg sei für die Deutschen verloren, wenn es nicht sehr bald zum Einsatz dieser vielgerühmten *Wunderwaffe* komme. Tag für Tag erwarteten sie das Kriegsende. Und jeder Tag, der es nicht brachte, schien ihnen länger als der Vortag zu dauern.

Verdrossen lebten sie aneinander und am Leben vorbei, in ihrem schützenden Gefängnis.

Rupert war niedergeschlagen und traurig, als er am Montag losging, um sich mit Eva zu treffen. Er verzichtete beleidigt darauf, sich zu verabschieden, denn schon nach dem Wachwerden hatte es wieder wegen einer Lappalie Streit gegeben: Willi hatte sein Feuerzeug verlegt und Rupert beschuldigt, es ihm am Vorabend nicht zurückgegeben zu haben.

Es war ein kalter Dezembertag. Der Schnee knirschte laut unter seinen Schritten. Er war viel zu früh dran. Stand mit seinem Fernglas frierend am Waldrand, um den vom Bahnhof herabführenden Weg zu beobachten. Es würde noch fast zwei Stunden dauern, bis Eva bei ihm wäre. Er beschloß, zu Richard und Rosi ins Haus zu gehen, um sich aufzuwärmen. Dort auf seine Frau zu warten.

Rupert saß am Stubentisch und trank mit Genuß Tee. Das Feuer prasselte im Herd. Laut krachten die Holzscheite. Ein Streifen Wintersonne legte ein helles Band quer durch den Raum. Und je wohler er sich zu fühlen begann, desto trauriger wurde er – schließlich mußte er wieder hinauf in das eiskalte Erdloch. Zurück zum täglichen Gezänk mit den Freunden, die eigentlich keine wirklichen Freunde mehr waren. Auch machte er sich Sorgen, als Eva nicht pünktlich eintraf. Rosi beruhigte ihn: „Im Winter, Bertl. Verspätung! Warst doch selber bei der Bahn." Trotzdem rutschte er unruhig auf der Bank hin und her und mußte sich zwingen, sich nicht die schlimmsten Dinge auszumalen.

Mit mehr als halbstündiger Verspätung betrat Eva schließlich mit einem Schwall eiskalter Luft den Raum. Ihr prall gefüllter Rucksack, die beiden vollen Taschen, das gerötete Gesicht – Rupert war so angespannt gewesen, daß er die Tränen nicht mehr zurückhalten konnte, als sie sich umarmten.

Kaum hatten sie sich gesetzt, sagte er, er würde am liebsten nicht mehr zum Bunker zurückkehren. „Ständig Streitereien. Wegen jeder Kleinigkeit. Keine Rede von Solidarität. Da denkt auch längst jeder nur noch an den eigenen Vorteil, Eva."

So verrückt: Da waren sie dem großen Krieg entkommen und zerfleischten sich im Kleinkrieg untereinander. Darüber hinaus wäre es ohnehin undenkbar, den ganzen Winter dort droben zu verbringen. Eva, die erst jetzt dazukam, ihr Kopftuch abzunehmen, legte ihre noch kalten Hände auf seine, sah ihm in die Augen und sagte: „Bertl, denk daran, was der Mieringbauer gesagt hat. – Fahr mit mir hinüber. Heute schon!"

„Nein, das … ich hab' überhaupt kein Zutrauen, Eva … ich hab' das Gefühl, daß alles schiefgeht. Erst recht, wenn wir heute schon …"

Eva drückte seine rauhen, schmutzig-grindigen Hände. Sie fühlte sich gut heute. Schon wie sie vom Bahnhof

Kolbnitz durch die schön verschneite Winterlandschaft gegangen war, hatte sie sich so stark gefühlt wie bei ihrem ersten Besuch. Stark genug, durchzuhalten, bis diese gräßlichen *tausend Jahre* vorüber wären. Keine Urban, die ihr erst vor zwei Tagen wieder mit der *Wunderwaffe* und dem baldigen *Endsieg* gedroht hatte, nachdem dann abgerechnet würde, könnte sie irritieren. Sie hatte den Eindruck, als könnte am nächsten Tag schon der Krieg aus sein.

Er solle sich rasieren gehen. Sie glaube fest daran, daß es heute gutgehen würde. Heute mit dem letzten Zug. Da wäre es stockdunkel. In seiner Eisenbahneruniform, die Kappe tief ins Gesicht gezogen, den Kragen aufgestellt. „Wir schaffen das, Bertl, glaub es mir!"

„Nein, ich hab' kein gutes Gefühl. Ich traue es mir nicht zu. Nicht heute." Er sah sie verzagt und hilflos an.

Aber je mutloser er zu werden begann, desto entschlossener und zuversichtlicher fühlte und benahm sich Eva. Schließlich fand er sich zumindest dazu bereit, sich zu rasieren; Rosi brachte inzwischen seine Eisenbahneruniform und wärmte sie über dem Ofen. Eva erschrak, als Rupert ohne Bart in die Stube zurückkam. Wie blaß er war, die Wangen eingefallen; armselig wirkte er, als er so unentschlossen, gebückt und langsam auf den Tisch zuging. Richard, der zum Mittagessen heimgekommen war, versuchte Rupert ebenfalls Mut zu machen. Er solle die Gelegenheit nützen, denn früher oder später müßten sie alle aus der Teuchl weg. „Der Winter ist dort nicht zu überstehen."

Sie aßen geröstete Erdäpfeln, dampfendes Sauerkraut. Eva bestand darauf, alles, was sie an Lebensmitteln mitgebracht hatte, bei Rosi zu lassen. „Das ist doch gar nichts! Was ihr für den Bertl und die anderen getan und riskiert habt!" Rosi drehte sich schnell weg. Ihr Gesicht rötete sich. Und Richard fiel ein, daß er in den Stall müsse. Ruperts Stimmung besserte sich nach dem Essen ein wenig. Aber seine Niedergeschlagenheit blieb. Trotzdem war es entschieden: Sie würden es heute versuchen. Und überlegten, wie es anzustellen wäre. Eva müßte zuerst einsteigen. Ihm ein Zeichen geben, falls jemand im Zug wäre, der Rupert kennen würde. Wenn nicht, würde er sich unter die Notbremse setzen. Sie ziehen und aus dem Zug springen, falls ihn der Schaffner nach einem Ausweis fragen oder gar sagen sollte: „Du bist doch der ausgeschriebene Deserteur Maier!“ Ansonsten würde er sich, die Kappe tief ins Gesicht gezogen, den Kragen hochgeklappt, schlafend stellen, in eine Ecke der Sitzbank gedrückt. Sich auch noch das Taschentuch vor das Gesicht halten, wenn jemand Bekannter zusteigen sollte. So würde er es auch beim Aussteigen in Schwarzach machen. Es herrsche ohnehin Verdunkelung, sagte Eva. Um diese Zeit wären auch nicht mehr viele Leute unterwegs. Natürlich müßte sie sich in einen anderen Waggon setzen und ihn auch am Ziel nicht beachten. „Nein“, schüttelte Rupert wieder verzagt den Kopf, „ich habe ein so ungutes Gefühl heute. Ob wir es nicht doch ein andermal probieren sollten, Eva?“

Längst hatte Rosi die Vorhänge zugezogen – immer wieder fiel für einige Zeit der Strom aus, und sie saßen im Dunkeln. Richard schenkte nach. Der Schnaps brannte Rupert die Kehle hinunter, aber der Alkohol half nicht wirklich. Er fühlte sich noch immer mutlos. Eva wickelte das zerlegte Gewehr in einige Kleidungsstücke Ruperts und steckte es in ihren Rucksack. Getrennt gingen sie los. Und sie hatten Glück, riesengroßes Glück. Alles klappte nach Plan. Der Zug war kaum besetzt. Die paar Menschen, die um diese Zeit fuhren, schienen andere Sorgen zu haben als auf jeden müden Eisenbahner zu achten, der auf der harten Holzbank etwas zu schlafen versuchte. Dabei war Rupert hellwach und angespannt. Bereit, sofort zu reagieren. Der Schreck fuhr ihm in die Glieder, als er sah, daß der Bahnhof Schwarzach beleuchtet war. Was konnte das bedeuten? Es müßte doch verdunkelt sein. Würde er erwartet werden – wer sollte wissen, daß er … Doch kein Mensch war zu sehen. Sie umgingen das Bahnhofsgelände; Eva gut dreißig Meter vor ihrem Mann, strebten sie wie ausgemacht schnell durch die Badgasse dem Krankenhaus zu und weiter Richtung St. Veit zum Mieringbauern. Alle Häuser waren vorschriftsmäßig verdunkelt. Es roch scharf nach Hausbrand. Außer ihnen war kein Mensch unterwegs. In dieser Kälte fiele ihr schnelles Gehen nicht auf, sollten sie doch noch jemandem begegnen. Selbst dann, als keine Häuser mehr in der Nähe waren, wagten sie noch nicht, nebeneinander zu gehen, sondern behielten den Abstand bei.

Etwas nach einundzwanzig Uhr klopfte Eva an die Haustür. Es brannte noch Licht, sah sie durch einen Spalt der Verdunkelung. Sogar die Kinder – drei Mädchen zwischen fünf und acht Jahren – waren noch wach. Rupert blieb in einigem Abstand vom Haus in der Nähe des Stalles stehen. Hans, der an die Tür gekommen war, sah Eva zuerst etwas verdutzt an. Aber er wußte sofort Bescheid. Er ließ sie eintreten, und Hilde brachte die Kinder zu Bett. Als die drei Erwachsenen in der nach Bratäpfeln duftenden Stube standen, fragte Hans: „Ist der Bertl draußen?“

Sie nickte.

„Hol’ ihn herein.“

Die beiden Männer, die so oft miteinander auf der Jagd gewesen waren, fielen sich in die Arme. Rupert zitterte vor Kälte und Aufregung und Glück, als Hans ihm versprach, daß er und Hilde alles in ihrer Macht Stehende tun würden, um ihm zu helfen: „Von der Nazibrut lassen wir uns nicht unterkriegen. Wir nicht, Bertl!“

Hilde machte Rupert noch ein paar Omeletten mit Ribiselmarmelade und gab ihm heiße Milch dazu. Seine Nerven hielten dem nicht stand. Er wandte sich ab und wischte sich die Tränen aus dem Gesicht. Eva hatte bemerkt, wie entsetzt die Bauersleute über Ruperts Aussehen waren; abgemagert, blaß, mit eingefallenen Wangen. Die Augen lagen tief und waren gerötet. Eva nippte an ihrer Milch und aß von dem Kletzenbrot mit Butter, das Hilde ihr hingestellt hatte. Auch Rupert aß dann noch andächtig und langsam eine Schnitte des Früchtebrotes und verzog einmal kurz vor Schmerz den Mund. „Ein Stockzahn ... den spür' ich ab und zu“, sah er zu seiner Frau. Er habe auf ein Stückchen Nußschale gebissen.

Während des ganzen Abends sah Rupert immer wieder ungläubig zu Eva, als könne er es nicht fassen, jetzt hier in dieser warmen Stube zu sitzen. Als befürchte er, jeden Moment im eiskalten Bunker zu erwachen.

18

Es war später Nachmittag; es hatte Tauwetter gegeben, alles war grau und triefend naß, die Äste und Stämme der Bäume schwarz, unansehnlicher Schneematsch bedeckte die Straßen. Eva war auf dem Heimweg vom Krankenhaus, wo sie sich mit Schwester Ehrentrudis getroffen hatte. Sie hatte ihr erzählt, daß Rupert nun nicht mehr in Kärnten sei und sie noch nicht erfahren habe, ob Gottlieb noch drüben oder ebenfalls heimgekehrt sei. Vermutlich schon, hatte sie der besorgt blickenden Schwester gesagt, denn im Winter wäre es nicht auszuhalten in dem Versteck. Die Schwester hatte wieder ein kleines Paket für Gottlieb hergerichtet; Kletzenbrot, das sie von Patienten zu Weihnachten bekommen hatte, Zigaretten, etwas Schnaps. Eva solle das alles ihrem Mann bringen.

Eva ging gedankenverloren vor sich hin, als sie an einer Stelle, wo keine Häuser in der Nähe waren, Schritte hinter sich hörte. Schritte, die immer näherkamen. Sofort fühlte sie sich bedroht; verfolgt von diesen Schritten. Sich umzudrehen, wagte sie nicht; sie beschleunigte nur ihren Gang. Auch die Person hinter ihr ging schneller. Die Schritte im Schneematsch kamen immer näher. Sie wollte gerade zu laufen anfangen, als sie von einem Mann eingeholt wurde, der unauffällig neben ihr ging und so tat, als würde er sich schneuzen. Großgewachsen, hager, den Hut tief ins Gesicht gezogen, den Mantelkragen hochgestellt, fühlte Eva sich bei seinem Anblick einen Moment lang an Rupert auf dem Weg zum Mieringbauern erinnert, bevor sie ihn erkannte. Ein Genosse, der Hubleitner Ferdl, war es, der so übervorsichtig flüsterte, daß sie ihn kaum verstand: Sie solle unauffällig weitergehen. „Nicht nervös werden, Eva! Auch wenn die Rede ist, daß sich der Bertl bei der Liechtensteinklamm droben versteckt hält. Laß dich nur nicht nervös machen!“ Dann ging er schnell weiter und bog bei der nächsten Gelegenheit vom Weg ab.

Eva blieb stehen und bemerkte, daß ihre Knie vor Aufregung schlotterten. *Wo* war die Rede, daß Rupert… – *Sie* hatte nichts davon gehört. Die Berta wohl auch nicht, sonst hätte sie ihr etwas gesagt. Oder Rita. Wußte man also etwas Genaueres? Vermutete man etwas? Der Sieder? Die Liechtensteinklamm lag in einer ganz anderen Richtung. Dort könnten sie schon nach ihm suchen, dachte sie. Aber vielleicht stimmte das gar nicht. Womöglich wüßten sie sehr genau, daß Rupert auf der gegenüberliegenden Talseite…

Der Rat, sich nicht nervös machen zu lassen, bewirkte bei Eva das Gegenteil. Von nun an achtete sie darauf, wie die Menschen, mit denen sie Umgang hatte, ihr begegneten. Hinter jedem Satz glaubte sie auf einmal eine versteckte Anspielung wahrzunehmen. Und als sie dem Sieder persönlich über den Weg lief, wähnte sie sich von dem Mann so angesehen, als stünde die Aufdeckung unmittelbar bevor. Obwohl Sieder sie seit Ruperts Desertion immer gleich durchdringend und drohend angeschaut hatte, nachdem er ihr beim *Verhör* auf den Kopf zugesagt hatte, daß sie haargenau wisse, wo ihr Mann sich versteckt halte. Aber erst jetzt war sie davon überzeugt, daß er das nicht nur vermute, sondern bereits über genaue Anhaltspunkte verfüge! Ja, daß sogar eine großangelegte Gestapo-Aktion wie am Böndlsee bevorstehe.

Berta, die sich regelmäßig mit Genossen traf, wußte nichts von einem Gerede über Rupert, daß er womöglich doch nicht in der Schweiz sei. Aber in den Resten der Partei herrschte strengstes Stillschweigen. Man weihte sich untereinander – gefährdet, wie alle waren – nur dann in Geheimnisse ein, wenn es unumgänglich war. Berta vermutete eher, daß der Ferdl über Kanäle aus den Reihen der Nazis eine Information bekommen habe. *Dort* müßte also die Rede davon sein. Doch sei damit auch bewiesen, wollte Berta Eva beruhigen, daß die nichts Handfestes hätten. „Die wissen nichts Genaues, Eva, verlaß dich drauf!“

Trotzdem: Nachts lag sie lange wach, wagte es in dieser Situation nicht, Rupert zu besuchen. Kein Zweifel:

Jetzt, wo sie ruhig bleiben sollte, war sie nervös. Restlos. Hinzu kam das Elend des NSV-Dienstes. Immer wieder litt sie unter Übelkeit und geriet in Atemnot.

Nächte- und tagelang überlegte sie, was sie tun sollte, wagte sich kaum noch aus dem Haus, wenn sie dienstfrei hatte, weil sie sich von allen Menschen verfolgt fühlte. – So konnte es nicht weitergehen. Auf diese Art würde sie wirklich auffallen. Und sich womöglich verplappern. Aus lauter Angst, etwas zu verraten, könnte ihr das dann tatsächlich passieren. Niemand sprach davon, aber sie wurde von nun an das Gefühl nicht mehr los, daß alle über Ruperts wahren Aufenthaltsort etwas wüßten und jede scheinbar noch so harmlose Frage einzig und allein darauf abzielte, noch mehr herauszubekommen.

Als das Mädchen eines Bauern zu ihr geschickt wurde mit einem neuen, großen Strickauftrag, wußte sie, was sie tun würde: Den NSV-Dienst kündigen! Jawohl. Und dafür noch mehr stricken, nur noch stricken.

Man hatte dem Kind einen großen Rucksack mit alten Wollsachen vollgestopft, die Eva zuerst auftrennen mußte, um aus der daraus gewonnenen Wolle Neues zu stricken. Das Mädchen machte jede Bewegung auffällig langsam.

„Ja was hast denn?“ fragte Eva mißtrauisch.

„Nichts.“

„Doch. Ich merke es doch.“

Schweigend und genauso langsam fuhr das Mädchen fort, Stück für Stück alte Jacken, Pullover und Socken auszupacken. Und Eva schoß durch den Kopf, daß vielleicht die Gestapo dahinterstecke. Daß man sie ablenken wolle, um dann womöglich die Wohnung zu stürmen. Oder war gar geplant, vor ihren Augen das Mädchen zu foltern, um sie dazu zu bringen, Ruperts Versteck zu verraten? Schweiß trat ihr auf die Stirn, als sie erneut nachfragte: „Nun sag schon, was ist?"

Das Kind sah nicht auf, als es verlegen murmelte: „Darf ich. Ich mein'. Noch ein bißel dableiben..." Scheu blickte das Mädchen zu Boden, während es mit seinen rotgefrorenen Fingern, von denen einer, wohl nach einem Arbeitsunfall, ganz unnatürlich zur Seite gebogen war, die Stricksachen auf dem Tisch ordnete. Und Eva, die automatisch sogar dem Kind gegenüber Mißtrauen gehegt hatte, fühlte sich nicht nur erleichtert, sondern ganz stark an ihre eigene Kindheit erinnert. An all die Jahre der Lieblosigkeit auf dem Stubnerhof. Denn die glaubte sie in dem Mädchen wiederzufinden, das bei all seiner Schüchternheit unbedingt die Zeit des Fortbleibens vom Hof hinauszögern wollte.

„Ich richte dir einen Tee. Magst bestimmt?"

Das Mädchen nickte mehrmals dankbar mit leuchtenden Augen und setzte sich unaufgefordert schnell hinter den Küchentisch.

Es war so kalt geworden, daß der Schnee auf den Ästen der Bäume liegengeblieben war. Und heute schien die Sonne. Wolkenlos blauer Himmel. Überall funkelten und blitzten die Eiskristalle des Neuschnees. Eva dachte wehmütig an ihre Hochzeitsreise. In Innsbruck war sie Arm in Arm mit Rupert an so einem traumhaft schönen Wintertag durch die tiefverschneite Stadt spaziert, um sich das *Goldene Dachl* anzusehen, das sie sich viel eindrucksvoller vorgestellt hatte. Sie war unkonzentriert. Überlegte ständig, wie sie ihre Kündigung des NSV-Dienstes genau begründen sollte. Rita gegenüber hatte sie schon des öfteren vom Aufhören gesprochen, weil ihr dieses große Leid unerträglich sei, sie so sehr belaste, daß sie nachts sogar aus dem Schlaf hochschrecke, da sie von allen Seiten gerufen werde und das Gefühl habe, doch nicht helfen, ja sich nicht einmal von der Stelle bewegen zu können. Aber wegen der Kündigung mußte sie zur Urban. Und eben diesen unangenehmen Gang hatte sie Tag für Tag hinausgeschoben.

Sie wollte sich mit Rupert besprechen, doch wagte sie es nach dem Vorfall mit dem Ferdl nicht, ihn aufzusuchen. Sie könne sich einfach nicht sicher sein, nicht doch beschattet zu werden, sagte sie sich.

Sie versorgte einen Soldaten, dessen Bauchwunde so entsetzlich stank, als würde der Mann regelrecht verfaulen, weshalb sie nach dem Verbandwechsel ins Freie mußte, um Luft zu schnappen. Sie ging vor dem Gebäude auf und ab, als sie plötzlich von einer Schar lärmender, junger Gendarmen überholt wurde, die offenbar aus einem eben angekommenen Zug gestiegen waren. Unwillkürlich bekam sie es bei dem Anblick der Uniformierten mit der Angst zu tun. Und die steigerte sich zur Panik, als sie sah, daß die jungen Männer, die den Bahnhof verließen in – Richtung St. Veit unterwegs waren! Aufgeregt hastete sie ein Stück hinter ihnen her, bis jeder Zweifel ausgeschlossen war, daß dieser Trupp Gendarmen schnurstracks zum Mieringbauern marschierte!

19

Die Kammer war klein und nicht zu beheizen; ein hohes, altes Bett, ein Nachtkästchen, ein wackliger Kasten mit der Jahreszahl 1868 auf dem Schild, dessen Tür immer aufsprang, bis Rupert sie mit einem Stück Zeitungspapier fixierte.

Ein paar Schritte nur konnte er in seinem neuen Versteck auf und ab gehen, doch Rupert fühlte sich wohl. Auch wenn man ihm nicht sagen konnte, warum Eva nun schon eine ganze Woche lang nicht gekommen war, und ihn die Ungewißheit belastete. Das Tauwetter war vorüber. Es hatte auch wieder geschneit, und heute war es strahlend schön. Frühmorgens schlich er sich jeden Tag in den Stall, den er hinter sich verriegelte, um für Hilde die Kühe zu melken. Er genoß die Wärme, die von den Tieren ausging, die noch träge in ihren Koppeln standen, wenn er sich auf dem Melkschemel ganz dicht zu ihnen setzte. Es machte ihn glücklich, daß sich auch die Zenzi, auf deren Eigensinnigkeit ihn Hilde extra aufmerksam gemacht hatte, ganz handzahm benahm. Leise redete er mit dem Tier, massierte lange die Euter, streichelte über den Bauch der Kuh und war froh, die eigene Stimme zu hören. Wenn er so beim Melken saß, fühlte er Dankbarkeit in sich, nicht mehr in der Teuchl sein zu müssen. Mit Schaudern dachte er daran, in welche Panik er in der ersten Zeit im Wald geraten war bei der Befürchtung, womöglich seine Stimme verloren zu haben, nach wochenlangem Schweigen.

Jetzt sah er auf die herrliche Winterlandschaft hinaus, nachdem er die Eisblumen, die über Nacht von den Rändern her das Kammerfenster bewachsen hatten, mit einer Prise Salz zum Schmelzen gebracht hatte, und er mußte sich zurückhalten, nicht das Fenster zu öffnen und nach den langen dicken Eiszapfen zu greifen, die vom Hausdach hingen. Sie in kindischer Lebensfreude zu *pflücken* und daran zu lutschen wie ein Fünfjähriger. Er beobachtete die Mädchen, die ihre *Schlapf*, den aus einigen Brettern selbstgebauten Holzschlitten ohne Metallkufen, unermüdlich immer wieder den steilen Weg hinaufzogen, sich übermütig in den Schnee fallen ließen und herumtollten. Dabei fiel ihm das Mädchen ein, deretwegen er damals fast den Bauern erschossen hätte. Was wohl aus ihm geworden war. Eine noch immer von Hof zu Hof gestoßene Magd, deren eigenen ledigen Kindern es gleich erginge wie ihr? Eine Fabriksarbeiterin?

Während er – angezogen wie eine Brunnensäule, wie Eva wohl gesagt hätte – sich mit allerlei Bewegungen warm zu halten versuchte, schwankte er zwischen dem Gefühl der Verbitterung angesichts des immer noch ausstehenden Kriegsendes und dem einer wachsenden Zuversicht, daß danach die Welt einfach besser werden würde. Es würde der Kommunismus kommen wie das Amen im Gebet, wie Fritz sich ausgedrückt hatte, als er seinen Stiefvater kurz vor dem Einrücken das letzte Mal besucht hatte. Und mit dem Kommunismus würde endlich die ersehnte Gerechtigkeit für alle verwirklicht werden. Gleichheit. Endlich Gleichheit! Jetzt, wo er so viel Zeit hatte, nachzudenken über sein Leben, war er immer wieder bei seiner trostlosen Kindheit, die doch nur ein einziger Diebstahl an Leben war. Sie kam ihm erneut wie ein schier endlos langer Tunnel vor, dem die Dunkelheit gefolgt war, in welche die Nazis Europa gestürzt hatten. Wenn er sich an Einzelheiten erinnerte, überwog durchwegs der Schmerz über das Erlittene das Gefühl, das alles nun endgültig überstanden, ein für allemal hinter sich gebracht zu haben. Immer wieder sah er sich vom Tisch der Steffi vertrieben, als er mit ihr die Schulaufgaben machen wollte. Verjagt wie einen rechtlosen, dreckigen Hund, nicht anders.

So vieles ging ihm durch den Kopf: Evas und sein Wunsch nach Kindern, denen einmal all das erspart bleiben sollte, worunter sie beide gelitten hatten. Die Verbesserung der Welt. Der Krieg würde aufhören, und alles würde gut werden.

Danach *könnte* es einfach nichts mehr geben, was mit dieser Katastrophe auch nur im entferntesten vergleichbar wäre! *Daraus* würden *alle* gelernt haben!

Wie so oft, stand er auch an diesem Vormittag Ende Jänner 1945 im toten Winkel am Fenster und sah hinaus. Hans besaß viele Obstbäume, brannte reichlich Schnaps, und die Kundschaft kam den ganzen Winter hindurch. Auch all jene, die ein paar Eier, etwas Butter kaufen oder tauschen wollten. Es war ein eigenartiges Gefühl für Rupert, bekannte Gesichter auftauchen und auf das Haus zugehen zu sehen. – Wenn die wüßten, daß er da am Kammerfenster stand! Was würden sie tun? Ihn sofort anzeigen, ihn, der auf einmal nicht mehr der Jagdfreund, der Kumpel beim Kartenspiel oder Eisschießen war, sondern der gesuchte Deserteur, der verbrecherische *Fahnenflüchtige*! Der *Wehrkraftzersetzer!* Der letztlich Vogelfreie.

Er sah hinaus und war mit seinen Gedanken gerade noch weiß Gott wo gewesen, als ihn plötzlich das blanke Entsetzen packte! Er rieb sich die Augen. Begann zu zittern. Glaubte, nicht richtig zu sehen. Oder womöglich gar überzuschnappen, als Folge des ständigen Alleinseins. Sich Dinge einzubilden, die es nicht gab. Doch das, was er jetzt vor Augen hatte, wenn er auf den zum Bauernhaus führenden Weg hinuntersah, war keine Täuschung: Unweit des Hauses sammelten sich – Gendarmen! Zuerst so fünf, sechs, nach und nach immer mehr. Bis Rupert über zwanzig junge Männer zählte, die sich auf den Zaun setzten, herumalberten, sich mit Schneebällen bewarfen und dann so taten, als würden sie sich bloß sonnen. Ganz beiläufig beobachteten sie das Haus. Behielten es im Auge! Und wie nebenbei warf gelegentlich einer der Gendarmen einen Blick auf seine Uhr. Für

Rupert gab es keinen Zweifel daran, daß sie auf ihren Einsatz warteten! Auf nichts sonst als auf den Einsatzbefehl warteten die! Rupert spürte Beklemmungen. Sein Mund wurde trocken. Schweiß, kalter Angstschweiß stand ihm auf der Stirn. Und floß ihm bald darauf zwischen den Schulterblättern den Rücken hinunter. – Was tun, verdammtnochmal, was sollte er bloß tun?!

Es hatte Blutwurst mit Sauerkraut zum Mittagessen gegeben. Ida saß noch am Stubentisch. Hilde, beunruhigt und verwirrt angesichts der Gendarmen da draußen, stellte Ruperts Portion wie immer zum Warmhalten ins Rohr, bis auch ihre jüngste Tochter aus dem Haus wäre und sie das Essen unbemerkt in die Kammer hinaufbringen könnte. Da fragte das Kind plötzlich: „Mami, wir haben ja schon alle gegessen. Warum stellst denn noch was ins Rohr?“ Hilde zuckte erst einmal zusammen, dann entgegnete sie so gleichmütig wie möglich: „Fürs Nachtmahl, Ida. Der Papa ißt das dann, wenn er heimkommt.“

„Was ist denn oben in der Kammer, Mami?“

„Was soll denn schon sein? – Nichts ist!“

„Ich hör’ immer was, Mami. Da ist wer drinnen.“

„Ach geh, was du schon hörst. Niemand ist drinnen. Die Katzen sind es halt, die du hörst. – So, kannst jetzt auch wieder hinausgehen, Schlittenfahren, Ida. Aber wälz’ dich nicht zuviel im Schnee heute, hast in der Nacht so gehustet.“

Das Mädchen mit seinem etwas blassen runden Gesicht und den wenigen, wie mit einem Pinsel aufgetupft wirkenden Sommersprossen, blieb noch eine Weile unschlüssig am Tisch sitzen und schien nachzudenken, ehe es die Stube verließ.

Hilde war starr vor Angst. Kein Wort hätte sie herausgebracht, wenn einer der Gendarmen hereingekommen wäre. Gerade heute, wo Hans nicht da war. Ihm wird doch nichts passiert sein, mein Gott, sie werden doch nicht Hans... Sie getraute sich nicht einmal vors Haus, um in den Stall hinüberzugehen. Sah nur immer wieder ängstlich zum Fenster hinaus. Wagte es nicht, Rupert das Essen hinaufzubringen. – Was hatten die Gendarmen nur vor, mein Gott, was würde passieren! Womöglich das, wovor sie am meisten Angst hatte! – Waren sie sich überhaupt je darüber im klaren gewesen, welches Risiko es bedeutete, einen Deserteur zu verstecken? Würde nun die ganze Familie umgebracht werden? Sie zitterte, als sie begann, das Geschirr abzuwaschen.

Rupert schwitzte wie bei der Heuarbeit im Hochsommer, nur daß der Schweiß kalt war, ihn frösteln ließ, während er fieberhaft überlegte, was er denn bloß tun sollte! Wo sich verstecken. Wegzulaufen wäre nicht mehr möglich. Und wenn so viele Personen das Haus und den Stall durchsuchten, entginge ihnen wohl kaum ein Versteck! Vor allem brachte er Hans und Hilde in Gefahr. Die Mädchen, was sollte dann aus den Mädchen werden. Er mußte ständig daran denken, was Eva ihm über die Jagd auf die Deserteure am Böndlsee erzählt hatte! Und warum kam niemand herauf zu ihm? Es war ihm, als laufe er in einem versperrten Käfig hin und her, als er die paar Schritte in seiner Kammer auf und ab ging. Hilde. Was war los? Das Mittagessen hatte er heute auch noch nicht bekommen. Weshalb warnte sie ihn nicht? Sollten die beiden gar selber – nie im Leben! Aber Hans war heute früh mit dem Pferdeschlitten weggefahren. Kurz nachdem Rupert vom Melken aus dem

Stall gekommen war. Hilde hatte nichts davon gesagt, als sie ihm das Frühstück gebracht und danach das Geschirr wieder geholt hatte.

In diesem Moment hörte er ganz leise Schritte auf seine Kammertür zukommen. Er hoffte auf Hilde, schlich zur Tür, spähte durch das Schlüsselloch – und blickte direkt in ein menschliches Auge! Er sah hinaus – und Ida zu ihm hinein! Für einige Schrecksekunden starrten sich die beiden Augen an. Dann zog Rupert schnell den Kopf beiseite. Während er den Atem anhielt, hörte er das erkältete Mädchen rasselnd atmen. Noch eine ganze Weile. Danach vernahm er die leisen Schritte des Kindes, die sich von der Kammertür entfernten. Er blieb eine Zeitlang reglos hocken, bevor er wieder seinen Platz in der Nähe des Fensters einnahm. Seine Beine schlotterten. Sein Unterkiefer bebte. Nervös rauchte er eine Zigarette.

Wie überzeugend unverdächtig sich die jungen Männer benahmen. Aber weshalb warteten sie nur so lange auf ihren Einsatzbefehl? Es waren doch schon mehr als genug Leute da. Der Trupp war so groß, daß klar war, daß sie das Haus umzingeln und ihn herausholen würden. Oder bestand die Taktik darin, zuzuwarten, bis er die Nerven verlieren und von sich aus hinauskommen würde? Wahrscheinlich vermuteten sie auch noch andere Deserteure auf diesem Anwesen. Fred zum Beispiel. Sieder wußte doch, daß Rupert und Fred die besten Freunde waren. Es brach ihm in Wellen der Angstschweiß aus. Sein Hemd war schon durchgeschwitzt. Es war vorbei! Jetzt, womöglich unmittelbar vor Kriegsende. Alles umsonst! Die gräßliche Zeit im Bunker in der Teuchl! Man würde ihn abknallen – auf der Flucht erschossen! Oder ins KZ schaffen und dort umbringen! Er hatte nie etwas anderes besessen als sein Leben, keinen Zentimeter Grund, kein Haus – nichts, nur das nackte Leben. Mit dem hatte er davonkommen wollen, mit nichts sonst als mit diesem Leben. Und jetzt war es also aus! Nicht einmal Eva würde er noch einmal sehen können! – Nein, er wollte sich verteidigen. Schießen bis zur letzten Patrone – die er für sich selber aufheben wollte. Er lud sein Gewehr. Mit zitternden Händen legte er sich die Munition griffbereit. Und starrte zu den Gendarmen hinunter, die sich unbegreiflicherweise noch immer so benahmen, als wären sie nur zum Zeitvertreib da. Wie überzeugend sie doch so taten, als würden sie wirklich nur die Sonne genießen! So lange schon! Rupert hatte nicht auf die Uhr gesehen, in der Aufregung auch nicht auf die Kirchenglocken geachtet, doch eine Stunde dürfte bereits vergangen sein, seit die ersten Uniformierten aufgetaucht waren. Mindestens eine Stunde. Nun sah er Ida mit ihrem Schlitten auf die Gruppe zufahren. Sie schlingerte ein wenig auf der eisigen Straße – und bremste direkt vor den Männern!

Ruperts Finger umkrampften das Gewehr. Ida! Die gerade noch durchs Schlüsselloch gesehen, in sein Auge geschaut hatte! Einer der Gendarmen sprach das Kind an. Ida schien jedoch nichts zu erwidern, nickte nur. Und nahm plötzlich ihre Rodel am Riemen und lief damit den Weg zum Haus zurück. Der junge Mann lachte laut hinterdrein, während er nach seinen Zigaretten griff.

Die Männer verhielten sich gleich wie zuvor. Fast zwei Stunden, schätzte Rupert, müßten vergangen sein, als Bewegung in den Haufen kam. Ruperts schweißnasse Hand umklammerte das Gewehr, die Gendarmen nahmen Aufstellung, sie, nein, sie gingen, jawohl, sie zogen ab! Richtung Schwarzach! Das durfte doch nicht wahr sein! Welche neue Taktik verfolgten die bloß damit? Das ergab einfach keinen Sinn. Rupert starrte auf die Straße, die längst menschenleer im strahlenden Sonnenschein lag. Er starrte lange ungläubig auf den grell-weißen Schnee, der im Schatten blau zu sein schien. Die waren weg – und kamen nicht zurück!

Ein Bauer mit einem schwer mit Holz beladenen Ziehschlitten fuhr talwärts, das war alles, was sich tat. Laut kratzten die Bremstatzen über den gefrorenen Schnee und das Eis. Später kam eine Frau vorbei, ein gut in Decken eingepacktes Kleinkind auf der Rodel ziehend. Nichts sonst passierte auf dem Weg. – Keine Rückkehr der Gendarmen!

Schließlich wechselte Rupert das durchgeschwitzte Hemd. Legte sich mit der Zigarette, die er sich doch noch aufsparen wollte, aufs Bett. Starrte gegen den Plafond, die von Holzwürmern zerfressene Decke, und konnte sich einfach nicht beruhigen.

Die Blutwurst war ausgetrocknet und nahezu schwarz, die gerösteten Erdäpfel verschrumpelt, das Sauerkraut eingesunken, als Hilde ihm sein inzwischen lauwarm gewordenes Essen brachte. Nein, sie wisse auch nicht, was die gemacht hätten, die Gendarmen, flüsterte sie hastig und mit vor Aufregung brüchiger Stimme. Ihr sei ganz bang geworden bei dem Anblick. Sie habe ebenfalls nicht gewußt, was tun. Der Hans? Der sei heute nach St. Johann, *Markt Pongau*, gefahren, zu einer Nichte. „Daß sie ihn gar geschnappt haben, hab' ich mir gedacht." Heute komme aber auch alles zusammen: Der Ida sei nämlich aufgefallen, daß sie nach dem Essen immer noch eine Portion ins Rohr stelle. „Mein Gott, wenn das Kind sich verplappert."

„Das ist ihr aufgefallen?" Rupert war noch viel zu aufgeregt, als daß er sich der neuen Gefahr, die von dem Mädchen drohte, wirklich bewußt geworden wäre.

„Sie muß auch deine Schritte in der Kammer gehört haben, Bertl."

Mein Gott, wie konnte er das nur vergessen: Das Dirndl habe durchs Schlüsselloch hereingeschaut, und er hinaus!

Hilde schüttelte mehrmals ungläubig den Kopf. „Gesagt hat sie davon aber nichts. Kein Wort."

Nachdem Hilde das leere Geschirr abgeholt und Rupert sich vorsichtig auf den Abort geschlichen hatte – Hilde mußte Wache stehen, damit nicht eines der Mädchen auch hinauslief –, schlüpfte er unter die Decke und versuchte ein wenig in dem Buch zu lesen, das Eva ihm heraufgebracht hatte, aber er konnte sich einfach nicht konzentrieren. Immer wieder fing er zu lesen an und wußte nach dem Umblättern nicht mehr, was er gerade gelesen hatte.

Fritz hatte ihm das Buch geschenkt – Maxim Gorki „Meine Kindheit" –, es war voller Flecken, und einige Seiten hatten sich selbständig gemacht. Sein Stiefvater hatte ihm erzählt, daß er es in Frankreich mitgehabt habe. Von einem miesen Quartier zum anderen habe ihn das Buch begleitet. Als Rupert schließlich soweit war, sich halbwegs auf das Gedruckte zu konzentrieren – die Decke ganz über die Ohren gezogen, lag er, zur Wand gedreht, in seinen Kleidern im Bett –, da ließ ihn plötzlich ein lautes Geräusch am Fenster zusammenschrecken. Und noch eines. Das Fenster. Es wurde beschossen! Langsam, mit ungläubigem Ausdruck im Gesicht, drehte er sich um. Glitt vorsichtig aus dem Bett und sah, daß Schneebälle an den Scheiben hafteten. Buben. Er hörte sie drunten lachen. Sie warfen noch einige Schneebälle nach den langen Eiszapfen, die vom Dach hingen. Trafen. Ein weiterer Schneeball klatschte gegen das Fenster. Eiszapfen donnerten laut krachend zu Boden. Es dauerte noch geraume Zeit, bis die Buben endlich weitergingen.

Rupert war noch ziemlich verstört, als Eva spät am Abend leise das Haus betrat.

Sie habe vor lauter Schreck weder aus noch ein gewußt, als sie gesehen habe, daß die vielen jungen Gendarmen, die am Bahnhof Schwarzach angekommen waren, alle auf einmal in Richung St. Veit marschiert seien! Sie erzählte von der Begegnung mit dem Ferdl – deshalb sei sie so lange nicht gekommen, habe sich nicht heraufgetraut. „Ich habe geglaubt, jetzt ist es soweit, jetzt kommt es zu so einer Aktion wie am Böndlsee!“ Der Sieder wisse Bescheid, haargenau wisse der Bescheid, wo Rupert sich versteckt halte. Keine Rede von Liechtensteinklamm! Nein, er lasse ihn jetzt von diesen jungen Gendarmen holen! Sie sei halb verrückt geworden vor Angst und habe schließlich Rita gebeten, in Erfahrung zu bringen, was da los sei. „Ein ganzer Zug mit Soldaten und Gendarmen. Einige haben die paar Stunden Aufenthalt genutzt, um in die Sonne zu gehen.“

Sie schmiegte sich an Rupert, der ganz nahe am Kachelofen saß. Eigentlich könne sie es noch immer nicht fassen, daß es sich um eine so harmlose Angelegenheit gehandelt habe. Nur zu gut könne sie sich vorstellen, wie ihm zumute gewesen sein mußte! Fest drückte sie ihn an sich. „Ich muß mich aufhitzen“, sagte er, während er seinen Rücken an den Kacheln rieb, „so oft habe ich nicht Gelegenheit dazu.“ Es sei verdammt kalt droben in der Kammer. Aber natürlich überhaupt kein Vergleich mit dem Bunker in der Teuchl. Wie recht sie gehabt habe, ihn zu überreden, herüberzufahren. „Was täte ich ohne dich!“ Sie küßten sich lange.

Aber das sei vielleicht ein Tag gewesen, heute, Himmelherrschaftnocheinmal! So ein Tag! Allzuoft möchte er so etwas nicht erleben! „Ich auch nicht“, pflichtete ihm Hilde bei und erzählte, daß sie sich nicht vors Haus getraut habe, nicht einmal, um die Hühner zu füttern, während die Gendarmen da gewesen seien.

„Und die Ida hat nichts davon erzählt, daß sie das Auge vom Bertl gesehen hat?“ Auch Eva konnte das kaum glauben. Noch dazu, wo dem Mädchen die zusätzliche Portion Essen aufgefallen war.

„Du kannst dir denken“, sagte Rupert leise, „wie ich erschrocken bin, als die Ida mit ihrer Schlapf bei den Gendarmen stehengeblieben ist. Aber der, der sie angeredet hat, muß sie mit irgend einem blöden Witz verscheucht haben.“ Eva drückte ihren Mann fest an sich.

„Nein“, sagte er leise, „jetzt wird es schön langsam Zeit, daß dieser Scheißkrieg endlich aus ist! Und diese Nazi-Bagage zum Teufel geht!“

Hans und Hilde nickten. Hans sagte etwas besorgt, daß sich bei seiner Nichte Vevi offenbar irgend etwas zusammenbraue. Sie habe sich nicht richtig herauszurücken getraut, ihn aber gefragt, immer wieder gefragt, ob sie auf ihn rechnen dürfe, wenn sie einmal Hilfe brauche. „Sie hat sich so angezogen, daß man nichts merken soll, aber ich glaube, die ist schwanger.“

Sie hörten noch gemeinsam, dicht am Lautsprecher, BBC London, ehe die Bauersleute Rupert und Eva allein ließen und schlafen gingen.

Obwohl der Inhalt so erfreulich sei, flüsterte Eva, kriege sie von der Stimme, die so langsam spreche und fremd wie aus dem Jenseits klinge, jedesmal eine Gänsehaut. *Hitler hat den Krieg begonnen, aber er kann ihn nicht beenden*, hatte der Sprecher gesagt. „Hoffen wir, daß es wirklich nichts wird mit dieser *Wunderwaffe*, von der er in seiner Neujahrsansprache wieder geredet hat", sagte Eva leise. Sie habe die Rede bei der Berta angehört. „Die *Wunderwaffe*. Die Urban glaubt ganz fest daran. Bei jeder Gelegenheit droht sie mir damit. Hoffentlich wird nichts daraus, Bertl."

„Ja, hoffen wir es."

20

Die Augen der Urban wurden schmal, ihr Gesicht starr, leblos. Es war offenkundig, daß sie angestrengt überlegte, welche Hintergedanken Eva damit verfolge. Diese wiederum wagte kaum zu atmen. Nach einiger Zeit sagte die Ortsfrauenführerin: „Das Elend halten Sie also nicht mehr aus, die Verwundeten mitanzusehen, so, so, ist ja interessant!"

„Ja..."

„Eigentlich gut zu verstehen, wenn sich der Mann in der Schweiz ein schönes Leben macht, während unser Volk für die Freiheit blutet", sagte sie böse.

Sie habe für die Bauern der Gegend so viel zu stricken, beteuerte Eva, das sei doch auch wichtig. „Die Menschen brauchen die Sachen zum Anziehen." Beides sei ihr einfach zuviel.

Plötzlich sagte die Urban höhnisch: „Falls Sie vorhaben sollten, auch in die Schweiz zu fahren, so brauchen Sie das gar nicht zu probieren. Die lassen niemanden rein. Die sind gescheit genug, sich das Gesindel vom Hals zu halten!"

Dann sah sie ins Leere und sagte schnippisch: „Es gibt mehr als genug Frauen in Schwarzach, die froh sind, den Helden unseres Volkes helfen zu dürfen und dabei auch noch etwas zu verdienen!"

Damit war Evas Dienst bei der NSV beendet. – Und sie hatte die Kündigung bei ihrem letzten Besuch nicht mit Rupert besprochen, hatte doch tatsächlich darauf vergessen, da an diesem Tag so viel Unglaubliches vorgefallen war.

Als sie an diesem grauen Wintertag auf die Straße trat, erwartete sie, sich erleichtert und befreit zu fühlen. Doch sie empfand nur Ungewißheit. Einerseits war sie beruhigt, da die Urban zumindest nichts von Ruperts wahrem Aufenthaltsort zu wissen schien, andererseits erfaßte sie plötzlich Panik bei dem Gedanken, einen schlimmen Fehler begangen zu haben mit dieser Kündigung. Wenn der Krieg noch lange dauerte – wie sollte sie sich allein mit Stricken durchbringen? Am liebsten wäre sie auf der Stelle umgekehrt.

Sie wagte es vorerst nicht, Rupert zu besuchen. Er selbst hatte ihr neuerlich dazu geraten, beim geringsten Verdacht, etwa beschattet zu werden, keinesfalls zu kommen, so sehr sie sich auch nacheinander sehnten!

Es war wieder kälter geworden, und wildes Schneetreiben hatte eingesetzt, als Eva sich auf den Weg machte, um zwei gestrickte Westen zuzustellen. Einem Bauern auf der Schattseite – also keine Gefahr, damit womöglich ungewollt Ruperts Versteck zu verraten. Eva hatte seit der Begegnung mit dem Ferdl noch immer das Gefühl, beobachtet zu werden, obwohl sie nie jemanden entdecken konnte, der ihr folge. Sie bekam Butter für ihre Arbeit, einige Eier, etwas Milch, Brot und Speck. Sie freute sich darüber und hob auf dem Heimweg den gut gefüllten Rucksack immer wieder mit den Händen an. Auf einmal verspürte sie intensiv Zuversicht. Es werde einfach alles gut gehen! Der Krieg wird bald aus sein, und alles wird gut werden. Sie freute sich am

Schneefall, an der Stille, in der sie in der aufkommenden Dämmerung die steile Straße hinab auf den verdunkelten Ort zumarschierte. Keine Fahrzeuge begegneten ihr, nur wenige Menschen waren unterwegs. Sie blieb oft stehen, schaute in das Wirbeln der Flocken hinein, so lange, bis sie wieder wie als Kind das Gefühl hatte, in das Schneegestöber hineingezogen zu werden, regelrecht abzuheben vom Boden. Nein, sie würde durchkommen, wenn sie nur fleißig strickte. Sie und Rupert, die nichts besaßen außer ihren zwei kleinen Leben, sie würden sich diese kleinen Leben bewahren. Es würde alles gut werden, wenn sie erst für immer beisammen wären!

Der Nachbar jenes Bauern, bei dem sie gerade war, hatte bei ihr zehn Paar Socken in Auftrag gegeben, mit denen sie sogleich nach ihrer Heimkehr anfangen wollte. Auch für Hildes Mädchen hatte sie Hauben und Handschuhe in Arbeit. Zuerst einmal, freute sie sich, würde sie ihre Stube gemütlich warm einheizen, sich Hagebuttentee machen und ganz langsam und bedächtig Butterbrote dazu essen. Ein wenig von dem Speck, wollte sie auch kosten. Schnell faßte sie noch einmal nach hinten und hob den Rucksack etwas an. Sie wäre dazu aufgelegt gewesen, ein paar Luftsprünge zu machen. Aber die Eier, sie mußte auf die Eier achtgeben. Vielleicht hätte sie das dritte Stamperl Obstler von der Bäuerin doch ablehnen sollen. Ach was, sie genoß es, sich endlich einmal ein wenig sorgloser zu fühlen. Die Berta hatte ihr gestern die allerbesten neuesten Nachrichten gebracht. Der Krieg wäre bald endgültig vorbei. Und dann würde ihr Bertl um diese Zeit vom Dienst heimkommen. Sie würden gemütlich essen, das Beisammensein genießen, und eine Urban oder ein Sieder hätten mit ihren Leben sicher nicht mehr das geringste zu schaffen!

Aus dem Stiegenhaus roch es nach Kohl. Sie war daheim. Unter der Haustüre stehend, stampfte sie so fest auf den Boden, daß sich neben den schweren Schuhen, die sie sich vor drei Jahren geleistet hatte, kleine Schneehaufen bildeten. Sie nahm ihr Kopftuch ab, schüttelte auch von Mantel und Rucksack den Schnee ins Freie, um dann zu ihren Dachzimmern empor zu steigen, als sie hinter sich hörte, wie die Tür der Urban-Wohnung aufgerissen wurde. Dann ging alles sehr schnell. Zwei SA-Männer mit roten Köpfen wurden von der Urban geradezu die Stiegen hinaufgeschubst, und noch bevor Eva den Schlüssel ins Schloß stecken konnte, waren die beiden bei ihr. Die Urban, die den Männern nachgehetzt kam, herrschte sie schrill und außer Atem an.

21

Rupert sah den Briefträger auf das Haus zukommen. Der Xaver schwenkte die Postkarte, die er auf dem Weg herauf zum Mieringbauern längst gelesen hatte und rief der Bäuerin, die eben mit dem leeren Sautrankkübel vom Stall kam, auf seine gutgelaunte Art von weitem zu: „Die Toni und der Ewald kommen auf Besuch!"

Am Abend, als die Töchter schliefen, saß Rupert bei den Bauersleuten in der Stube, um die neue Sachlage zu beraten. „Es nützt nichts", meinte Hans. „Wir brauchen für die beiden die Kammer. Aber vor allem ist der Ewald ein fanatischer Nazi. Illegaler und jahrelang bei der SA." Er verstehe es auch nicht, warum die Toni sich gerade den ausgesucht habe. Hildes Schwester hatte in der Schweiz als Stubenmädchen und Haushälterin gearbeitet, war von einer wohlhabenden deutschen Familie kurzerhand abgeworben und mitgenommen worden. Ewald war der Chauffeur des Mannes gewesen, der bald in der NSDAP Karriere gemacht hatte.

Etwas Gutes habe die Sache auch, meinte Hilde: „Die Ida kann sehen, daß niemand in der Kammer ist."

Rupert mußte also in die Tenne unters Stroh kriechen. Als es soweit war, glaubte er zu ersticken. Arbeitete sich mit seinen zwei Decken ganz nach vorne an die Bretterwand, wo er frische Luft durch die Ritzen sog, während die meterhohen Strohballen schwer auf ihm lasteten. Es war kalt. Er versuchte sich durch die wenigen kleinen Bewegungen, die ihm in dieser Lage möglich waren, ein bißchen aufzuwärmen. Ein Abenteuer für sich war es, unbemerkt im Stall die Notdurft zu verrichten.

Von Tag zu Tag – die reisten offenbar überhaupt nicht mehr ab! – fühlte er sich noch elender. Und vom sehnlichst erwarteten Kriegsende keine Rede!

Irgendwie gelang es Hilde, ihm im Sautrankkübel unbemerkt das Essen in den Stall zu schmuggeln. So dankbar ihr Rupert dafür war, empfand er es als erniedrigend, in welche Lage er nun wieder geraten war. Vorne, mit der Nase an den Ritzen der Bretterwand – der feine Staub benahm ihm den Atem –, hatte er so viel Zeit, nachzudenken. Alles ging ihm durch den Kopf: Immer wieder die Kindheit, die er wohl überhaupt nie loswerden würde, verfluchtnochmal; wie ein Hund gehalten worden zu sein, und jetzt mit den Säuen das Futter zu kriegen! Rupert hatte längst bemerkt, daß sich in ihm ein Bodensatz an Verbitterung angesammelt hatte, der jede Situation, und sei sie noch so angenehm, beeinträchtigte. Erst recht so deprimierende wie die momentane.

Das frühmorgendliche Kühemelken fehlte ihm. Er

wurde von Tag zu Tag niedergeschlagener. Und er hörte Ewalds Reden mit an, denn der schwätzte unablässig, belehrte Hilde vor dem Stall über die große Bedeutung des *Nährstands*. Erst recht nach dem *Endsieg*. Er höchstpersönlich, versprach er ihr einmal euphorisch an einem wunderschönen Wintervormittag, werde dafür Sorge tragen, daß dieser Hof als Musterhof der Alpen ausgezeichnet werde. „Von allerhöchster Stelle, Hilde. Du bist dir bewußt, was das heißt!" Die Sonne blitzte in seinen blankpolierten Lederstiefeln, als er sagte: „Ach, Hilde, wie schön habt Ihr es doch hier. Wie schön. Auf unseren Schultern lastet das Schicksal des Reiches. Das spürt man. Leider auch an so herrlichen Tagen wie heute." – Gerade er, der keine Stunde eingerückt gewesen war, ereiferte sich dann lautstark über die *Helden des deutschen Volkes*, den unmittelbar bevorstehenden Einsatz der *Wunderwaffe*, und den zu erwartenden *Endsieg*.

Rupert nahm jede kleinste Veränderung in seinem Blickfeld in allen Einzelheiten wahr – die gelben Urinspuren im Schnee ebenso wie den kleinen Krater, in dem Federn und Blut jenes Vogels lagen, den offenbar die Katze zerfetzt und gefressen hatte. Beim nächsten ausgiebigen Schneefall wäre nichts mehr davon zu sehen.

Am Abend, sollte Hans Rupert später erzählen, wenn Ewald nicht genug des selbstgebrannten Obstschnapses bekommen konnte, wenn er das *Budei* mit beiden Händen zu umklammern versuchte, dann war es mit der strammen Haltung vorbei. Weinerlich und voll des Selbstmitleids jammerte er, daß der eigentliche Grund, weshalb sie hier seien, leider der wäre, daß sie im Reich nicht mehr sicher seien.

Hans und Hilde versuchten von Toni herauszukriegen, wie lange die beiden denn noch zu bleiben beabsichtigten, doch Toni wußte auch nichts Genaueres. Ewald wollte sich nicht festlegen.

Für Rupert zogen sich die Tage in seinem Versteck, dehnte sich jede Minute, jede Stunde ins schier Unendliche aus. Hans hatte Eva sogleich nach Erhalt der Postkarte benachrichtigt, daß sie bis zur Abreise der Gäste keineswegs heraufkommen durfte.

Was wohl seine Arbeitskollegen jetzt machten, dachte Rupert. Wie kalt es auf den Zügen oft gewesen war, vor allem auf jenen, die nicht einmal über eine Bremshütte verfügten. Dort das eiskalte Rad der Bremse zu drehen, wenn der Lokführer sofort pfiff, falls zuwenig gebremst wurde. Wie durchfroren er da oft vom Zug gestiegen war. Aber das war harmlos gewesen gegen diese Lage. Und die wiederum nichts gegen seinen Einsatz in Rußland. Es plagten ihn noch immer Alpträume vom Rückzug. Dieses verzweifelte Davonlaufen mit dem Gefühl, es doch nicht zu schaffen. Wozu das alles. Wozu so ein Leben führen, fragte er sich immer öfter. Wieder war es der Gedanke an Eva, der ihn aufrecht erhielt.

Durch die Bretterritzen sah er am Vormittag immer Ewald vor das Haus treten in seiner SA-Uniform mit den stets frisch gewichsten Stiefeln, und von Tag zu Tag hoffte er auf das Kriegsende. Doch es trat nicht ein. Hans und Hilde konnten jetzt keinen ausländischen Sender hören. Ewald hockte mit Begeisterung vor dem Apparat, um die offiziellen Verlautbarungen des Deutschen Reichs zu vernehmen. Sie waren schon vierzehn Tage auf dem Hof, und von Abreise war nicht die Rede gewesen, bis dieses Telegramm gebracht wurde, das Ewald zusammenzucken und bleich werden ließ.

Xaver hatte es mit hochrotem Gesicht und außer Atem geschwenkt. Es verstand sich von selbst, daß er bei einem Stamperl Schnaps rasten und nicht eher gehen würde, bis er über den Inhalt dieses Telegramms Bescheid wüßte. Schließlich war ihm der Postmeister deswegen persönlich noch nachgelaufen und auf dem Eis vor dem Eingang fast gestürzt. Wo Xaver doch schon Dienstschluß gehabt hätte. Oftmals sollte Hans diese Szene noch erzählen: *Unverzügliche Rückkehr zwecks Übernahme wichtiger Aufgaben in der Partei.* Ewald trat der Schweiß auf die Stirn. Sein Gesicht verfärbte sich zuerst weiß, bevor es knallrot wurde. Stolz und Angst mischten sich auf eine ganz merkwürdige Weise. Hans setzte sich zu ihm, und er kippte einen Schnaps nach dem anderen hinunter. Plötzlich sagte er ganz feierlich, mit verschwommenem Blick mühsam die Worte formend: „Seht ihr! Das ist es! Das ist das Zeichen! Die Wunderwaffe! Der Endsieg naht, Leute!" Danach stierte er stumpf vor sich hin, während seine Frau bekümmert seufzte.

22

„Ja was haben denn Sie geglaubt?" schnaubte die Urban triumphierend. Befriedigt über das Entsetzen, das ihre Aktion bei Eva ausgelöst hatte, die das Blatt Papier in den zitternden Händen hielt. Die beiden SA-Männer standen ein wenig betreten daneben. Sie rochen nach Schnaps. Plötzlich schnauzte sie der eine, der auf Eva harmloser gewirkt hatte, an: „Seien Sie froh, daß Ihnen nicht mehr passiert. Als Frau von einem Fahnenflüchtigen! Eigentlich müßten Sie auf der Stelle ins...“ Er schluckte dann doch hinunter, was er sagen hätte wollen.

„Kommunistengesindel“, warf der zweite ein.

„Jedenfalls müssen Sie innerhalb von drei Tagen da hinaus!“ kreischte die Urban wieder. „Sie haben keinerlei Ansprüche mehr auf die Wohnung! Da können Sie noch so dumm schauen. Und all die anderen Sachen, die noch offen sind – glauben Sie nur nicht, daß Sie davonkommen! Nach dem Endsieg wird abgerechnet, das verspreche ich Ihnen. Abgerechnet! Ohne jeden Pardon! Ihren Fall hat der Ortsgruppenleiter nämlich ganz zuoberst liegen, ganz zuoberst!“

Es fiel nasser Schnee in riesigen Flocken, als Eva zusammen mit dem alten Langangbauern, dessen jüngstem Sohn und Berta mühsam die Möbel durchs Stiegenhaus schleppte, um sie auf den Holzschlitten aufzuladen, während das Pferd unruhig stampfte. Die Decke, die ihm der Bauer übergeworfen hatte, war schon völlig durchnäßt. Das Tier beruhigte sich erst, als es einen Hafersack umgehängt bekam und zu fressen begann. Immer wieder fand die Urban einen Grund, gerade dann durchs Stiegenhaus gehen zu müssen, wenn sie einen Kasten schleppten oder sich mit einem anderen großen Möbelstück plagten. „Können Sie nicht aufpassen“, rempelte sie die Berta zur Seite, „ich muß was aus dem Keller holen. Und Fremde haben im Haus an und für sich nichts zu suchen.“ Oder sie herrschte den Bauernbuben an: „Putz' dir gefälligst die Schuhe ab, bevor du da hereintrampelst! Das ist nicht euer Kuhstall!“ Von der Kellerstiege herauf schrie sie plötzlich hysterisch: „Wissen Sie, daß Deserteure zu den Untermenschen gehören? Jawohl, Sie haben schon richtig gehört, zu den

Untermenschen!“ Und zum alten Langangbauern, der sich allerdings nicht aus der Ruhe bringen ließ, gewandt, keifte sie: „Helfershelfer brauchen nicht glauben, daß das nicht vorgemerkt wird. Nein, nein, alles wird vorgemerkt. Alles!“ Dann rannte sie auf die Kellertür zu, als werde sie verfolgt. Sperrte auf und schlug sie so heftig hinter sich ins Schloß, daß vom Türstock der Lack abblätterte.

Eva biß die Zähne zusammen, als sie Stück für Stück ihrer schönen Einrichtung auf dem Schlitten sah, als handelte es sich um irgend ein Gerümpel, während der nasse Schnee an allen Seiten herunterlief.

In dem Zimmer beim Langangbauern würde sie nur einen Teil des Mobilars unterbringen. Der Rest müßte im Schuppen eingestellt werden.

Als sie abfuhren, stand die Urban mit umgebundener Küchenschürze unter der Haustür und stemmte ihre Arme in die Hüften: „So, jetzt können endlich *Menschen* einziehen!“

23

Hans brachte Toni und Ewald zum Bahnhof, auch die Kinder fuhren auf dem Pferdeschlitten mit, und Rupert schloß Hilde erleichtert in die Arme. Er saß bei ihr in der Stube, genoß die Wärme, das Essen der Krapfen mit dem dampfenden Sauerkraut, und sagte: „Wie freue ich mich wieder auf das Melken, morgen. Hilde, ich kann dir gar nicht sagen, wie gut mir das tut! – Ich stehe so in eurer Schuld! Hoffentlich kann ich mich dafür einmal wirklich revanchieren!“

Endlich aus dem beklemmenden Versteck heraußen zu sein – Rupert fühlte sich wohl. Hans wollte heute schon die Gelegenheit nützen und Eva Bescheid geben, daß die Luft wieder rein wäre.

„Hoffentlich kommt sie bald“, sagte Rupert leise.

Spätabends saßen Rupert und die Bauersleute am Stubentisch.

Rupert war bleich geworden und schüttelte immer wieder ungläubig den Kopf: „Jemand anderer hat aufgemacht? Bei unserer Tür?“

„Ja“, entgegnete Hans. „Der Sprache nach eine Deutsche. Aus dem *Altreich*. Ausgebombt wahrscheinlich. – Beim Hinausgehen hat mir die Urban nachgeschrien: ‚Die ist weg. Da können Sie lange suchen!‘“

Rupert wurde noch bleicher. „Diese Urban…“ Er rang nach Atem. „Die werden die Eva doch nicht…“ Plötzlich brauste er zornig auf: „Wenn der Sieder das… morgen noch bin ich drunten und knalle das Schwein ab, das verspreche ich dir!“

Die Geschichte gehe noch weiter, erzählte Hans dann. Er hatte es besonders spannend machen wollen, doch Rupert bebte am ganzen Körper. „Bertl“, beeilte er sich deshalb zu sagen, „ich bin zur Rita von der NSV gegangen. Dort ist sie nicht mehr, die Eva. Hat gekündigt. Aber die Rita wußte, wo sie hin ist. Wieder in der Schattseite. Beim Langang droben. Es ist ihr nichts passiert. Kannst dich wieder beruhigen. Ist alles in Ordnung.“

Rupert sah ihn verwirrt an.

Hans nickte mehrmals bekräftigend. Hilde schenkte Obstler nach. Man stieß an. Hans grinste breit: „Bin schon hinaufgefahren. Morgen kommt sie.“

Eva hatte wieder eine Gänsehaut. Obwohl die Nachricht so gut war, erschreckte sie diese Stimme wie immer. Hans schaltete das Radio aus. „Jetzt wird es doch bei uns auch bald ausgestanden sein“, sagte er leise.

Eva und Rupert preßten sich schweigend aneinander. Er sei so froh, daß dieser Ewald weg sei.

Rupert war wieder in der Dachkammer. Ging vorsichtig die paar Schritte auf und ab, stand hinter dem Fenster, molk in der Früh die Kühe – und erwartete täglich die Befreiung.

Er hatte sich beruhigt, seit Hans und Hilde wieder BBC hören konnten, und nahm an, die *Rote Armee* oder die *Amis* oder die *Franzosen* oder die *Engländer* seien weiter vorgerückt, als eines Abends Hilde leise an seine Tür klopfte und ihn in die Stube holte.

Ein Mädchen und zwei junge Männer erwarteten ihn dort. Sie sei Hans' Nichte Vevi, die sich vor einiger Zeit bei ihrem Onkel erkundigt hatte, ob sie mit seiner Hilfe rechnen könne. Der eine der Burschen wäre Florl, Hildes Bruder, der den Einberufungsbefehl bekommen habe, sich aber nicht in den letzten Tagen des Krieges noch zusammenschießen lassen und deshalb desertieren wolle, der andere sei Jean, ein Kriegsgefangener, Franzose und Vevis Freund. Sie hatte mit Jean, der im Lager in *Markt Pongau* interniert war, beim gleichen Bauern gearbeitet und erwartete ein Kind von ihm. Heute sei er abends nicht wie gewohnt ins Lager zurückgekehrt. Auch er müsse sich jetzt verstecken. Der zierliche Mann mit den übergroß wirkenden Augen sah Rupert erwartungsvoll an.

„Aber wohin, wo sollen wir denn hin“, sagte Rupert unwillig, da ihm vor dem Gedanken graute, wieder im Freien hausen zu müssen. Es fiel ihm nur die Teuchl ein. Doch dorthin wollte er einfach nicht zurück. Unter gar keinen Umständen wollte er dorthin zurück.

Man erwarte noch den Christian, einen Freund vom Florl, der bald kommen müsse – auch er hätte einrücken sollen.

„Er kennt die Gegend im Putzengraben sehr gut, ist als Bub immer dort gewesen, er weiß ein Versteck", sagte Florl.

Die letzte Nacht in der Kammer, in einem Bett, wer weiß, für wie lange, die er doch noch genießen hatte wollen, konnte Rupert lange nicht einschlafen. Wie gerne wäre er hier auf dem Hof geblieben! Dabei war völlig klar, daß das nicht ging, wenn Hildes Bruder desertierte. Die Gestapo würde womöglich alles auf den Kopf stellen.

Um halb vier Uhr früh, es war stockdunkle Nacht, machten sich die vier Männer auf den Weg. Ihre Karbidlampen könnten sie erst anzünden, wenn sie weit genug von allen Gehöften entfernt wären. Gut zwei Stunden stapften sie schon durch den Schnee. Christian führte den Trupp an. Bis zur Baumgrenze stiegen sie auf. Gewehre, Decken, Kochgeschirr, Werkzeug, Proviant, alles schleppten sie in prall gefüllten Rucksäcken und unter den Armen mit sich.

Im Morgengrauen erreichten sie ihr Ziel. Christian hatte von großen, überhängenden Felsblöcken gesprochen, unter denen sich Höhlen gebildet hätten – als Buben seien sie oft dort gewesen. Doch jetzt lag meterhoch Schnee. Kaum daß sich kleine Hügel abzeichneten, unter denen die Felsen liegen mußten, die sie suchten. Mühsam stocherten sie mit ihren langen Stöcken im Schnee. Gruben jeweils ein Stück in die Tiefe: Vergeblich. „Es ist jetzt alles so anders… im Winter war ich nie heroben", rechtfertigte sich Christian, „aber die Gegend muß einfach stimmen."

Endlich, nach stundenlanger Arbeit, gelang es ihnen, einen der gesuchten Felsblöcke aufzuspüren. Sie schaufelten ihn frei. Und tatsächlich: Eine geradezu ideale Höhle kam darunter zum Vorschein. Sie fingen sogleich an, sie provisorisch einzurichten. Tannenzweige zu hacken und als Unterlage für ihre Decken aufzulegen. Für die erste Zeit. Später würden sie Bettgestelle von der Art bauen, wie Rupert sie in der Teuchl gehabt hatte. Dabei hoffte Rupert insgeheim, daß der Krieg schon vorher zuende wäre. Ihm graute davor, erneut in so einem eiskalten, stinkenden Versteck ausharren zu müssen. Aber vor allem hatte er Angst, daß es auch hier zu solchen Spannungen kommen würde wie in der Teuchl. Er fürchtete diese brutale Gereiztheit. Den Egoismus. Die Rücksichtslosigkeit. Fürchtete sie auch bei sich selbst.

Inzwischen war die Sonne aufgegangen. Ein strahlend blauer, wolkenloser Himmel und absolute Stille. Es war kaum zu glauben, daß zur gleichen Zeit die erbittertsten Kämpfe tobten, Städte zerbombt wurden, sich Menschen gegenseitig massakrierten.

Bei einer ausgiebigen Jause versuchte ihnen Jean radebrechend zu erzählen, daß er bei dem Bauern, dem er als Gefangener zur Arbeit zugeteilt gewesen war und wo er die Vevi kennengelernt hatte, in der ersten Zeit unentwegt seinen Namen zu hören glaubte. *Scho… Scho… Scho…* – Alle sagten immer wieder *Scho*. Zwei Wochen habe es gedauert, bis er daraufgekommen sei, was sie damit meinten, wenn sie *Scho* sagten. Daß sie nicht von ihm sprachen. Daß es sich bei diesem *Scho* um den Dialektausdruck für *bereits* handelte; und nickend *Scho* zu hören, Zustimmung, Bejahung bedeutete. Jean spielte ihnen vor, wie er, zusammenzuckend, nach allen Seiten geschielt und gespäht habe. Ahmte dieses „*Scho, Scho, Scho*“ nach. Erzählte, wie mulmig er sich gefühlt habe, als er der Meinung gewesen sei, daß überall nur von ihm geredet werde. Beim Mähen, im Stall, bei der Holzarbeit – ständig sagte plötzlich irgend jemand *Scho*. Und er verstand doch kaum ein Wort Deutsch, hörte nur seinen Namen und wußte nicht, worum es ging, was man womöglich Schlimmes mit ihm vorhabe. Befürchtete, daß man mit seiner Arbeitsleistung unzufrieden sei. Schließlich habe er überhaupt keine Erfahrung mit Bauernarbeit gehabt. Er komme aus einer Stadt. Vevi sei es gewesen, die ihm freundlich und geduldig die verschiedensten Handgriffe gezeigt habe. Und als sie dann auch *Scho* sagte, ohne damit ihn angesprochen zu haben, seien sie beide – sich mit Händen und Füßen verständigend! – dem Mißverständnis auf die Spur gekommen.

Den Männern war der schmächtige, dunkelhaarige junge Bursche, den der Vollbart älter aussehen ließ, sympathisch. In Frankreich habe er gerade mit dem Studium angefangen, als er einrücken mußte. Rechtsanwalt wolle er werden. Wenn der Krieg endlich aus sei, heimfahren und so bald als möglich die Vevi nachkommen lassen. Sie und das Kind. Wie freue er sich auf das Kind!

Im Lager in *Markt Pongau* herrschten fürchterliche Zustände. Die Leute stürben dahin wie die Fliegen.

Rupert bedauerte, sich nicht besser mit Jean verständigen zu können, erst recht, als dieser ihm sagte, er sei Sozialist. „Nicht *National*sozialist“, schmunzelte der junge Mann vergnügt.

Er verstand, als Rupert ihm auseinandersetzte, daß Menschen wie sie beide, Sozialisten, in ganz Europa bald dafür sorgen würden, daß so ein Irrsinn wie dieses gegenseitige Abschlachten nie wieder passieren würde.

Jean hatte ein Deutschlehrbuch mit, das Vevi ihm

besorgt hatte. Eifrig trug er mit seinem Tintenbleistift in ein Schulheft Wörter ein. Er war intelligent, verfügte über eine rasche Auffassungsgabe, und es amüsierte ihn ganz besonders, derbe Dialektausdrücke nachsprechen zu lernen.

Jean fragte Rupert, ob er schon etwas von *Barbüß* gelesen habe. Er schrieb den Namen auf: Henri Barbusse. Rupert schüttelte verschämt den Kopf. Nie gehört. „Wenn Krieg aus. Du lesen. Barbüß. Verstehn? Ich lesen: Barbüß."

Rupert machte es glücklich, mit Jean einen Gleichgesinnten in der Nähe zu haben. Einen Menschen, der für all das stand, wovon Fritz so oft gesprochen hatte, wenn er ihm die Idee der *Internationale* auseinandergesetzt hatte. Er kramte in seinem Rucksack nach dem Speck, den Hilde ihm mitgegeben hatte. Die rußige Schwarte – das Fett war nur von einem dünnen Strich rötlichen Fleisches durchzogen – war in ein Stück Zeitungspapier eingewickelt, das Rupert auf seinen Knien glättete. Er drehte das Blatt um und fand auf der Rückseite die Abbildung eines Schützen.

Jeder ein Schütz!

Schießen ist die schönste Männersache, die es gibt. Einer, der nicht schießen kann, zählt unter wehrhaften Männern nicht. Unsere Vorfahren haben jeden darnach gewertet, was er mit Büchse und Gewehr zu treffen wußte. Nicht am Wirtshaustisch, nicht an der Bierbank, auf dem Schießplatz zeigt sich, was ein Mann ist. Dort ist auch der schönste und ehrenvollste Platz für unsere deutsche Jugend. Ein Kerl, der schon ins Schwarze trifft, kann sich gut unter Männern sehen lassen. So hat es immer schon und zu allen Zeiten gegolten. Um so mehr gilt es im Kriege! Die Parole heißt:

J e d e r e i n S c h ü t z !

Rupert hatte kaum fertig gelesen, als Christian ihm das Papier wegzog und es grinsend in die Höhe hob: „Scheißen."

Mit einem Blick auf die Zeitungsseite, wandte er sich noch einmal um: „Scheißen, nicht Schießen!"

Später erzählte Rupert von der Teuchl, wie sehr sie dort gefroren hätten. Hier hätten sie es viel besser erwischt als in der Teuchl. Auch war es Anfang Februar. Langsam würde es wärmer werden. „Es ist doch jetzt schon gemütlich warm", sagte, in seine Decken gewickelt, Christian. Sie wünschten sich eine gute Nacht. Alle waren sie so müde, daß sie bald einschliefen. Und nacheinander wurden sie wieder wach. Es war halb drei Uhr. Durch ihre Körperwärme war der Schnee geschmolzen. Ihre Decken komplett durchnäßt. Sie froren. Hatten keine trockene Unterlage mehr. Fluchten schlaftrunken vor sich hin. Versuchten sich warm zu bekommen. Stampften vor der Höhle im Schnee herum. Ein Feuer zu machen, um die Decken zu trocknen, erschien ihnen zu gefährlich. Wer weiß, vielleicht würde man den Feuerschein von irgendwo sehen. Und in der Höhle war es natürlich sinnlos, da würde der Schnee noch schneller schmelzen. Es war zum Verzweifeln! Die erste Nacht. Sie hatte so gut angefangen. Und nun dieses Debakel!

Jean saß mit klappernden Zähnen da, während es an allen Seiten heruntertropfte. Florl rannte draußen hin und her. Sie konnten nur hoffen, daß auch an diesem Tag die Sonne scheinen würde. Vor allem mußten sie weg. Sich irgendwo anders einen ähnlichen Bunker bauen wie jenen, von dem Rupert erzählt hatte. Plötzlich, mit dem Unglück, nahmen auch ihre Befürchtungen wieder zu. Daß der Krieg vielleicht doch nicht so schnell aus sei, wie sie gehofft hatten. Oder gar von den Deutschen im letzten Moment durch Einsatz dieser *Wunderwaffe* noch gewonnen werden würde. Was sollte dann aus ihnen werden! Sie konnten sich doch nicht ewig verstecken! Florl fluchte. Wäre er doch eingerückt, schimpfte er sich selbst. Rupert wollte etwas entgegnen, ließ es jedoch bleiben.

Die Sonne schien zwar, aber die nassen Decken, die sie an den Ästen der Bäume aufgehängt und über Stauden gebreitet hatten, wollten einfach nicht trocknen. Sie hockten da und stierten vor sich hin. Rupert wurde erneut bewußt, daß es eine Vielzahl eigentlich lächerlicher Kleinigkeiten gewesen war, die ihnen auch in der Teuchl zu schaffen gemacht hatte, als er fluchend feststellte, daß seine Zigaretten feucht geworden waren.

Sie beschlossen, am Nachmittag abzusteigen. Christian wüßte einen schwer zugänglichen Platz in einem kleinen Waldstück, mit einer Wasserstelle in der Nähe; unterhalb jenes Fußweges gelegen, auf dem man nach Mühlbach gehen konnte. Christians Hof war von dort in einer knappen Stunde zu erreichen – er könnte nachts Nachschub holen. Rupert würde mit Jean ab und zu Hans und Hilde aufsuchen. Vielleicht könnten Vevi und Eva einmal zu ihnen kommen. Sie mußten sich einfach aufmuntern, auch das Positive zu sehen versuchen, sonst hielten sie nicht durch. Auch: Das Kriegsende konnte doch stündlich eintreten. Daran und an Eva wollte Rupert denken; bloß nicht an die Zeit in der Teuchl, als jeder sich nur noch von seiner schlechtesten, abstoßendsten Seite gezeigt hatte.

Die Wälder der umliegenden Berge waren dunkel geworden – ein Zeichen, daß die Temperatur anstieg. Bevor sie aufbrachen, stärkten sie sich mit Brot und

Speck – und Rupert spürte wieder diesen schmerzenden Stockzahn, nachdem er auf ein winziges Steinchen gebissen hatte. Er erwähnte nichts davon. Die Zeit in der Teuchl hatte ihn auch gelehrt, daß ein Zusammenleben in so einer Situation auf Dauer leider nicht bedeutete, einander Sorgen abzunehmen, wie er ursprünglich gehofft hatte, sondern einzig, sich gegenseitig sofort als Last zu empfinden, sobald man eine Sorge äußerte. Sein Ideal von Solidarität war nicht allzu widerstandsfähig, hatte er lernen müssen. Diese Solidarität schien vielmehr die Eigenschaft zu besitzen, eben dann am schwächsten zu sein, wenn sie am dringendsten nötig gewesen wäre. Immer öfter hing Rupert solchen Gedanken nach, die ihn entmutigten und verbitterten, denen er aber auch das Verhalten von Menschen wie Hans und Hilde oder Richard und Rosi, der Berta, entgegenhalten konnte, die alle so viel riskiert hatten, ausschließlich für andere, ohne den geringsten eigenen Vorteil daraus ziehen zu können. – Und er hatte doch Jean vor Augen, der für ihn die weltweit bessere Zukunft verkörperte.

Die Stelle, wo sie sich ihr Versteck bauten, war sehr günstig gelegen. Weit und breit kein Gehöft. Nur eine alte Keusche auf der gegenüberliegenden Talseite; mit dem Fernglas beobachtete Rupert eine ausgemergelte alte Bäuerin mit kaputten Hüften, die täglich mühsam den Sautrankkübel vom Haus in den halb verfallenen kleinen Stall schleppte. Weder Kinder noch ein Mann schienen sonst noch dort zu leben. Anfangs hatte Rupert Bedenken gehabt, daß man die Schläge ihrer Äxte und das Hämmern beim Nageln der Bretter hören würde, die sie eines Nachts von Christians Hof geholt hatten. Aber nichts deutete darauf hin. Aus dem kleinen alten Haus stieg eine dünne Rauchfahne. So kümmerlich wie das ganze windschiefe Anwesen. Die Alte kam täglich pünktlich mit dem Sautrankkübel, fütterte danach auch die paar Hühner, ließ ab und zu zwei Ziegen aus dem Stall, sah aber stets nur vor sich hin auf den Boden, wohl aus Furcht, zu stürzen. Das kleine, im Schatten gelegene Gehöft war ausschließlich von extrem steilen Wiesen umgeben. Sich da abrackern zu müssen! Rupert erfaßte Mitleid und Zorn, wenn er mit seinem Fernglas hinaufsah. Und Hoffnung auf die *Stunde Null*! Nach dem Krieg. Da müßte einfach alles anders und besser und vor allem gerechter werden auf dieser Welt! Wie gerne hätte er jetzt mit Fritz diskutiert! Mit Jean. Wenn er doch nur französisch gekonnt hätte. Aber so war es unglaublich mühsam, sich verständlich zu machen. Er dachte an Fritz. Wieviel Mut hatte ihm der Stiefvater doch damit gemacht, daß er die paradiesischen Zustände beschrieben hatte, welche der Kommunismus bringen würde! Oft dachte er daran, wie verrückt es doch zugegangen war: Fritz, der absolute Todfeind seiner Kindheit, war ihm inzwischen geradezu zum Inbegriff einer glücklichen Zukunft geworden.

Irgendwann, sagte er sich jetzt, müßte er sich überwinden und Fritz darauf ansprechen, warum sich die Mutter und er nie auch nur mit einer einzigen Zeile gemeldet hätten, aus Frankreich. Vielleicht, überlegte Rupert, weil sie gar nicht erfahren hatten, wohin die Kinder gebracht worden waren, auf welchen Höfen sie schließlich gelandet waren. *Frankreich*, dieses magische Wort aus der Kindheit. Und jetzt war er mit einem waschechten *Franzosen* beisammen.

Aber nicht in der Lage, ihm diese Geschichte zu erzählen.

Ihre Tage waren ausgefüllt mit Bauarbeiten. Der Unterschlupf wurde rasch komfortabler. Windgeschützt und wärmer. Sie hackten Äste; eine gut zwanzig Zentimeter hohe Schicht aus feinen Fichtenästen ergab eine weiche, matratzenartige Unterlage für ihre Decken. Sie verfügten bald über eine von keiner Seite einsehbare Feuerstelle, darauf brieten sie sich Eier und ab und zu ein Stück Fleisch. An Jagd war nicht zu denken. Viel zu gefährlich. Aber ihnen schmeckten die Erdäpfel ausgezeichnet, die sie aus den schwarz verkohlten Schalen pellten. Und Suppe hatten sie ausreichend. Christian versorgte sie mit Knochen von schwarz geschlachteten Tieren. Und er brachte von einem seiner Besuche zuhause auch Spielkarten mit.

Rupert und Jean – Florl fühlte sich nicht wohl und begleitete sie nicht – wagten sich eines Nachts, querfeldein durch den Schnee stapfend, zum Mieringbauern. Die Nachrichten waren erfreulich. Nur noch eine Frage von Tagen, bis der Irrsinn endgültig ausgestanden wäre.

Dresden sei fürchterlich zerbombt worden.

Am liebsten wären sie in der behaglich warmen Stube sitzengeblieben. Rupert konnte nicht oft genug hören, daß es Eva gut gehe. Jean würde bald Vater werden.

Beim Speckjausnen biß Rupert auf eine Knorpel und hätte vor Schmerz fast laut aufgeschrien. – Jetzt, wo es einfach nicht mehr lange dauern konnte, wurde seine Ungeduld immer größer. Doch die Gefahr war gleichgeblieben. Entdeckte man sie, würde man sie auf der Stelle erschießen, sie durften sich nichts vormachen.

Es war nach zwei Uhr nachts, als sie ihren Rückmarsch antraten. Mit gut gefüllten Rucksäcken. Rupert verschwamm der Blick, als er sich bei Hilde und Hans wieder für alles bedankte. Nicht der Rede wert, winkten die beiden ab. Und sie wissen doch, dachte er gerührt, daß es ihr Leben ist, das sie aufs Spiel setzen.

Die Männer bauten an ihrem Versteck, spielten Karten, versuchten sich warm zu halten, tratschten und wurden dieses Daseins von Stunde zu Stunde überdrüssiger. Je weniger sie an ihrem Unterschlupf zu reparieren hatten, desto länger empfanden sie die Tage. Ihre Laune wechselte – wie das Wetter. Oft mit diesem: War es warm, saßen sie an Baumstämme gelehnt, hörten das laute Vogelgezwitscher und genossen die Sonne. Phantasierten von ausgiebigen Freßgelagen, schwärmten von Frauen. Rupert fühlte sich dann stark und überlegen. War überzeugt, daß der ganze Nazi-Spuk in ein paar Tagen ein für allemal vorüber sein würde. Um einer ganz neuen, ganz anderen, gerechten Zeit Platz zu machen. In der Politik nicht mehr darin bestehen würde, sich verhetzen zu lassen. Dann wieder erwachte er mit einem Ziehen in den Gliedern – Schneeregen wurde von einem unangenehm kalten Wind an ihren Bretterverschlag gepeitscht. Grau, naß, alles ohne Aussicht, auch wie ohne Hoffnung. Und wenn sie so beisammenhockten, rochen sie auch den Gestank ihrer Kleidung, die Ausdünstungen ihrer ungenügend gewaschenen Körper.

Rupert bemühte sich, dafür zu sorgen, daß die Stimmung nicht kippte wie in der Teuchl. Davor graute ihm am allermeisten. Erst recht, als ihn ihr Geruch wieder daran erinnerte.

Er spürte immer öfter diesen Stockzahn. Anfangs lachte er noch mit, als die anderen sagten, er wolle auf diese Weise doch nur zu mehr Schnaps kommen als sie, aber als ihn die Schmerzwellen in immer kürzeren Abständen erfaßten und das Umspülen des Zahns mit dem Alkohol überhaupt nicht mehr half, packte ihn die Panik:

Was tun, wenn es nicht aufhörte? Er konnte doch nicht zu einem Dentisten marschieren!

Vor allen möglichen Krankheiten hatte er sich gefürchtet in der Teuchl, vor allem in der ersten Zeit, als er im Wald dieses gottverlassenen Grabens allein herumgeirrt war – nie hatte er jedoch auch nur einen Moment lang an Zahnschmerzen gedacht!

Es sei wohl auch die verfluchte Kälte dieses Lochs, versuchte er sich zu beruhigen. Und tatsächlich klangen die Schmerzen etwas ab, als es wärmer wurde. Doch sie kamen zurück. Er schluckte die Schmerzpulver, die Eva von Schwester Ehrentrudis bekommen hatte. Sie wirkten kaum. Es war inzwischen frühlingshaft warm, auf den Wiesen schmolz der Schnee, lag schließlich nur noch wie zusammengerollt an den schattigen Rändern der Wälder. Ruperts Zahnschmerzen wurden zunehmend unerträglicher – eine Schmerzwelle löste die nächste ab. Vor allem nachts. Er biß mit aller Kraft die Zähne zusammen, steigerte so den Schmerz, und genoß die wenigen Sekunden danach, wo er nachzulassen begann. Er umspülte den Zahn mit Schnaps, nahm das restliche Pulver, doch der Nerv beruhigte sich nicht mehr.

Rupert wachte, nachdem er immer nur halbstundenweise eingenickt war, am Morgen zerschlagen und gereizt auf, wurde von Stunde zu Stunde unverträglicher, launenhaft und wußte: Es mußte etwas geschehen. „Ich halte das nicht mehr aus!“

Ende April 1945, gut zwei Stunden vor Einbruch der Dämmerung, stiegen die Männer die steile Böschung bis zum laut rauschenden, vom Schmelzwasser angeschwollenen Wildbach hinab. Rupert trug die Schnapsflasche und sein Gewehr, Florl die Kombizange, Jean den Strick. „Den holen wir heraus wie nichts“, hatte

Christian gegrinst, dankbar für die Abwechslung in ihrem eintönigen Alltag. Bei einem Baum in Bachnähe angelangt, trat Florl nahe an Rupert heran: „Da kannst du schreien soviel zu willst, da hört dich kein Schwein!"

Rupert setzte die Flasche an – er trank die Hälfte des Obstschnapses aus. Beim Aufstoßen genoß er einen Moment lang den intensiven Geschmack von Birnen und Zwetschken. Er kicherte einmal ohne Grund, als er die Flasche abstellte. Dann lehnte er sich mit dem Rücken gegen den Baum und schlang hinter sich die Arme um den Stamm. Jean band ihm die Hände zusammen. Den Rest des Seils wickelte er um Ruperts Beine. Jean und Florl hielten ihm den Mund auf und Christian versuchte mehrmals vergeblich, mit dem angerosteten Metall der Kombizange an den betreffenden Stockzahn heranzukommen. Schließlich faßte er ihn und zog daran. Rupert brüllte auf. Christian zog. Und schrie: „Der verfluchte Sauhund! Rührt sich überhaupt nicht!" Immer wieder versuchte er es von neuem. „Das gibt's doch nicht!" Schweißperlen traten ihm auf die Stirn. Er geriet in Wut. Er, der bei der Holzarbeit die schwersten Stämme auf den Schlitten zerrte, weiß Gott wie viele Kilogramm hochwuchtete, er sollte diesen winzigen Zahn nicht herausbekommen – das wäre doch gelacht!

Rupert, obwohl im Schnapsdusel, spürte die geringste Berührung des kalten Metalls der Zange. Die ganze Gesichtshälfte schmerzte jetzt stärker als je zuvor. Aber der Zahn selbst wackelte nicht einmal. Immer wieder rutschte Christian mit der Zange aus und prallte gegen Ruperts Gaumen. Der verspürte einen heftigen Brechreiz. Der Schweiß floß den Männern über die Gesichter. Christian wurde immer ungehaltener. Zu fest könne er den Zahn ja auch nicht packen, um ihn nicht zu zerbrechen. „Ich hab' ihn doch, warum rührt sich der verfluchte Hund nicht, Himmelherrschaftnocheinmal!" Jean hatte sich längst abgewandt. Auch Florl zog ohne hinzusehen Ruperts speicheltriefenden Kiefer nach unten. Über eine Stunde dauerte es, bis Christian wutentbrannt die Zange auf den Boden schleuderte und die Schnapsflasche ansetzte. Er rülpste laut. „Ich krieg' ihn nicht heraus. Krieg' die verfluchte Drecksau nicht heraus! Rührt sich überhaupt nicht!"

Jean schulterte das Gewehr und stützte zusammen mit Florl den torkelnden Rupert, dem jetzt vor Schmerz und Verzweiflung die Tränen übers verschwitzte Gesicht schossen, die keiner der anderen sah, da es schon dunkel geworden war. Immer wieder stolperte er. Er war betrunken, aber der Schmerz so stark wie nie zuvor. Auf der Pritsche liegend, trank er nochmals vom Schnaps und fiel beinahe in Bewußtlosigkeit.

Als er am nächsten Morgen, von Flugzeuglärm geweckt – die Geschwader donnerten über sie hinweg –, die Augen aufschlug, dachte er einen Augenblick lang, der Zahn würde nicht mehr schmerzen, habe sich tatsächlich beruhigt. Doch im selben Moment erfaßte ihn eine mächtige Welle. Die Schnapsflasche war leer. Rupert beschuldigte aufgebracht Christian, sie ausgetrunken zu haben. Der sah ihn mit blutunterlaufenen Augen böse an. – Sollten sie sich jetzt hier auch noch schlagen?

Spät am Abend machten Florl und Rupert sich auf den Weg zum Mieringbauern. Immer wieder sackten ihre Füße ins nasse Erdreich der Felder, von dem ein ganz starker Geruch aufstieg. Vorsichtig pirschten sie sich an. Blieben im Dunkel, nachdem sie einige kleine Steine an das Schlafzimmerfenster der Bauersleute geworfen hatten.

Hans, den sie damit aus dem Schlaf geholt hatten, war ungehalten, als sie ihm in der Stube gegenübersaßen. „Ja was sollen *wir* denn machen?" Er war ratlos. „Die Eva soll die Schwester Ehrentrudis fragen", flüsterte Rupert heiser und verzog immer wieder vor Schmerz das Gesicht; preßte die Faust gegen die geschwollene Backe.

„Ich halte es einfach nicht mehr aus, begreifst du das denn nicht", herrschte er Hans an, ohne laut zu werden.

„Wir kriegen ihn nicht heraus", flüsterte Florl.

Nun kam Hilde in ihrem Nachthemd in die Stube. Rupert solle dableiben. Sie glaube nicht, daß die Gestapo noch kommen werde, um nach Florl zu suchen. Es sei einmal die Gendarmerie dagewesen, habe mit den Mistgabeln im Heu gestochert und alle Zimmer durchsucht. Dann sei niemand mehr gekommen, nachdem Hans und sie beteuert hätten, der Florl würde doch nicht so blöd sein und sich hier verstecken, wo man ihn zuallererst suchen würde. „Das hat denen eingeleuchtet."

Hans versprach, Eva zeitig in der Früh aufzusuchen. Rupert sperrte sich in die Kammer, ohne schlafen zu können. Vor dem Schnaps, den Hans ihm mitgegeben hatte, und der nicht half, ekelte ihn. Dieser unausgesetzte Zahnschmerz machte ihn ganz verrückt. Warum, fragte er sich plötzlich, warum machte er eigentlich nicht Schluß? Knüpfte sich am Fensterkreuz auf wie unzählige Menschen vor ihm? Welchen Sinn hatte sein Leben überhaupt? Der einzige Sinn seines Lebens hatte bislang doch nur darin bestanden, es sich zu erhalten. Er war offenbar nur deshalb am Leben, um alle Kraft dafür aufzuwenden, auch am Leben zu bleiben. Das war alles. – Nein: Eva!

Erst als es schon zu dämmern begann, döste er ein.

24

Schwester Ehrentrudis wirkte fahl, müde und ausgelaugt an diesem Vormittag. Sie hatte einen anstrengenden Nachtdienst hinter sich. Eva fühlte sich nicht wirklich von ihr angesehen, als ihr die Schwester in die Augen schaute und sagte, daß es einfach zu gefährlich sei. Auch wenn Wien schon befreit sei, hier bei ihnen merke man wenig davon. „Der Dr. Krönn rennt in seiner Freizeit noch immer mit seinen Breecheshosen und den Schaftstiefeln herum wie der Himmler persönlich.“

Schwester Makrina war leise ins Zimmer gehuscht, um etwas zu holen. Im Gegengesatz zu ihrer heute so abgespannten Kollegin war sie voller Schwung und guter Laune. Eva sah sie hilfesuchend an. Und – wagte es, die junge Schwester einzuweihen.

„Ich helfe dabei“, versicherte diese daraufhin spontan. Und bedrängte ihre Mitschwester, es einfach zu probieren. Man könne den Mann doch nicht mit seinen Zahnschmerzen allein lassen. Wo solle er denn hingehen! Der Ortsgruppenleiter Sieder bringe mit Sicherheit noch immer jeden Deserteur an den Galgen. Dann sprudelte die junge Schwester los: Ihr vor fast zwei Jahren als vermißt gemeldeter Bruder sei am Leben! Sie habe immer für ihn gebetet und gewußt, daß die Gebete erhört würden, auch wenn alle gesagt hätten, das nütze überhaupt nichts. Und gestern, als sie erfahren habe, daß der Michi lebe, habe sie sofort versprochen, dafür jemandem zu helfen, der in Bedrängnis sei. Die Augen der jungen Frau glänzten, als sie mit geröteten Wangen sagte: „Und heute ist es schon soweit. Der Himmelvater denkt an alles!“

Kurz vor Mitternacht trafen Eva und Rupert wie vereinbart am Hintereingang des Spitals ein. Nichts rührte sich in dem großen Gebäude. Die Fenster waren verdunkelt. Auf dem Gang brannte nur eine Notbeleuchtung, als Schwester Ehrentrudis mit Eva und Rupert in ein kleines Zimmer ging, dessen Wände in halber Höhe mit grünlicher Ölfarbe gestrichen waren und in dem nur ein einziges Behandlungsbett und eine Lampe standen. Schwester Makrina erwartete sie mit einem Fläschchen für die örtliche Betäubung und der Zange. Sie bedeutete Rupert, sich auf das Bett zu legen, nachdem sie das Zimmer versperrt hatte.

Schwester Ehrentrudis pinselte Ruperts Zahnfleisch ein, Schwester Makrina und Eva hielten ihn fest. Schwester Ehrentrudis setzte mit der Zange an – und nichts bewegte sich. Immer wieder versuchte sie, dabei mehrmals die Seite des Bettes wechselnd, den Zahn zu ziehen. Sie begann zu schwitzen und schüttelte den Kopf. „Rührt sich kein bißchen", flüsterte sie. Schließlich kletterte sie auf das Behandlungsbett, setzte sich rittlings auf Ruperts Brust und versuchte es erneut. Wiederum vergeblich.

Nach einer Vielzahl weiterer erfolgloser Versuche stieg die Schwester vom Bett, wischte sich mit ihrem Taschentuch den Schweiß von der geröteten Stirn – und gab auf. „Das muß ein Arzt machen, den kriegt sonst niemand heraus."

Eva mußte sich zusammennehmen, da sie spürte, wie ihre Augen naß wurden und ihr übel zu werden begann. Rupert lag völlig hilflos auf dem Bett. Sie glaube nicht, daß der Krönn Rupert kenne, beantwortete Eva flüsternd Schwester Makrinas Frage. Nicht persönlich. Vielleicht dem Namen nach, wegen der Desertion. Es klang zwar völlig verrückt, dem fanatischsten Nazi unter den Ärzten einen Deserteur unterzujubeln – aber nur er könne wahrscheinlich den Zahn ziehen. Doch wie sollten sie das anstellen?

Rupert setzte sich auf. Eva erschrak, *wie* eingefallen sein blasses Gesicht mit den großen dunklen Ringen um den Augen war. Trotz der einen geschwollenen Backe sehe er regelrecht aus wie der Tod, dachte sie bestürzt. Sein Körper war stark abgemagert. Keine Rede mehr von dem vor Kraft strotzenden Mannsbild, das vor wenigen Jahren im Gasthaus von Evas Freundin an ihren Tisch gekommen war. Sie griff nach seinen Händen.

Die beiden Schwestern flüsterten miteinander. Wenn sie es schon wagten, dann ginge es nur so: Kurz vor Mittag wolle sie Rupert vorbereiten und den Doktor Krönn dann zum Zahnziehen holen, sagte Schwester Ehrentrudis. Der Herrgott möge ihr die Notlüge verzeihen, wenn sie dem Doktor sage, daß es sich bei dem Patienten um Willi Toferer, einen guten Freund von ihr, handle, den der Dentist geschickt habe. „In der Regel läßt sich der Primar nicht allzulange von seinem Mittagessen abhalten." Nein, wenn überhaupt, ginge es nur so. Falls sie Glück hätten, würde er nicht lange fragen. „Es kommt auch darauf an, wie er aufgelegt ist." Ob es um diese Zeit möglich wäre?

Rupert und Eva nickten: Natürlich würden sie es wagen, auch am hellichten Tag an den Hintereingang des Krankenhauses zu kommen. – Sie hatten doch gar keine andere Wahl!

Schweigend und entmutigt gingen sie zum Mieringbauern hinauf. Jetzt wurde ihnen erst bewußt, daß sie beide fest damit gerechnet hatten, daß es der Schwester gelingen würde, den Zahn zu ziehen.

In der Stube hielten sie sich wortlos an den Händen.

Am 5. Mai 1945 lag Rupert, abgemagert, wie er war, mit einem Tuch zugedeckt auf dem Operationstisch; die eingefallenen Wangen kamen der einen geschwollenen Backe wegen weniger zur Geltung. Eigentlich war ihm alles egal. Die Verabschiedung von Eva war eigenartig flüchtig gewesen – sie würde sich unauffällig in der Nähe des Krankenhauses aufhalten und den Hinterausgang im Auge behalten. Getrennt wollten sie dann zum Mieringbauern zurückgehen. Woran sie wirklich dachten, hatten sie nicht ausgesprochen. Und nun, wie er so dalag, war Rupert ohnehin alles gleichgültig. Der Zahn schmerzte unentwegt, und er wollte nichts als ein Ende dieser Schmerzen, selbst wenn sein eigenes Ende damit verbunden wäre. Wenn jetzt jemand hereinkam, von dem er erkannt wurde, dann war es vorbei. Da mochte Wien schon befreit sein, da konnten die *Amis* bereits in Salzburg stehen – Deserteuren würde unter einem Sieder immer noch kurzer Prozeß gemacht werden. Es fänden sich wohl genügend Menschen im Ort, die ihn auf der Stelle erschießen würden. Wahrscheinlich auch solche, dachte Rupert bitter, mit denen er vor dem *Anschluß* friedlich am Wirtshaustisch beisammengesessen war.

Schwester Makrina pinselte ihm das Zahnfleisch ein und verabreichte ihm eine Spritze.

Der Doktor trat ein. Er hatte es eilig. Schwester Ehrentrudis folgte ihm nervös. „Wie gesagt, der Dentist hat den Zahn nicht herausgebracht und den Willi deshalb noch schnell hergeschickt. Es ist alles vorbereitet, Herr Primar."

Der Arzt nickte knapp und fragte: „Ist es der?" Rupert bejahte, der Primar setzte die Zange an und zog. Auch bei ihm rührte sich nichts. Rupert zitterten vor Anspannung und Schmerz die Beine. Schwester Ehrentrudis drückte sie ihm unauffällig aufs Bett. Der Arzt konzentrierte sich nur auf den Zahn. Er murmelte, weniger zu Rupert als zu sich selbst sprechend, daß höchstwahrscheinlich die Wurzel über Kreuz liege. Nach gut zehn Minuten hielt er den Zahn gegen das Licht. „Über Kreuz, sehen Sie!" Rasch lenkte ihn die Schwester, die assistiert hatte, mit einigen bewundernden Bemerkungen ab. Der Primar genoß diesen kleinen Triumph, gab ihr die Zange mit dem Zahn, klopfte Rupert, der sich schweigend bedankte, einmal aufmunternd auf die Schulter – und schon war er weg.

Rupert befühlte mit der Zunge immer wieder vorsichtig die Wunde im Zahnfleisch, während er dem lauten Gezwitscher der Vögel zuhörte, mit Jean ein Kartenspiel begann und danach für sich ein Grieskoch zuzubereiten versuchte, das ihm nicht recht gelingen wollte.

Nein, dem Tag war an nichts, an schon gar nichts anzumerken, daß – der Krieg vorbei wäre!

Am späten Nachmittag kam Hans dahergelaufen. Ohne jede Vorsicht schrie er von weitem: „Kommt's heraus! Herauskommen! Der Krieg ist aus!"

Das war alles. Und eigentlich gar nicht zu fassen, daß das alles gewesen sein sollte. Vor allem, daß es *so* vorüber sein würde: Ein verschwitzter, nicht mehr ganz nüchterner Bauer, dem das Hemd aus der Hose hing, rannte über die Felder und schrie es von weitem.

Abends, bei Eva im Zimmer, vermißte Rupert die Freude. Die ganz große Erleichterung. Er war noch immer angespannt. Er *wußte*, daß er allen Grund hatte, sich maßlos zu freuen, unendlich glücklich zu sein, aber es dauerte mehrere Tage, bis er sich auch wirklich freute, ganz langsam das *Gefühl* der Freude wahrzunehmen, das Befreitsein auch für seine Person als solches zu *spüren* begann.

Der Sieder war weg. Die Urban war weg. Rupert war da. Menschen grüßten ihn, die ihn wenige Tage zuvor noch bedenkenlos angezeigt hätten im Wissen, daß ihn dies das Leben kosten würde. All der Wahn, in dem so viele Menschen ermordet und verfolgt worden waren, all die *Ordnung*, die *Gesetze*, an die sich die *Volksgenossen* gerade noch sklavisch gehalten hatten, egal wie barbarisch und verrückt sie sein mochten, alles galt von heute auf morgen nicht mehr. Alles schien anders zu sein. Und das, obwohl die Menschen die gleichen waren. Gar nicht wenige gaben Rupert zu verstehen, daß sie jetzt von ihm und seinesgleichen die Befehle erwarteten. – Nein, zu fassen war das nicht. Aber an einem Tag in diesem Mai 1945, als Rupert und Eva einen langen Spaziergang unternahmen, vorbei an den wie jedes Jahr blühenden Obstbäumen, einfach so dahinspazierten, ohne sich verstecken oder Angst vor dem Entdecktwerden haben zu müssen, da war es ihm plötzlich, als sei er jetzt dieser ganz großen Dunkelheit endgültig entkommen, in die er sich seit der Abreise aus Mühlbach gestürzt gefühlt hatte, als sei nur noch das vorhanden, was nicht zu sehen, nicht anzugreifen, nicht zu berechnen gewesen wäre, und dennoch Eva und ihn in dieser Finsternis am Leben gehalten hatte: Ihre Liebe.

Epilog

„Jawohl, Frau Gauleiter... Frau Scheel“, sagte der Mann mit einer Ehrfurcht, als schriebe man nicht den 10. Mai 1945, schloß den Wagenschlag und chauffierte die vornehm gekleidete Frau von St. Veit nach Schwarzach, zur Familie Schifer, wie Gustav Adolf es ihr aufgetragen hatte. Es gelte, diesen Sachverhalt zu Protokoll nehmen zu lassen, hatte er ihr eingeschärft. Die Angelegenheit Heinz Schifer. Dem er unter größtem Einsatz das Leben gerettet habe, der Herr Gauleiter. Natürlich bestätigte das Ehepaar den *Sachverhalt*.

Berta mußte schrill auflachen, als sie, über die Salzachbrücke gehend, plötzlich einen Mann daherradeln sah, der unübersehbar einen Wimpel am Lenker seines Fahrrades montiert hatte: Hammer und Sichel. *Der!* – Der war doch noch keine Sekunde seines Lebens Kommunist gewesen! Im Ständestaat bei den Christlich Sozialen, danach bei der SA...

Jean nahm das erste Flugzeug nach Frankreich – Frau und Tochter sollten baldmöglichst nachkommen. Das Flugzeug stürzte ab. Es gab keine Überlebende.

Rudi gelang es nicht, sich im Schuldienst wieder zurechtzufinden. Er sprach wirr im Unterricht. Die Kinder lachten. Und eines Tages hieß es, er sei im *Narrenhaus.* Bald darauf war er gestorben.

Gottlieb trennte sich von seiner Frau, die ihn – ihr Leben riskierend – aufopfernd versorgt, ihn nach der Rückkehr aus der Teuchl bis Kriegsende sogar im Bereich der Wohnung versteckt gehalten hatte, und lebte mit einer Hotelbesitzerin zusammen. Noch Jahrzehnte später sagte seine Frau: „Nie wieder würde ich so etwas für einen Mann auf mich nehmen, nie wieder!"

Im Putzengraben machten sich Schulbuben der umliegenden Gehöfte auf die Suche nach dem ominösen *Versteck*, von dem sie daheim die Erwachsenen reden hörten, und fanden die Bretterbude.

Ein paar Jahre später, Bahnhof Böckstein. Ein sportlicher junger Lokführer springt vom Führerstand seiner Maschine, um in die Fahrdienstleitung zu gehen. Den Fahrdienstleiter würdigt er keines Blickes. Der schnauzt ihn an: „Können Sie nicht grüßen?"

„Schon. Aber so ein Schwein wie Sie grüße ich nicht! So. Und jetzt melden Sie das von mir aus der Generaldirektion, Herr Sieder!" anwortete Heinz Schifer.

Sieder drehte sich schnaubend weg – diese Meldung könnte er eigentlich machen, er war jetzt SPÖ-Mitglied, auch von der ÖVP umworben, vom VdU sowieso... Eine gefragte Wählerstimme. – Die Meldung über den Vorfall erfolgte trotzdem nie.

Seit der Kalte Krieg ausgebrochen war, erwuchsen Rupert durch seine KPÖ-Mitgliedschaft vielerlei Nachteile. Auch waren die meisten seiner Jagdfreunde ÖVP-Mitglieder. Sie konnten nicht begreifen, daß ein so ausgezeichneter Schütze Kommunist war. „Du gehörst doch zu uns!" sagten sie.

„Ich bleibe, was ich schon vor tausend Jahren war", entgegnete er.